Fanny Wagner ist Autorin und Illustratorin und hat unter ihrem richtigen Namen Hermien Stellmacher bereits zahlreiche Kinder- und Jugendbücher veröffentlicht. Im Rowohlt Taschenbuch Verlag erschien ihr Roman «George Clooney, Tante Renate und ich». Die Autorin lebt mit Mr. Right und ihren beiden Katern in der Fränkischen Schweiz, in einem kleinen Ort, in dem es mehr Hühner als Menschen gibt.

Carolin Birk ist das Pseudonym von Katharina Wieker. Sie illustriert und schreibt seit vielen Jahren Kinderbücher und arbeitet seit einiger Zeit auch als Dramaturgin und Dialogautorin für ein namhaftes Berliner Trickfilmstudio. Carolin Birk lebt nicht mit Mr. Right, aber einigen Mr. und Ms. Pleasure-To-Be-Withes in Kreuzberg.

Gemeinsam haben sie im Rowohlt Taschenbuch Verlag den Roman «Garantiert wechselhaft» veröffentlicht.

Aktuelles auf der Facebook-Seite der Autorinnen:

http://www.facebook.com/pages/Fanny-Wagner-Carolin-Birk/115306275300395?fref=ts

Fanny Wagner
& Carolin Birk

Überwiegend fabelhaft

Roman

Rowohlt Taschenbuch Verlag

2. Auflage August 2015

Originalausgabe
Veröffentlicht im Rowohlt Taschenbuch Verlag, Reinbek
bei Hamburg, Oktober 2014

Umschlaggestaltung any.way, Barbara Hanke/Cordula Schmidt
(Illustration: Kai Pannen)
Satz Berling (InDesign)
Gesamtherstellung CPI books GmbH, Leck, Germany
ISBN 978 3 499 26848 9

Eins

Die Vorhersage für Samstag, den 14. September:
Nach Verzögerungen heiter bis feierlich. Im Laufe des Abends Durchzug von unerwarteten Ereignissen.

«Jetzt drück mal auf die Tube, Mama!» Marie zupfte nervös an ihrem Rüschenrock. «Ich kann echt nicht glauben, dass du sogar zur Hochzeit zu spät kommst.»

«Jetzt bleib mal cool, ich tue doch schon, was ich kann!» Ich schaltete einen Gang herunter und gab Gas. Der Drehzahlmesser schoss in den roten Bereich. «Frau Wittmann hat vorhin einfach kein Ende gefunden. Aber ich kann unsere wichtigste Kundin ja nicht einfach abwürgen. Stell dir vor: Sie will die ganze neue Kollektion ordern!»

Ein warmes Gefühl breitete sich in meiner Brust aus, wenn ich an diese Bestellung dachte. Frau Wittmann war zwar überaus anspruchsvoll, und Telefonate mit ihr forderten mir stets das letzte Quäntchen Geduld ab. Aber dafür hatte sie Stil und kaufte mit Liebe und Leidenschaft für ihre Boutiquen ein. Wenn jemand wie sie unsere Entwürfe so schätzte, machten wir mit unserem Modelabel für Frauen in den Wechseljahren alles goldrichtig. Und solche Bestellungen bezahlten die Rechnungen.

«Schon klar», sagte Marie. «Aber heute ist Samstag, da hättest du ihr ruhig mal den AB zumuten können. Am Ende glaubt Christian noch, du lässt ihn sitzen.»

Ich linste zu ihr hinüber. «Und du hättest dich zur

Feier des Tages ruhig etwas fröhlicher anziehen können. Schließlich gehen wir nicht zur Beerdigung.»

Marie zog düster die Augenbrauen zusammen. Ihre Goth-Phase war zwar am Abklingen, aber heute war sie von Kopf bis Fuß schwarz gekleidet und hatte mit Rüschenkleid, Netzstrümpfen und halbhohen Knöpfstiefeln noch einmal alle Register gezogen. Nur ihr Mund leuchtete knallrot in ihrem hübschen, blass geschminkten Gesicht.

«Entschuldige», sagte ich. «Du siehst wunderschön aus. Ich bin nur angespannt, weil wir so spät dran sind.»

Das Auto kroch den Berg hoch. War die Steigung nach Hedelbach heute steiler als sonst? Ich trat das Gaspedal bis zum Anschlag durch.

«Warum schleichst du denn so?»

«Ich schleiche ja gar nicht, sondern das verdammte Auto …» Jetzt fing auch noch der Motor zu stottern an. Warum ließ diese Schrottkiste mich immer genau dann im Stich, wenn ich es wirklich überhaupt nicht gebrauchen konnte! Ich schaffte es gerade noch, den Wagen von der Straße auf einen einmündenden Feldweg zu lenken, dann war Schluss.

«Na toll!» Marie stierte mit Leidensmiene durch die Windschutzscheibe. «Die Trauung können wir knicken.»

Bei diesem Gedanken brach mir der Schweiß aus, und ich öffnete die Knöpfe meines Oberteils. Es war natürlich ein Zwiebellook-Modell, konzipiert für Frauen, die von Hitzewallungen heimgesucht wurden. Sich irgendwo hinbeamen lassen, das konnte man mit diesem Wunderentwurf aber leider nicht.

Ich teilte Marie mit, dass ich diese Funktion in die nächste Kollektion einbauen würde.

«Super Idee», sagte sie genervt. «Wird ein Knüller.»

«Jawoll. Hilft uns nur leider jetzt auch nicht weiter.» Ich dachte an Christian, der in der Kirche wartete, und mir wurde wieder heiß. *Ganz ruhig, Nina, alles wird gut.* Ich stieg aus und stellte mich an den Straßenrand. «Gleich hält jemand an und brettert mit uns ratzfatz zum Ziel», sagte ich. «Die paar Kilometer werden wir auch noch schaffen.»

«Blöderweise sitzen die meisten Leute, die anhalten könnten, in der Kirche in Hedelbach», sagte Marie.

«Dann rufe ich Christian an und sage, dass wir etwas später kommen.»

«Du glaubst doch nicht, dass der bei diesem Anlass sein Handy eingeschaltet hat, oder?»

Ich rief trotzdem an. Und erreichte nur die Mailbox.

Marie machte ihr Ich-hab's-ja-gleich-gesagt-Gesicht. «Heute ist ein toller Tag», sagte ich trotzig. «Und den lasse ich mir durch nichts verderben.» Ich stellte mich an den Straßenrand, bereit, mich auf das nächste vorbeifahrende Auto zu stürzen. Die Sache hatte nur einen Haken: Weit und breit war kein Auto in Sicht. Himmelherrgott, warum hatte Wiestal auch keine eigene Kirche?

Ich wollte schon aufgeben, als ich in der Ferne ein Motorengeräusch hörte.

«Da kommt einer!», jubelte ich.

Das Geräusch näherte sich laut, aber langsam. Sehr langsam.

Marie stieg aus und spähte in die Ferne. «Oh Mann», sagte sie. «Mach das mit der Zusatzfunktion. Beamen wäre auf jeden Fall besser als das.»

Zwanzig Minuten später kletterten wir von einem großen Heuwagen und bedankten uns beim Bauern. Ich schüttelte mir die dünnen Halme vom Kleid, dann rannten wir die Treppenstufen zur Kirchentür hinauf. Die Orgel setzte ein. Marie flitzte zu ihrem Freund Mario, der mit einer Videokamera hinter dem Altar hockte. Neuerdings hatten sie sich mit Leidenschaft aufs Filmen verlegt.

Ich ging so würdevoll an meinen Platz, wie es mir in dieser Situation möglich war. Die Zeremonie war in vollem Gange. Waren sie etwa schon verheiratet?

«Wo warst du denn?», flüsterte Christian.

Ich nahm seine Hand und drückte sie, so fest ich konnte. «Erzähl ich später! Sind wir zu spät, sind sie schon …?» Christian schüttelte den Kopf. Glück gehabt.

Hinter uns schnäuzten und räusperten sich die Leute. «Mir kommen bestimmt auch gleich die Tränen», sagte ich.

Christian sah mich liebevoll an. «Nix da. Heute ist ein Tag der Freude, da wird nicht geheult.»

Sein sechsjähriger Sohn Julian, der neben ihm auf der Bank saß, beugte sich vor und sah mich neugierig an. Dann kletterte er über Christian hinweg auf meinen Schoß und flüsterte: «Du darfst ruhig weinen. Ich habe ein Taschentuch, das leihe ich dir.»

Ich drückte ihn gerührt. Die Orgel hörte auf zu spielen, und der Pfarrer trat vor den Altar. Langsam ließ er seinen Blick über die vollbesetzten Bänke gleiten, dann sprach er die berühmten Worte:

«So frage ich dich denn als Ehemann vor Gottes Angesicht: Willst du mit deiner dir anvertrauten Ehefrau nach Gottes Ordnung leben? Willst du sie ehren und lieben, in

Glück und Unglück, in Freud' und Leid, bis der Tod euch scheidet?»

Mein Nachbar Gustl Beck, der in einem knackig engen Anzug neben der Braut vor dem Altar kniete, schien mit seinen Gedanken ganz woanders zu sein. Bis Steffi ihn ordentlich in die Seite knuffte.

«Äh, freilich. Bassd scho.»

Der Pfarrer räusperte sich. «So bekräftige dieses ‹Bassd scho› durch ein vernehmliches ‹Ja›.»

«Ja!»

Ein paar Leute kicherten, doch der Pfarrer ließ sich nicht aus der Ruhe bringen. Er stellte der Frau an Gustls Seite ebenfalls die Frage aller Fragen.

«Ja, ich will!» Um ihre Worte zu unterstreichen, nickte Steffi so heftig, dass das cremefarbene Zweimannzelt, in dem sie steckte, in Wallung geriet.

Der Pfarrer sah die beiden feierlich an. «Dann erkläre ich euch kraft meines Amtes hiermit zu Mann und Frau.»

Als das Brautpaar nach dem Gottesdienst aus der Kirche zog, begrüßte ich erst einmal meine Freundinnen Elke und Jeanette. Elke kannte ich seit ewigen Zeiten, sie war die Büroleiterin meines Ex-Mannes. Und Jeanette hatte ich vor etwa einem Jahr auf einer Modemesse kennen- und schätzen gelernt. Da die beiden letztes Jahr bei Gustls und Steffis turbulenter Verlobung dabei gewesen waren, hatte Gustl es sich nicht nehmen lassen, sie auch zur Hochzeit einzuladen. Und so waren sie extra aus Berlin angereist. Gemeinsam sahen wir den Frischvermählten nach.

«Wer hätte gedacht, dass Gustl noch mal unter die Haube kommt», sagte ich.

«Ich scho», mischte meine Nachbarin Gundi von der übernächsten Bank aus ein. «Auch wenn *du* ihn so schnöd verschmäht hast.»

«Ich wollte eben den schärfsten Schreiner, seit es Holz gibt», sagte ich und sah Christian zärtlich an.

«Was bin ich für ein Glückspilz!», erwiderte er und gab mir einen Kuss.

«Iiii!» Julian rümpfte angewidert die Nase. Heulen war okay, aber beim Küssen hörte der Spaß eindeutig auf.

«Wo ist Marie hingegangen?», fragte er.

«Die filmt bestimmt mit Mario vor der Kirche», sagte ich.

«Ohne mich?!» Julian rannte los.

«Ich gehe mal besser mit, sonst geht er im Gewühl verloren», sagte Christian und folgte seinem Sohn nach draußen.

«Gustls *Passt schon* war eigentlich auch schon ein filmreifer Moment», sagte Elke. «Ich dachte kurz, dass Steffi ihm jetzt den Brautstrauß um die Ohren haut.»

«Blumen um die Ohren hauen kann sie», kicherte ich. «Aber bei ihr ist das ein Zeichen der Liebe.»

«Ja, Steffi zeigt ihm, wo der Hammer hängt», sagte Jeanette.

«Und ihm scheint das zu gefallen», meinte Elke. Sie sah auf die Uhr. «Wie geht es jetzt eigentlich weiter?»

«Mir fahr'n jetz nach Wiestal zurück, und dann kommt des ganze Brogramm mit Kaffeedrinken und Ahmdessen im Feuerwehrhaus», verkündete Gundi. «Hast du eigentlich noch mei gude Dorddnbladde, Nina? Ich hab vorhin glatt die alde nehmen müss'n, die scho a weng an Sprung hat.»

«Oje, jetzt geht es mit diesem Wahnsinnsdialekt wieder los», seufzte Elke. «Könntest du den Satz bitte mal übersetzen?»

Gundi zog verwundert die Augenbrauen hoch. «Wieso? Sinn Ausländer da?»

«Berliner *sind* Ausländer. Jedenfalls in der Fränkischen Schweiz», sagte Elke. «Dabei verstehe ich *fei* schon *a weng was, gell*. Aber hier bräuchte ich *a weng* Hilfe.»

«Des kommt bloß daher, dass ihr euch so selden bei uns bligg'n lasst», sagte Gundi, die frühere Lehrerin, streng. «Also Nina, etzt zeigst deinen Freundinnen amol, was du scho g'lernt hast bei uns!»

Folgsam fasste ich die Grundlage des fränkischen Dialekts zusammen. «Ein P wird als B, ein T wird als D und ein K wird meistens als G gesprochen. Das sind die *harten* Buchstaben, im Gegensatz zu den echten Bs, Ds und Gs, die man als weiche Buchstaben bezeichnet.»

Gundi war zufrieden. «So isses. Wenn ich also nach meiner guden *Dorddnbladden* frag, geht's um *was*?»

«Eine kute … Tortenplatte?» Elke sah sie verwirrt an. «Nein, das heißt *gut*, oder?»

«Stimmt. So ganz konsequent simmer da ned.» Gundi klopfte ihr zufrieden auf die Schulter. «Wenn ich noch im Schuldienst wär, däd ich dir etzt a Fleißbildla verbassen.»

«Viele haben etwas für das Kuchenbuffet gebacken», erklärte ich die Sache mit der *Dorddnbladde*. «Gundi hat eine himmlische Himbeer-Sahne-Torte gemacht.»

«Bestimmt auch himmlisch für die Hüfte», sagte Jeanette.

«Kein Gejammer», sagte ich. «Nach dem Abendessen

gibt es Musik und Tanz. Da könnt ihr euch jede Kalorie wieder abarbeiten.»

«Jede Galorie abarbeiden.» Elke sah Gundi an. «Richdig?»

«Fast», sagte Gundi. «Aber etzt geh mer amol raus, sonst verbassen mir noch den ganzen Spaß!»

Wir schritten eilig durch den Mittelgang und traten ins Freie, wo tatsächlich schon die Post abging. Am Rand des Vorplatzes hatten die Hedelbacher Musikanten Position bezogen und spielten in voller Lautstärke «So ein Tag, so wunderschön wie heute», während sich Gustl und Steffi schwitzend durch ein Spalier aus aufgepumpten Schläuchen zwängten, das die Wiestaler Feuerwehr für ihr langjähriges Mitglied und seine Braut bereithielt. Freunde und Verwandte warfen mit Unmengen von Reis, und die Umstehenden machten launige Bemerkungen dazu.

Gundi ließ ihre Adleraugen über die Menge schweifen. Wahrscheinlich kannte sie jeden einzelnen der Anwesenden. «Oha!», rief sie plötzlich. «Da hinten is der Walder! Mir sehen uns späder!»

Elke sah der alten Frau nach und schüttelte den Kopf. «Ist sie immer noch hinter Walter her?»

«Ich habe nichts Gegenteiliges gehört», sagte ich.

«Verrückt.»

«Nicht verrückter als der Rest in diesem Dorf!»

«Apropos: Schau mal, da stehen die Schnepfen!» Elke winkte Leni, Rosi, Claudia und Bärbel zu, und die winkten fröhlich zurück. Das war nicht immer so gewesen.

Als ich den alten Gasthof vor anderthalb Jahren von Onkel Hubert geerbt hatte, war ich ziemlich überstürzt mit Marie von Berlin nach Wiestal gezogen. Damit war ich allerdings den vier handfesten Dorfpomeranzen, alias *die Schnepfen,* ins Gehege gekommen, die ganz andere Pläne mit dem Gasthof gehabt hatten und mir deutlich zu verstehen gaben, dass ich in Wiestal unerwünscht war. Doch dann hatte die Sache eine unerwartete Wendung genommen. Als wir uns endlich zu einer Aussprache zusammengefunden hatten, stellte sich heraus, dass unsere Interessen sich wunderbar ergänzten. Und so gründeten wir gemeinsam das Modelabel Zwiebellook, um bequeme und schicke Mode für Frauen im besten Alter zu produzieren. Seitdem nutzten die Schnepfen den ehemaligen Festsaal im Erdgeschoss des Gasthofs als Schneiderei, und ich wohnte mit Marie im ersten Stock, wo sich auch mein Büro befand.

In meiner turbulenten Wiestaler Anfangszeit hatte ich auch den Schreiner Christian kennen- und lieben gelernt. Zusammengezogen waren wir nicht, aber meistens übernachtete er bei mir, und ich dachte mit Wonne an die letzte …

«Des mit'm Reis find ich fei a weng überdrieben», unterbrach Leni, die sich inzwischen mit den anderen Schnepfen zu uns durchgedrängt hatte, meinen Tagtraum. «Dass die Steffi fruchtbar is, sieht mer ja wohl, oder?»

Allerdings. Gustls Frau war immer schon füllig. Aber jetzt, im achten Monat mit Zwillingen schwanger, war sie rund wie ein Fass.

«Sei froh, dasse des Gleid von jemand anner'm hat nähen lassen», sagte Claudia nüchtern. «Ich möcht ned wissen, wie viel Stoff dabei draufgangen is.»

«Warum haben die denn eigentlich so spät geheiratet?», fragte Elke. »Hochschwanger hier herumzuturnen, stelle ich mir nicht gerade angenehm vor.»

«Die Standesamtliche war naddürlich scho gleich nachdem die Steffi g'merkt hat, dasse schwanger is», sagte Rosi. «Aber dann hat se wegen vorzeidigen Wehen lang liegen müssen, und da hat sich des immer wieder verschoben.»

Bärbel wandte sich an mich. «Etzt mal a ganz andere Frage: Wieso bist 'n du so spät gekommen?»

«Frau Wittmann …», setzte ich an und erntete sofort mitfühlende Blicke von meinen Mitstreiterinnen. «Frau Wittmann hatte ein paar Fragen, die nicht bis Montag warten konnten. Aber stellt euch vor: Sie will die ganze neue Kollektion ordern!»

Die Schnepfen sahen mich einen Moment ungläubig an. Dann jubelten sie derart begeistert auf, dass ein Teil der Festgesellschaft neugierig zu uns herübersah.

«Alles gut!», rief ich. «Wir freuen uns über das glückliche Paar.»

Ich wandte mich wieder an meine Schnepfen.

«Frau Wittmann hätte aber gerne so bald wie möglich Musterteile.»

Jetzt war ihnen nicht mehr zum Jubeln zumute, denn auch ohne diesen Auftrag stand uns die Arbeit bereits bis zum Hals.

«Na ja», sagte Bärbel nach der ersten Schrecksekunde. «Wenn unsre beste Kundin Musterdeile hamm möcht, dann machen mir des möglich, oder?»

«Mir hamm bisher alles miteinander hingegricht», rief Rosi fröhlich, «Aber heut wird erst amol g'feiert!»

Dann mischten sich die Schnepfen mit Elke und Jeanette unter die johlende Menge und feuerten das Brautpaar an, das inzwischen verschiedene Aufgaben meistern musste.

Die Wiestaler hatten einen schrägen Dialekt, jede Menge Vorurteile, und an manchen Tagen waren sie stur wie eine Fuhre Esel. Wenn sie aber feierten, blieb kein Auge trocken.

Wie anders war mein eigener Hochzeitstag damals gewesen. Volker und ich waren sehr stilvoll im schönsten Berliner Standesamt getraut worden, und ich hatte die besten Vorsätze gehabt, es besser zu machen als die vielen anderen Paare in unserem Bekanntenkreis, die sich schon bald wieder getrennt hatten. Kurz darauf kam Marie, dann stellte ich fest, dass er fremdging, und nach der angemessenen Kampf- und Leidenszeit standen wir vor dem Scheidungsrichter.

«He, was ist denn mit dir los?» Marie stand plötzlich vor mir und sah mich fragend an.

«Gar nichts.» Ich nahm sie in den Arm und drückte sie. «Ich habe nur gerade gedacht, wie schön es ist, dass es dich gibt.»

Marie grinste. «Ich werde dich bei Gelegenheit daran erinnern.»

«Oh, eine authentische Mutter-Tochter-Szene!» Gefolgt von Christian und Julian, tauchte Mario auf und zielte mit seiner Kamera auf uns. «Zwei Generationen, innig umarmt auf einem Fest der Liebe …»

«Nicht küssen!», schrie Julian.

«Nicht filmen!», schrie ich und versteckte mich hinter Marie.

«Kunstbanause!» Mario warf sich mit dramatischer Geste die schwarz gefärbten Schnittlauchsträhnen über die Schulter. «Kaum engagiert sich die Jugend, schon wird sie von der älteren Generation als Belästigung empfunden.»

«Ich mach dir gleich Belästigung», sagte ich. «Filmt lieber das Brautpaar. Gustl und Steffi freuen sich bestimmt, wenn sie sich das Halligalli hinterher noch mal anschauen können.»

«Das glaube ich auch», sagte Marie. «Der Dozent von unserem Filmkurs hat uns nämlich vorgeschlagen, nach Dogma-Richtlinien zu filmen. Das ist super!»

«Nach was?»

Marie verdrehte die Augen.

«Dogma!», sagte Mario. «Da hält man sich an ganz bestimmte Kriterien beim Drehen. Der Film *Idioten* von Lars von Trier ist zum Beispiel ein Dogma-Film.»

«Ah! Und ihr wollt jetzt *Idioten II* drehen!»

«Ma-ma!», rief Marie.

«Wir dürfen nur an Originalschauplätzen filmen, ohne künstliche Beleuchtung und Spezialeffekte», erzählte Mario begeistert. «Alles spielt im Hier und Jetzt. Und es dürfen weder Waffengewalt noch Mord drin vorkommen.»

Lautstarkes Geschrei unterbrach unser Gespräch.

«So kann ich nicht arbeiten!!!» Ein sichtlich echauffierter Fotograf rannte auf Gustl zu, der hinter einer roten Kübelspritze stand. Steffi hielt das Rohr.

«Wir hatten vereinbart, dass die Hochzeitsfotos sofort nach dem Gottesdienst gemacht werden», schrie der Fotograf. «Aber jetzt spielen Sie hier Feuerwehr, und ich komme mit meinem Zeitplan völlig durcheinander!»

Gustl sah den Mann verständnislos an. «Aber meine Feuerwehrkumbel hamm des alles vorbereidet. Mir müssen erst die Aufgahm erledigen, sonst bringt des Unglück!» Er fing aus Leibeskräften zu pumpen an, und der Fotograf bekam einen echten Grund zum Schreien: Steffi spritzte ihn klatschnass.

Julian lachte sich kaputt, und Mario filmte jedes Detail. Die Dogma-Richtlinien konnte er jedoch getrost vergessen, denn Mord und Todschlag waren zum Greifen nah.

«Etzt reicht's fei!» Gundi, die als Grundschullehrerin in ihrem Leben schon mit vielen Problemschülern fertig geworden war, riss den Fotografen am Sakko zurück. «Du warddest etzt, bis die zwei ferddig sinn. Und dann kannst Bilder machen, bis dir schlecht wird! Kabbiert?»

Der Fotograf murrte zwar, aber als ihm jemand ein Handtuch und einen Schnaps reichte, beruhigte er sich und tat, was Gundi ihm befohlen hatte.

Als alle Spiele gespielt und die Fotos im Kasten waren, fuhr ich mit Christian, Julian, Jeanette und Elke nach Wiestal zurück. Marie und Mario hatten es irgendwie geschafft, sich mit ihrer Kamera in die Brautkutsche zu schmuggeln. Julian war zwar enttäuscht, weil sie ihn nicht hatten mitnehmen können, aber der große gasgefüllte Luftballon, der unter dem Wagenhimmel klebte und Christian die Sicht durch die Heckscheibe versperrte, machte vieles wett.

«Wenn ich den loslasse, fliegt er gaaanz weit. Bis nach Nürnberg zu Mama!», sagte er.

«Mama kommt nach dem Abendessen und holt dich ab.»

«Oooch. Kann ich nicht bei euch bleiben? Nur heute?»

Es war Christian anzusehen, dass er Julian nur ungern die Freude verdarb, aber seine Exfrau Katja bestimmte die Regeln. Und die sahen so aus, dass ich mich manchmal fragte, ob sie uns absichtlich Steine in den Weg legen wollte. Blöd war nur, wenn Julian darunter leiden musste, so wie heute. Es wurmte mich zwar, aber ich hielt mich wohlweislich heraus.

«Sei nicht traurig», sagte ich. «Bald bist du wieder ein ganzes Wochenende hier, und dann machen wir es uns richtig schön.»

«Auch mit Marie?»

«Mit allen», versprach ich.

In Wiestal parkten wir vor dem Feuerwehrhaus, das für den heutigen Tag in *Feier*wehrhaus umgetauft worden war. Die Schnepfen waren schon da.

«Geht's ihr scho amol rein», sagte Bärbel zu den anderen. «Mir leihen uns die Nina bloß kurz aus, gell?»

«Ist was passiert?»

«Naa», beruhigte mich Rosi. Sie nahm mich am Arm, führte mich zu einer Sitzbank am Ufer der Wieslach, die direkt an der Feuerwache vorbeifloss, und bedeutete mir, mich zu setzen. Die vier stellten sich vor mir auf.

«Jetzt macht ihr mir aber schon ein bisschen Angst», sagte ich.

«Ach Quatsch!», begann Leni, aber Bärbel stieß ihr den Ellenbogen in die Rippen und übernahm das Wort.

«Liebe Nina», sagte sie feierlich.

Mir wurde ganz anders.

«Liebe Nina. Mir möchten dir heut amol sagen, wie glücklich uns des macht, dass du uns von Anfang an mit unserer Schneiderei so unterstützt hast.»

«Und weil des hier ausgekaschbert worden is …», sagte Claudia und zeigte auf das Feuerwehrhaus. «… hammer uns gedacht, dass des der richtige Ort wär, um dir a klaans G'schenk zu überreichen.»

Sie sah Rosi an, und diese zog ein kleines Päckchen aus der Tasche und hielt es mir hin.

«Ja, aber …»

«Red ned so viel», sagte Leni. «Back's einfach aus.»

Sie nahm Rosi das Päckchen ab und drückte es mir in die Hand. Vorsichtig löste ich die rote Schleife und entfernte das Goldpapier. Eine kleine Schachtel kam zum Vorschein.

«Ob es dir wohl g'fällt?», sagte Rosi. Auch die anderen sahen mich gespannt an.

Vorsichtig löste ich den Deckel. «Ihr seid doch verrückt!», rief ich, als ich sah, was auf dem Samtbett lag. «Das ist …»

«Bloß a weng a Danggeschön von uns», sagte Bärbel.

«Mit der Schneiderei und mit Zwiebellook is unser großer Lebensdraum in Erfüllung gegangen. Und ohne dich wär des ja nie so gekommen!»

Vorsichtig nahm ich die Kette mit dem kleinen goldenen Zwiebelanhänger aus der Schachtel. Ich machte den Verschluss auf, und Bärbel hängte sie mir um.

Ich sah meine vier Schnepfen gerührt an. «Ihr seid doch verrückt!»

«Auch ned mehr wie du», sagte Leni. «Und etzt brauch ich a Dordde!»

Der Versammlungsraum der *Feierwehr* war mit bunten Girlanden geschmückt, und an den Wänden hingen die farbenfrohen Gemälde von Bräutigam Gustl. Früher hatte er hauptsächlich Bergpanoramen nach seinem Vorbild Bob Ross gemalt und dann eine kurze Zeit mich. Doch seit er mit Steffi liiert war, war sie das Hauptmotiv seiner Bilder, und so umgab sie uns hier in mannigfaltigen Variationen: Steffi vor Bergen, im Wald und auf der Wiese. Sitzend, liegend, hockend. In Hose, Rock und Overall. Und zur Feier des Tages heute auch noch live und in 3D im Umstandskleid!

Die Tortenschlacht war bereits in vollem Gange. Wir setzten uns zu Familie und Freunden und ließen es uns genauso schmecken wie Gustl und Steffi, die an der Ehrentafel thronten und sich gegenseitig mit Sahne fütterten. Marie und Mario filmten immer noch alles, was sich bewegte. Die Bedienungen gingen mit Kaffee und Sekt durch die Reihen und sorgten dafür, dass Tassen und Gläser nie leer wurden. Die Kinder spielten Verstecken unter den Tischen, bis sie ein ganzes Tablett mit *Dorddnbladden* zur Strecke gebracht hatten und hinausgeschickt wurden. Reden wurden geschwungen und die Witze mit steigendem Alkoholpegel immer schlüpfriger. Gegen achtzehn Uhr ging das Kaffeetrinken nahtlos in ein Abendessen über.

Ich stöhnte, als ein Teller mit Braten und Klößen vor mich hingestellt wurde. «Beim besten Willen: Ich kriege keinen Bissen mehr runter.»

«Die Soß daugt sowieso nix», brummte Gundi. «Viel zu dünn …»

«Des hab ich mir fei auch grad gedacht», sagte Bärbels Mann Ernst. Seit seiner Pensionierung hatte er das Kochen für sich entdeckt und mauserte sich allmählich zum Experten. Zum Glück für uns, denn inzwischen kochte

Ernst unter der Woche in meiner Wirtshausküche für die Zwiebellook-Frauen, deren Männer und Angestellte und servierte seine Kreationen in der ehemaligen Gaststube. Jetzt rümpfte er die Nase. «A weng a Soßenbinder wär da ned falsch g'wesen.»

«Soßenbinder!» Gundi schnaubte. «Naa, mer hätt's a weng mit kalder Budder aufkochen soll'n.»

«Zu fett», hielt Ernst dagegen. «Meinetwegen a weng a Grem fräsch, aber mehr ned.»

«Des wär auch a Möglichkeit», gab Gundi zu. «Aber bloß a weng!»

«Bloß an Glecks.» Beide nickten feierlich.

«Ich glaub's ned», flüsterte Bärbel mir ins Ohr. «Mei Mann und die Gundi sinn einer Meinung.»

«Warte nur bis Montag», sagte ich leise. «Dann sieht die Welt schon wieder ganz anders aus.»

Bei dem Gedanken an die ewigen Streitereien der beiden musste ich unwillkürlich seufzen.

Elke musterte mich nachdenklich. «Was ist los? Hat dich die Hochzeit so mitgenommen?»

Ich schüttelte den Kopf. «Nein, aber wenn ich an die kommenden Wochen denke, wird mir ganz anders. Zwiebellook läuft wie verrückt. Schicke, bequeme Mode für Frauen ab vierzig hat anscheinend im Markt noch gefehlt. Die Kundinnen reißen uns die Sachen geradezu aus den Händen. Das ist schön, aber der Erfolg macht natürlich auch viel Arbeit. Ich weiß manchmal nicht mehr, wie ich das alles schaffen soll.»

Jeanette, die uns von Berlin aus mit Accessoires belieferte, nickte. «Kenne ich. Was du brauchst, ist eine Assistentin, die dir unter die Arme greift.»

«Ja klar! Aber wer will schon nach Wiestal? In Berlin ist es sicher einfacher, jemanden zu bekommen. »

«Stimmt. Gerade letzte Woche hat sich bei mir ein junger Typ vorgestellt. Schien ein fähiger Knabe zu sein. Aber ich brauche im Moment niemanden, deshalb habe ich ihn nach einem Espresso wieder verabschiedet.» Sie dachte einen Moment nach. «Er hat aber die Sachen gesehen, die ich für euch entworfen hatte. Die fand er richtig gut.»

«Ob das reicht, um ihn ans Ende der Welt zu locken?» Plötzlich war ich gar nicht mehr so begeistert vom Leben auf dem Lande.

«Ich habe seine Karte noch im Atelier», sagte Jeanette. «Sobald ich zurück bin, schicke ich dir die Nummer. Fragen kostet nichts.»

«Eine gute Idee.» Christian strich mir zärtlich über die Wange. «Und ich werde heute Abend alles daransetzen, dich von der Arbeit abzulenken. Gleich nachdem ich Julian an Katja übergeben habe.» Er zog mich an sich und flüsterte mir ein paar Vorschläge ins Ohr. Alles Dinge, für die ich liebend gerne bereit war, die Arbeit für eine Weile zu vergessen …

Als die Tische abgeräumt waren und der Alleinunterhalter seine Instrumente aufgebaut hatte, erwachten die Wiestaler aus dem Knödelkoma. Nach dem Hochzeitswalzer von Braut und Bräutigam strömten immer mehr Paare auf die Tanzfläche, und bald herrschte dichtes Gedränge.

Die Stimmung im Saal war ausgelassen, doch nicht immer harmonisch. Am Verwandtschaftstisch hatte es schon beim Essen immer wieder Meinungsverschiedenheiten gegeben, wie ich aus dem Augenwinkel beobachtet hatte, doch nun schien die Lage zu eskalieren. Was Marie und Mario sofort auf den Plan rief.

«Naa, ich möcht ned mit dir tanzen», zeterte Steffis Mutter. «Du bist ja scho b'soffen!»

«Bin ich ned!» Steffis Vater schlug mit der Faust auf den Tisch. «Ich hab bloß an gleinen Schwibbs. Und des darf scho sei, wenn die Dochder heiradet!» Er langte nach dem Bierglas, aber die Gattin schlug ihm auf die Hand. «Du hast genug g'habt! Und ihr zwei macht's euch amol vom Agger mit eurer Kamera, gell?»

Die beiden Dogma-Jünger traten eilig den Rückzug an, filmten aber aus einiger Entfernung unbeirrt weiter.

Rosi beobachtete das streitende Paar ebenfalls. «Die könnten sich doch wenigstens an so einem Dag z'ammreißen und a weng nedd miteinander umgeh'n, oder? Liebe is doch des Wertvollste, wasses gibt auf der Welt. Des dritt mer doch ned mit Füßen.» Dann seufzte sie. «Ob mir noch amol a guder Mann übern Weg läuft? Manchmal glaub ich, der Zug ist längst abg'fahr'n …»

«Du bräuchdest so einen wie 'n Walder», mischte Gundi sich ein. «Des is a Guder!»

«Also echt!» Rosi machte ein beleidigtes Gesicht. «A weng jünger darf er scho sein.»

«Ich mein ja auch bloß die Qualidät!» Meine Nachbarin stand auf. «Und ezt werr ich ihn gleich amol zum Danz auffordern.» Sagte es und bahnte sich einen Weg auf die volle Tanzfläche.

«Gibt es denn momentan aussichtsreiche Kandidaten bei dir?», fragte ich Rosi.

«Ned direggt», sagte sie. «Ich überleg, ob ich's amol über's Indernet versuch. Aber da gerat ich am End noch an so an Irren, der wo mich gleich beim ersten Dreffen umbringt!»

«Na, so schlimm wird es sicher nicht gleich kommen. Aber vorsichtig musst du schon sein.» Ich bedankte mich gerade beim Universum, dass ich meinen eigenen Traummann auf ganz konventionelle Art kennengelernt hatte, als er auch schon an unserem Tisch auftauchte. Er hatte Julian pflichtgemäß abgeliefert.

«Was ist mit euch? Lust zum Tanzen?»

«Ich lasse Rosi den Vortritt», sagte ich. «Ich muss ganz dringend mal verschwinden.»

Als ich in den Saal zurückkehren wollte, zog mich jemand am Ärmel.

«Walter!»

Der alte Mann sah mich finster an.

«Was ist passiert?», fragte ich erschrocken.

«Ich bräucht amol deine Hilfe.»

«Worum geht es denn?»

Er zeigte auf die Treppe, die zum Dachboden führte. «Am besten geh mer da rauf, sonst find se mich gleich wieder.»

Beklommen folgte ich ihm und setzte mich neben ihn auf die oberste Treppenstufe. «Bist du auf der Flucht vor Gundi?»

Er nickte. «Allmählich macht se mich fei ganz verrüggt.»

«Aber nicht vor Freude, stimmt's?»

«Naa, ganz bestimmt ned.» Er holte tief Luft. «Heut isses ganz besonders schlimm. Und ich fühl mich sowieso scho wie der letzte Depp.»

Das konnte ich gut nachvollziehen. Gundi war Mitte

siebzig, wirkte aber mit ihren bunten Klamotten, den kurzen weißen Haaren und ihrer agilen Art flotter als so mancher Jugendliche. Und in der Regel hatte sie viel Verständnis für die Eigenheiten ihrer Mitmenschen. Doch seit sie sich in den Kopf gesetzt hatte, Walter und sie müssten ein Paar werden, machte sie regelrecht Jagd auf ihn. Kein Wunder, dass der Mann am Ende war. Er sah mich flehend an.

«Häddest du vielleicht a Ahnung, wie ich se von der Idee mit'm Heirad'n abbringen könnt?»

Oha, warum wollte er nicht gleich wissen, wie man mit dem Fahrrad zum Mond kam?

«Vielleicht versuchst du mal, ihr eine Zeitlang aus dem Weg zu gehen?»

«Des glaubst doch wohl selber ned, dass des glabbt.» Walters Lachen klang kein bisschen fröhlich.

Er hatte recht. Wann immer er sich rargemacht hatte, war sie erst recht hinter ihm her gewesen …

Weiter kam ich mit meinen Überlegungen nicht, denn ich hörte Christian nach mir rufen.

Ich rief zurück: «Hier bin ich!»

Im nächsten Augenblick tauchte mein Liebster im Halbdunklen vor uns auf. «Walter! Du bist wirklich der Schwarm aller Frauen. Wie machst du das bloß?»

«Walter hat eben das gewisse Etwas», sagte ich. «Aber keine Angst, gleich komme ich zu dir zurück. Eine Minute!» Ich schob Christian sanft die Treppe hinunter. Dann kam mir eine Idee. Ich beugte ich mich zu Walter hinunter und flüsterte ihm etwas ins Ohr.

«Meinst, des könnt glabb'n?»

«Schlimmer kann es sowieso nicht mehr werden, oder?»

«Hast recht.» Walter stand auf. «Is vielleicht gar ned so blöd!»

«Um was ging's denn?», fragte Christian, als wir uns kurz danach auf der Tanzfläche drehten.

«Ich habe Walter geraten, den Spieß einfach mal umzudrehen.»

Christian sah mich verwirrt an. «Welchen Spieß?»

«Bis jetzt war Gundi hinter *ihm* her. Jetzt wäre es interessant zu sehen, wie sie reagiert, wenn er *ihr* dauernd nachstellt, verstehst du?»

«Ich könnte mir vorstellen, dass ihr das gar nicht passt. Gundi will die Fäden in der Hand halten.»

«Eben. Aber vielleicht kapiert sie so, dass es nicht angenehm ist, wenn einem immerzu jemand auf die Pelle rückt. Dann lässt sie den armen Walter endlich mal in Ruhe.»

«Mmmm ...» Zärtlich knabberte er an meinem Ohr. «Ich liebe raffinierte Frauen.»

Wir tanzten selig. Bis plötzlich hinter uns Steffi zu schreien anfing. «Es geht los! Es geht los!»

Sofort war sie von den Gästen umringt. Der ganze Saal geriet in Aufruhr. Gustl, der gerade mit zwei vollen Bierkrügen von der Bar zurückkam, bahnte sich einen Weg.

«Macht's Blatz! Mei Frau kommt nieder. Sie gricht a Kind. Ach, was red ich denn, sie gricht zwaa Kinner! Mir müss'n sofort ins Grank'nhaus!»

Während er die stöhnende Steffi zum Ausgang bugsierte, drängten sich Marie und Mario in die erste Reihe und filmten alles aus nächster Nähe. Wiestal war wirklich ein gesegnetes Pflaster für Dogma-Filme. Auch ohne die verbotenen Spezialeffekte hatte man immer Bombenaction.

Gerade schubste Steffis Mutter ihren Schwiegersohn zur Seite. «Du brauchst fei ned mitgeh'n!»

Doch Gustl dachte gar nicht daran, seiner Schwiegermutter das Feld zu überlassen. «Des däd dir so bassen! Finger weg! Des ist *mei* Frau, und *ich* fahr mit ihr mit. Ned du!»

Was ihm einen begeisterten Applaus von seinem Schwiegervater einbrachte.

Nachdem Gustl und Steffi sich auf den Weg ins Krankenhaus gemacht hatten, stand die Hochzeitsgesellschaft etwas ratlos im Saal herum. Aber dann stellte Alleinunterhalter Bernd unter Beweis, dass er auch dieser Situation gewachsen war. Er griff in die Tasten seines Keyboards und stimmte das Lied *Zum Geburtstag viel Glück* an:

«Zur Geburt ganz viel Glück, zur Geburt ganz viel Glück, zur Gebu-hurt, liebes Brautpaar, zur Geburt ganz viel Glück!»

Die Anwesenden erwachten aus ihrer Schockstarre, hoben die Gläser und sangen begeistert mit. Und als Bernd nach dem letzten *Glück* nahtlos in *Smoke on the Water* von Deep Purple wechselte, stürmten Elke und Jeanette zusammen mit den Wiestalern die Tanzfläche und rockten, was das Zeug hielt. Die Stimmung war gerettet.

«Ich bin fei g'spannt, was des für Kinner werrn», sagte Gundi.

«Des werrn ganz dolle Kinner», rief Steffis Vater überzeugt. «Stimmt's, mei Schatz?» Er nahm seine Frau in den Arm und drückte ihr einen dicken Kuss auf die Wange.

Zum ersten Mal an diesem Tag sah *Schatz* ihren Mann versöhnlich an und nickte.

«Ganz bestimmt», pflichtete sie ihm bei. «Aber etzt bräucht ich fei auch a weng an Schnabbs!»

Um drei Uhr waren wir glücklich nach Hause geschwankt. Nun kuschelte sich Christian im Bett eng an mich.

«Nach so einem Fest kriegt man glatt Lust, selber zu heiraten», murmelte er. Seine warme Hand bahnte sich einen Weg unter mein Schlafshirt und wanderte langsam nach oben. Ich seufzte wohlig.

«Ich habe auch Lust. Auf dich», sagte ich und strich ihm über den knackigen Hintern. Er drängte sich an mich.

«Und auf's Heiraten?»

«Ach, Heiraten wird doch überbewertet. Hauptsache, wir lieben uns», flüsterte ich, und dann liebten wir uns. Sehr.

Zwei

Die Vorhersage für Montag, den 16. September:
Bereits in der Nacht ziehen dunkle Gedanken auf. Die Panik ist mäßig bis stark und kommt aus verschiedenen Richtungen.

Zwei Tage später stand ich im Schneideratelier. «Nina, ich glaub, du hast scho wieder viel zu wenig Stoff eingekauft!» Leni wedelte gereizt mit einem handtuchgroßen Stück graublauer Seide. «Des reicht doch nie und nimmer!»

«Und des Garn hast anscheinend auch noch ned b'stellt! Ich näh scho auf der letzten Rolle!» Anklagend zeigte Claudia auf ihre wild ratternde Nähmaschine.

O Gott, ich hatte die Bestellung tatsächlich vergessen. Und in einer Woche musste alles fertig sein!

Jetzt klingelte auch noch das Telefon. Frau Wittmann war dran.

«Wann kommt endlich die Bestellung, Frau Lindner? Sie hatten mir siebenundfünfzig Wickelröcke, fünfundsiebzig China-Blusen und zweitausendachthunderteinunddreißig Unterhosen versprochen. Die müssen bis morgen hier sein, sonst machen wir sämtliche Bestellungen rückgängig!» Sie knallte den Hörer auf die Gabel.

Irgendetwas an dieser Bestellung war total falsch. Wir hatten doch überhaupt keine Unterhosen in der Kollektion! Aber als ich versuchte, zurückzurufen, konnte ich plötzlich die Zahlen auf dem Telefon nicht mehr lesen, und dann wurde mir schwindlig. Ich versuchte mich am Tisch festzuhalten, aber alles um mich herum drehte sich, schneller, immer schneller. Und mit einem lauten Schrei landete ich …

… im Bett.

Verwirrt sah ich auf den Wecker. 2.15 Uhr. Na toll. Die Betthälfte neben mir war kalt und leer. Es dauerte eine Weile, bis ich mich daran erinnerte, dass Christian heute Nacht bei sich zu Hause schlief.

Nun war ich richtig wach geworden, und die Panik aus meinem Traum ging in die Verlängerung. *Ich muss Stoffe und Garne bestellen der Garten wuchert das Haus zu die Kühltruhe muss abgetaut werden das Auto muss in die Werkstatt die Homepage ist eine Baustelle und …*

HALT! STOPP!

Denk an etwas Schönes, Nina, atme ganz tief durch. Du liegst in einem weichen Bett, hast liebe Menschen um dich herum, es ist alles in bester Ordnung. Denk an was Schönes. Zum Beispiel an den Kurzurlaub, mit dem Christian dich überrascht hat, und versuch dich zu entspannen!

Ich schloss die Augen und beamte mich in das Wellnesshotel am Alpenrand zurück, wo wir drei Tage verwöhnt worden waren und wo

der TÜV ist abgelaufen

wo uns freundliche Kellner, die uns jeden Wunsch von den Augen ablasen, köstliche Speisen servierten, während

die Katze muss geimpft werden

Ich kniff die Augen fest zusammen und versuchte den Störsender in meinem Kopf auszuschalten. Richtete meine Gedanken und Erinnerungen ganz auf die Bergtour, die wir unternommen hatten, auf die atemberaubende Aussicht und

ich habe Marie versprochen mit ihr nach Nürnberg zu fahren

Verdammt, so hatte das keinen Sinn. Zumal ich bei der Erinnerung an das Vier-Gänge-Menü richtigen Heißhunger bekommen hatte.

Ich zog mir ein Sweatshirt über, schlüpfte in meine Schlappen und schlich die Treppe hinunter. Was ich jetzt brauchte, waren eine Tasse Kräutertee und etwas Leckeres. Etwas richtig Leckeres. Und davon jede Menge.

Ein Blick in den Familienkühlschrank brachte mich auf den Boden der Tatsachen zurück – Tatsachen, die viel zu gesund für den Begriff *Gelüste* waren.

Doch es gab noch einen zweiten Kühlschrank in der Küche. Im dem verstaute Bärbels Mann Ernst alles für die gemeinschaftlichen Mittagessen. Und hier fand ich genau das, was ich dringend brauchte: eine große Schüssel Mousse au Chocolat à l'Orange, die er für den Nachtisch vorbereitet hatte.

Nachdem ich mir erfolgreich eingeredet hatte, dass niemand es merkt, wenn ich ein paar kli-tze-klei-ne Löffelchen davon essen würde, setzte ich mich mit meiner Tasse Tee, der Mousse und einem Block an den Küchentisch.

An der Wand gegenüber hing einer von den Sprüchen, die mein exzentrischer Onkel zu Lebzeiten gestickt und gerahmt hatte: ***Mag draußen die Welt ihr Unwesen treiben, mein Haus soll meine Ruhestatt bleiben!*** Wie es zu diesem Hobby gekommen war, wusste ich nicht. Aber er hatte es exzessiv betrieben, denn die Sprüche hingen in allen Räumen.

«In diesem Sinne!», sagte ich, prostete dem Bild mit meiner Tasse zu und begann mit meiner To-do-Liste.

Als ich die ersten fünf Punkte notierte hatte, belohnte ich mich mit einem Löffel von Ernsts Schokotraum.

Ein Stunde später hatte ich alles aufgeschrieben, was erledigt werden musste, und lehnte mich zufrieden zurück. Dabei fiel mein Blick auf die halbleere Schüssel. Aus den paar *kli-tze-klei-nen Löffelchen* waren anscheinend ein paar mehr geworden.

In diesem Moment kam Krauli durch die Katzentür herein und sprang neben mich auf die Eckbank. Auch sie gehörte zum Erbe von Onkel Hubert, stickte aber weder Spruch- noch Mausbilder.

«Hoffentlich gibt das weggefressene Mousse keinen Ärger», sagte ich, während ich ihr über das schwarze Fell strich. «Sonst sage ich einfach, dass du das warst.»

Krauli sah mich streng an.

«Keine Sorge, Ernst wird bestimmt nicht böse sein. Der schüttelt einfach was Neues aus dem Ärmel. Und nur dass du schon mal Bescheid weißt: Du musst bald zum Impfen. Punkt zwölf!» Ich klopfte mit dem Zeigefinger auf die vollgeschriebenen Seiten. «Alles, was hier draufsteht, wird erledigt. Widerstand zwecklos!»

Und damit nahm ich die Katze mit ins Bett. Gemeinsam ratzten wir, bis um sechs der Wecker klingelte und ich mit pochenden Kopfschmerzen langsam zu mir kam.

Wer an diesem Vormittag ebenfalls pochte, war Ernst. Und zwar mit Nachdruck auf die halbleere Schüssel. Der Glaube, dass er improvisieren konnte, stellte sich soeben als nächtliche Illusion heraus. Auch mit seiner Gelassenheit war es nicht zum Besten bestellt.

«War des die Marie?!», fragte er erbost.

«Nein, das war ich. Tut mir leid, ich hatte heute Nacht eine schlimme Krise.» Die sich inzwischen in bleierne Müdigkeit verwandelt hatte.

«Und was soll ich etzt machen?»

«Flexibel sein.»

Das war ich heute Morgen ja schließlich auch gewesen: Weil *irgendein Depp* vergessen hatte, die Kanne unter den Filter der Kaffeemaschine zu stellen, musste ich den Küchenfußboden wischen. Und nach dem Weggießen des Wischwassers auch den Boden in der Toilette. Dann hatte ich eine neue Hose angezogen und die Schuhe zum Trocknen in den Garten gebracht. Ganz flexibel!

«Ich kann doch bis Middag kei neue Mousse machen. Und scho gar ned Alorraasch.» Ernsts Stimme bekam einen jammernden Unterton. Das war das Letzte, was ich jetzt ertragen konnte. *Entspann dich, Nina! Du bist die Ruhe selbst!*

«Mach doch einfach aus dem Mousse-Rest Schokonocken und serviere sie auf einem Erdbeerspiegel», schlug ich vor. «In der Tiefkühltruhe sind welche!»

In der Tiefkühltruhe, die dringend abgetaut werden müsste …

«Wann soll ich denn *des* noch machen? Ich hab doch scho genug zu dun!»

Ich war kurz davor, hysterisch loszuschreien, als die

Küchentür aufgerissen wurde und Gustl hereinschoss. Er strahlte über das ganze Gesicht. Sogar der rötliche Flaum auf seinem Kopf schien zu leuchten.

«Unsere Buben sinn da! Pumperlg'sund!», rief Gustl. «Is des ned schee?» Er packte mich und tanzte mit mir durch die Küche.

Ich machte mich lachend los. «Gratuliere! Hat Steffi die Geburt gut überstanden?»

«Der geht's subber! Und wie die des g'macht hat!» Gustl platzte fast vor Stolz. «Mei Frau is spitzenglasse!»

«Das stimmt!», sagte ich herzlich. «Und darf ich fragen, wie die Jungs heißen?»

«Bob und Ross! Schee, gell?» Und schon war er im Flur verschwunden.

Es dauerte einen Moment, bevor Ernst und ich die Information verdaut hatten. Mich schockte hier so leicht nichts mehr, aber Ernst wirkte regelrecht empört.

«Was sinn denn des für dämliche Namen!?»

«Du kennst doch Gustls Gemälde, oder?», fragte ich ihn.

«Die kitschichen Ölsching'n?»

«Ach, über kitschig kann man sich ja streiten. Jedenfalls hat er die alle nach Anleitung eines gewissen Bob Ross gemalt, seines großen Vorbilds.»

«Bob geht ja noch. Aber würd'st du dei Kind Ross nennen? Ross Beck heißt des arme Würmla etzt.»

«Bob Beck klingt nicht viel besser.» Ich spürte, wie ein hysterisches Kichern in mir hochstieg.

Ernst schüttelte verständnislos den Kopf. Dabei fiel sein Blick wieder auf die Schüssel des Anstoßes. «Und was machen mir etzt midd'm Nachdisch?»

«Hab ich dir doch schon gesagt!» Ich zitierte frei nach

Onkel Hubert: ***Bereite die Speise auf neuart'ge Weise. Gib Erdbeer'n dazu, dann gelingt's dir im Nu!***

Damit ließ ich Ernst mit seinem Problem allein und ging in die Schneiderei, wo Gustl zwischen den Schnepfen saß und bereitwillig Auskunft zu allen Fragen gab.

«Fei schee, dasses der Steffi so gut geht», sagte Leni. «Hast es g'hört, Nina? Alles in allem bloß zwaa Stunden!»

«Macht braggdisch eine Stunde bro Bub», philosophierte Gustl. «Dessisserawahnsinn!»

«Ja, die Steffi ist echt schnell», führte ich das Thema behutsam in eine andere Richtung. «Apropos schnell: Wisst ihr schon, wann ich Frau Wittmann die Musterteile schicken kann?» Ich legte eine Liste auf den Tisch und zeigte auf die einzelnen Posten.

Dieses Thema brachte die Schnepfen auf den Boden der Tatsachen zurück, und sie schalteten von Wochenbett auf Wochenplan um.

«Des könnt fei gnapp werrn», seufzte Claudia, als sie sich die Bestellung durchlas. «A baar Sachen sinn scho ferddig, aber des meiste ned.»

«Alles eine Frage der Organisation», sagte ich. «Wir müssen uns einfach ranhalten.»

«Weißt du denn scho, wann der gedupfte Leinenstoff für die langen Wiggelrögge nachg'liefert werrn kann?» Bärbel hatte sah mich über den Rand ihrer Brille an.

«Leider nicht», sagte ich. «Aber wir können andere Teile vorziehen, oder?»

Und dabei ganz entspannt bleiben!

Bärbel zog die Augenbrauen zusammen. «Es wär aber besser, wenn mir bei unserm Ablaufplan bleiben könnten, waaßt?»

Jetzt reichte es mir allmählich. Erst Ernst und jetzt auch noch meine Schnepfen! War denn hier niemand außer mir bereit zu improvisieren, wenn es sein musste?

Zu allem Überfluss dudelte auch noch mein Telefon. Frau Wittmann war dran, und sie kam direkt zur Sache. «Wann kann ich mit den Musterteilen rechnen?»

«Ich sprach gerade mit meinen Mitarbeiterinnen darüber», sagte ich. «Ein paar Sachen könnten wir Ihnen gleich schicken, aber wir haben leider Probleme mit einer Stofflieferung und …»

«Ich brauche aber doch die ganze Kollektion!», sagte Frau Wittmann enttäuscht.

«Die sollen Sie ja auch bekommen», sagte ich beschwichtigend. «Sobald …»

Aber sie unterbrach mich gleich wieder. «Wissen Sie, Frau Lindner, Fotos sind ja schön und gut, aber ich bin ein sinnlicher Mensch. Ich muss die Sachen anfassen, den Stoff auf der Haut spüren, verstehen Sie?»

«Natürlich verstehe ich das.» *Rrrrruhig bleiben, Nina!!!*

«Ich muss sie vor mir ausbreiten, daran riechen …»

Bei der Vorstellung, wie Frau Wittmann sich durch unsere Kollektion schnüffelte, riss mir endgültig der Geduldsfaden.

«Ich habe schon verstanden, Frau Wittmann!», sagte ich erheblich lauter, als nötig gewesen wäre. «Die ersten Teile gehen heute per Express an Sie raus. Dann riechen Sie doch erst mal daran, bis wir den Rest schicken können.»

Klick.

Mist.

«Das war Frau Wittmann», sagte ich und drückte auf

den Aus-Knopf. «Ich fürchte, ich habe sie gerade *ein bisschen* verärgert.»

Mein Telefon klingelte wieder. «Frau Wittmann!», rief ich erleichtert. «Entschuldigen Sie meinen Ausrutscher … Ach du bist es, Jeanette.»

Ich machte den Schnepfen mit pantomimischen Gesten klar, dass ich in mein Arbeitszimmer gehen würde. Dann schlich ich mich an der Küchentür vorbei und sauste die Treppe hinauf.

«Du klingst gehetzt», sagte die Stimme aus Berlin. «Läuft's heute nicht so rund?»

«Hier *geht* es höchstens rund. Und zwar auf allen Kanälen.» In kurzen Sätzen schilderte ich ihr die Lage. «Wenn Ernst mich nachher *noch ein Mal* auf diese Mousse à l'Oraasch anspricht, mache ich Hackfleisch aus ihm! Und aus der Wittmann ein Soufflé!» Ich ließ mich auf meinen Schreibtischstuhl fallen, dass es krachte.

Jeanette kicherte. «Na, dann hoffe ich nur, dass du deinen neuen Assistenten heil lässt. Ich habe vorhin schon mal mit Patrick telefoniert. Er scheint gar nicht abgeneigt, zur Abwechslung mal in der Pampa zu arbeiten.» Sie diktierte mir eine Nummer. «Am besten rufst du gleich an. Ich drück dir die Daumen!»

Ich drückte mir auch die Daumen, während ich wählte. «Mein neuer Assistent!», flüsterte ich. «Liebste Göttin, oder wer immer da oben das Sagen hat. Bitte mach, dass das wahr wird!»

«Ja?»

«Äh, hallo. Hier ist Nina Lindner. Ist dort Patrick Schmitt?»

«Ja.»

«Jeanette Lorenz hat Ihnen von meinem Modelabel Zwiebellook erzählt», sprach ich nervös weiter. Es musste einfach klappen. «Stimmt es, dass Sie eventuell interessiert wären, eine Weile hier zu arbeiten?»

«Eventuell, ja.»

«Bei uns geht es gerade hoch her, und wir könnten gut eine Verstärkung gebrauchen. Wir leben zwar am Ende der Welt, aber so schlecht ist es hier auch nicht und …»

Klappe halten Nina! Bieder dich nicht so an!

«Vielleicht könnten Sie mir kurz schildern, welche Aufgaben mich erwarten?»

Himmel, er klang ganz schön kühl. Ich schaltete einen Gang zurück. «In erster Linie brauche ich Unterstützung beim Erstellen des Katalogs. Und die Homepage muss dringend aktualisiert werden.»

«Da habe ich Erfahrung», sagte Patrick. «Brauchen Sie auch Texte?»

«O ja!» Jetzt hätte ich doch fast laut losgejubelt.

«Ich habe eine Weile in einer Werbeagentur gearbeitet, aber das war nicht wirklich meine Welt.»

«Verständlich», sagte ich. «Hier bei Zwiebellook geht es erheblich entspannter zu.»

Patrick schwieg einen Moment. Ich hielt vor Spannung die Luft an.

«Ich könnte ein paar Tage zur Probe kommen, wenn Sie möchten.»

Ja! Ja! JAAA! Ich riss mich zusammen.

«In Ordnung», sagte ich sachlich. «Wann?»

«Passt es ab übermorgen?»

Was? Das wurde ja immer besser!

«Aber sicher», sagte ich. «Wenn Sie möchten, können Sie hier im Gasthof wohnen.»

«Nicht nötig», sagte Patrick. «Ein Freund von mir studiert in Bayreuth und hat Platz genug.»

Wir sprachen noch kurz über das Gehalt, das ich ihm anbieten konnte, dann war die Sache geritzt.

«Ich bin Mittwoch gegen Mittag bei Ihnen», sagte mein neuer Assistent. Assistent *auf Probe*! Aber wie hatte Onkel Hubert so schön gestickt: ***Besser ein Ranft Brot im Haus, als eine ganze Kuh in der Ferne.***

Vielleicht ließ sich der Ranft Brot ja noch in eine Kuh verwandeln, wenn ich es ihm hier schön genug machte.

Ich ging nach unten und stieß beschwingt die Tür zur Schneiderei auf. «Wir bekommen Unterstützung! Ein gewisser Patrick Schmitt hilft mir ab übermorgen mit dem Katalog und der Homepage.»

«Schaut er gut aus?», fragte Leni. «Des Auge isst ja mit, gell?»

Claudia und Bärbel grinsten.

«Keine Ahnung», sagte ich. «Aber meinetwegen kann er Klumpfüße haben. Hauptsache, er ist fit in der Birne und bereit, uns eine Weile unter die Arme zu greifen.»

«Dann kommst du auch wieder a weng zur Ruhe!» Bärbel drückte meine Hand. «Mir werrn alles dun, damit der Kerl sich da bei uns wohl fühlt. Gell, Rosi?» Sie stupste ihre Tischnachbarin an.

Rosi nickte geistesabwesend. «Was? Ja klar, kei Dhema.»

«Was ist denn mit dir los?» Ich sah sie besorgt an. «Wirst du etwa krank?»

Rosi schüttelte den Kopf. «Naa, ich hab bloß a weng schlecht g'schlafen.»

«Ich auch», sagte ich. «Aber jetzt wird alles gut, du wirst sehen.»

Ja, jetzt wird alles gut, Nina. Patrick wird sich als Granate im Büro erweisen, und wenn Frau Wittmann erst einmal alle Teile der neuen Kollektion vor sich liegen hat, wird sie begeistert anrufen und eine Riesenbestellung aufgeben. Ganz bestimmt!

Drei

Die Vorhersage für Mittwoch, den 17. September:
Wechselhaft mit Irrwitz. Am Nachmittag verbreitet Zuversicht. Es bleibt frustfrei.

Die Zuversicht, die mich durch die letzten beiden Tage getragen hatte, schmolz an diesem Morgen beim Blick in den Spiegel dahin. Ich sah keine dynamische Unternehmerin mit Pfiff, die in der hintersten Provinz einen begehrenswerten Arbeitsplatz anzubieten hatte, sondern eine erschöpfte Endvierzigerin, die dringend einen Haarschnitt brauchte.

Ein verschlafener Christian tauchte neben mir auf. Er küsste mich auf die Wange. «Gut schaust du aus.» Dann streifte er seine Pyjamahose ab, stieg in die Dusche und drehte das Wasser auf. «Haben wir etwas zum Frühstück da, oder soll ich Brötchen holen?», fragte er.

Ich starrte weiter auf mein Spiegelbild. «Meinst du das ernst?», fragte ich.

«Das mit den Brötchen?»

«Nein, das mit dem Aussehen.»

Er schob die Duschwand zur Seite und sah mich fragend an. «Na klar! Bist du anderer Meinung?»

Ich seufzte. «Im Moment fühle ich mich wie eine alte Schachtel, die Mode für alte Schachteln macht. Dieser Patrick wird es hier doch keine fünf Minuten aushalten!»

Christian lachte. «Ach, daher weht der Wind. Nina,

du bist eine tolle Frau, die hier ein solides kleines Unternehmen auf die Beine gestellt hat. Und du brauchst ihn doch nur für die Arbeit. Oder muss ich mir Sorgen machen?»

Ich drehte den Wasserhahn auf und spritzte mir kaltes Wasser ins Gesicht. «Nein, nein, ich brauche wirklich jemanden, der mir Arbeit abnimmt.» Ich schaute schnell zur Dusche. «Für alles andere bist du zuständig.»

«Das will ich hoffen», klang es von dort.

«Och nee …» Marie schaute verschlafen durch die Tür. «Braucht ihr noch lange?»

«Gleich fertig. Wenn du es ganz eilig hast, flitz doch zu Gundi rüber.» Ich trocknete mir das Gesicht ab.

«Die sitzt unten», brummte meine Tochter.

«Gundi?»

«Mit Brötchen und Zeitung.»

«Wieso das denn?»

«Keine Ahnung», muffelte Marie. «Aber sagt Bescheid, wenn das Bad frei ist. Ich darf heute nicht zu spät in die Schule kommen. Wir kriegen die Themen fürs Filmprojekt zugeteilt.»

«Kaffee?» Gundi tat so, als wäre es völlig normal, dass sie morgens bei uns in der Küche saß.

«Gern», sagte ich. «Ist was passiert?»

«Was soll'n bassiert sein?»

Rückt ihr Walter auf die Pelle, flitzt sie über unsere Schwelle, reimte ich à la Hubert.

Da ich aber wusste, dass sie das niemals zugeben würde, spielte ich das Spiel mit und setzte mich an den Tisch. «Heute stellt sich jemand aus Berlin vor», sagte ich. «Und ich hoffe, dass er sich hier wohl genug fühlt, um es eine Weile mit uns auszuhalten.»

«Werdschowerrn!» Gundi blätterte mit abwesendem Blick die Zeitung um. «Und wenn er bei euch ned ausgelastet ist, kann er a weng bei mir im Gardd'n aushelf'n, gell.»

Holla! Hört sie nicht mehr richtig zu, drückt ihr eindeutig der Schuh.

Als Gundi sich wieder in ihre eigenen Gemächer begeben hatte und Marie und Christian ebenfalls aus dem Haus waren, duschte ich ausgiebig. Dann öffnete ich meinen Kleiderschank und entschied mich für ein Outfit aus eigenem Hause: eine helle, raffiniert geschnittene Leinenhose und ein pflaumenblaues Seidenhemd, das meine Augenfarbe und die blonden Haare zum Leuchten brachte.

Modell *Alte Schachtel* noch einmal abgewendet, dachte ich, als ich mich im Spiegel betrachtete und ein wenig Wimperntusche und Lippenstift auftrug. Patrick kann kommen, ich bin bereit!

Doch je näher seine Ankunft rückte, umso nervöser wurde ich wieder. Nachdem ich eine Weile gearbeitet hatte, öffnete ich die Fenster in meinem Arbeitszimmer und holte tief Luft. Immerhin schien die Sonne. Wiestal zeigte sich von seiner schönsten Seite, und auf dem Marktplatz war sogar richtig Betrieb: Touristen schlenderten umher, Radfahrer machten Rast am kleinen Brunnen, und eine Wandergruppe diskutierte lautstark, welcher Markierung sie folgen sollte.

Ich nahm die Unterlagen für den Katalog, den Patrick bearbeiten sollte, und legte sie neben den großen Mac, an den ich ihn setzen wollte. *Alles wird gut!*

Als hätte das Universum mein Mantra erhört, kam in diesem Moment eine Mail herein: Die Lieferschwierigkeiten waren behoben, und die georderten Stoffe sollten noch heute zugestellt werden. Wenn das kein Zeichen war! Nun konnte Frau Wittmann Anfang nächster Woche die fehlenden Musterteile bekommen und anschließend ihre Riesen-Bestellung aufgeben. Und ich hatte eine Sorge weniger!

Gestärkt durch diesen Gedanken, arbeitete ich einen ganzen Berg Bürokram weg. Um halb zwölf sah ich auf die Uhr. Es war Zeit, entspannt hinunterzugehen und auf Patricks Ankunft zu warten.

Doch kaum war ich am unteren Ende der Treppe angelangt, hörte ich Ernst rufen: «Naa! Sie grieg'n gar nix!»

Ich rannte in die Gaststube. Ein Streit war das Letzte, was ich jetzt brauchen konnte. «Was ist denn los?»

«Dieser Mann will uns nicht bedienen!» Ein Mann im Trachtenjanker sah mich aufgebracht an. «Dabei haben wir ganz höflich um die Speisekarte gebeten.»

«Um diese Zeit wird die Küche wohl geöffnet sein, oder?» Seine Frau, die mit einem kleinen Mädchen auf der Eckbank saß, schien die Welt nicht mehr zu verstehen.

«Ich will Pommes», quengelte das Kind. «Mit viel Ketchup!»

«Gar nix gibt's!» Ernst rannte in die Küche zurück.

«Warum denn nicht?», fragte der Mann. «Haben Sie Ruhetag?»

Sehr witzig! Ich wusste schon gar nicht mehr, wie man das Wort buchstabierte!

«Hab ich nicht», sagte ich. «Hab ich *nie*.»

«Tja, dann hätten *wir* gerne die Karte!», sagte der Mann triumphierend und legte demonstrativ seinen Jägerhut auf den Tisch. «Und dreimal Apfelschorle!»

«Aber wir sind kein Gasthof im eigentlichen Sinne», versuchte ich zu erklären. «Wir sind ...»

«Also, für mich sieht das hier ganz nach Gasthof aus!» Der Mann breitete beide Arme aus und sah um sich. «Und wenn heute kein Ruhetag ist, seien Sie bitte so freundlich ...

«Ich will Cola!», nervte das Mädchen weiter. «Und Pommes!»

«Du hältst etzt amol dei Mund!» Mit hochrotem Kopf tauchte Ernst wieder auf. «Es gibt kei Bommes, und a Kardde hammer auch ned!»

«Wir kochen nur für unsere Mitarbeiterinnen und ihre Angehörigen», versuchte ich die Situation zu klären. «Deshalb ist es leider nicht möglich-» Eine Bewegung neben mir ließ mich aufblicken. O nein! Das Dogma-Duo war wieder mit der Kamera unterwegs!

«Was macht ihr denn schon hier? Das ist jetzt echt ungünstig», versuchte ich sie zu bremsen, aber Marie filmte fröhlich weiter.

«Studientag, Mama. Und wir brauchen für unsere Hausarbeit eine ungewöhnliche häusliche Situation. Die hier ist perfekt!»

«Also, ich muss doch bitten!» Der Mann schirmte mit seinem Hut sein Gesicht vor der Kamera ab. «Erst wird man nicht bedient und dann auch noch gefilmt!»

«Gibt's hier Pommes?», fragte das Mädchen Marie.

«Nein», sagte meine Tochter, während Mario weiter filmte. «Hier gibt es nie Pommes.»

«Stimmt ja gar ned!», rief Ernst durch die Küchentür. «Ich hab scho a baar Mal Bommes g'macht. So richdig aus frischen Kardoffeln. Da war'n alle begeistert!»

«Gut, dann nehmen wir die frischen Pommes!», rief der Mann Er hielt immer noch seinen Hut vor sein Gesicht. «Und wenn *Sie* nicht sofort diese Kamera wegnehmen, zeige ich Sie an!»

«Von wegen! Ich zeig *Sie* an!» Ernst kam auf den Tisch zu und zeigte mit einem fettigen Finger auf den Mann.

«Reg dich doch bitte nicht so auf», versuchte ich ihn zu beschwichtigen, aber Ernst brüllte einfach weiter.

«Mei Essen verbrennt mir auf'm Herd wegen dem ganzen Dheader da herin, und gleich kommen die Männer und ich ...»

«Ich dachte, Sie kochen für Frauen?», fragte die Frau.

Jetzt reichte es mir. «Himmel noch mal! Jetzt hören Sie mir endlich mal zu!» *Nicht wieder gemein werden, Nina!* Ich atmete tief durch. «Wir kochen nur für *ganz bestimmte, hier angemeldete Leute*, und daher muss ich Sie jetzt wirklich bitten, unser Lokal zu verlassen!»

Doch just als die drei Anstalten machten zu gehen, ließ Ernst einen weiteren Brüller los. «Naaa!!!! Bidde ned noch so a g'schnieg'lder Affe!» Er gestikulierte wild in Richtung Wirtshaustür. Mario riss die Kamera herum.

«Des ist hier kei Wirtschaft! Raus!»

«Aber ich bin mit Frau Lindner verabredet», sagte eine jugendliche Stimme. «Hier ist doch das Modelabel Zwiebellook, oder?»

«Entschuldigen Sie bitte vielmals», sagte ich zu Patrick, nachdem ich ihn von Ernst erlöst hatte. «Bei uns geht es gerade ein bisschen rund. Da liegen die Nerven schon mal blank. Und ihr nehmt jetzt die Kamera runter!»

Ich bedachte unser Filmteam mit einem derart finsteren Blick, dass die beiden schnell den Rückzug antraten.

So. Jetzt konnte ich damit anfangen, den katastrophalen Ersteindruck zu entschärfen, den mein Assistent auf Probe haben musste.

«Kein Problem», sagte Patrick und lächelte dünn. Er war insgesamt sehr dünn, was durch seine Länge noch unterstrichen wurde. Aber er sah schon gut aus in dem zerknitterten Hemd, der tief sitzenden Röhrenjeans und mit dieser Tolle, die ihm unfassbar lässig über die Nerdbrille fiel. Um das morgens so hinzuföhnen, brauchte er bestimmt drei Mal so lang im Bad wie Marie.

«Normalerweise leben wir ja eher nach diesem Motto», sagte ich und zeigte auf einen der gerahmten Sprüche: ***Frieden im Haus bringt Segen voraus.***

«Ist das Ihre Firmenphilosophie?»

«Nein, das ist von meinem Onkel Hubert», sagte ich, während ich mir unauffällig Luft zufächelte. «Er hat gerne gestickt.»

«Ah ja. Dann liegt das Faible für textiles Gestalten wohl in der Familie.»

So hatte ich das noch nie betrachtet. Der Knabe war ein scharfer Beobachter, wie es schien.

«Vielleicht. Mein Onkel Hubert hat mir jedenfalls dieses Haus vererbt. Und wenn er das nicht getan hätte, gäbe es das Modelabel nicht.»

«Okay.»

Okay? Besonders enthusiastisch wirkte er nicht gerade. Hoffentlich hatte ihn der chaotische Auftritt von eben nicht schon ein für alle Mal abgeschreckt.

«Wie wäre es, wenn ich Ihnen erst das Haus zeige, bevor wir mit den anderen zu Mittag essen?»

«Okay.» Er stellte seine Tasche ab und folgte mir in die Schneiderei. Die Schnepfen unterbrachen ihre Arbeit und sahen neugierig auf.

«Darf ich euch Herrn Schmitt vorstellen?»

«Ach, sagen Sie ruhig Patrick zu mir», sagte der junge Mann, der trotz der geballten Frauenpower ziemlich entspannt aussah.

Während Leni, Rosi und Claudia unseren Neuzugang noch scannten, war Bärbel schon aufgestanden.

«Herzlich willkommen in Wiestal!» Sie schüttelte ihm kräftig die Hand. «Ich bin die Bärbel. Ich hoff, Sie werrn sich recht wohl fühlen bei uns!» Damit schob sie ihn zu den Tischen der anderen. Auch hier wurde Patrick freundlich begrüßt.

«Das ist hier mal was ganz anderes», bemerkte Patrick, während er sich im Raum umsah.

«Wie sieht's denn in den Schneidereien in Berlin aus?», fragte Rosi.

«Nicht ganz so …» Patrick suchte nach dem richtigen Ausdruck. Mir fielen sofort welche ein: chaotisch, unprofessionell, kurios, wirr …

«Charmant», sagte Patrick stattdessen. Und verblüffte mit dieser Antwort nicht nur mich. Meine Anspannung ließ etwas nach.

«Früher war das hier der Tanzsaal», sagte ich. «Hinter dem Vorhang befindet sich die Bühne, die wir im Augenblick als Stofflager benutzen.»

«Und wer hat diese … Bilder gemalt?» Patrick zeigte auf die grellen Sonnenauf- und Sonnenuntergänge, die die Saalwände schmückten.

«Gustl Beck, mein Nachbar.»

Als hätte der nur das Stichwort abgewartet, enterte Gustl in diesem Moment den Saal.

«Ich hab se etzt amol foddografiert.» Strahlend stellte er sich neben Leni und Claudia und schaltete seine Digitalkamera ein. «Sinn des Brachtbuben, oder was?»

«Das ist der Maler persönlich. Er ist gerade Vater von Zwillingen geworden», klärte ich Patrick auf. Gustl zeigte seine Fotos herum, auf denen Mutter und Söhne in allen Variationen zu sehen waren.

«Da is die Steffi mit'm Bob und'm Ross, und da isse ohne», erklärte Gustl. «Und hier sieht mer den Ross und den Bob allaans.»

«Aha», sagte Bärbel. «Goldig! Ganz der Vadder!»

«Ja, gell?» Gustl strich sich geschmeichelt über den spärlichen Kopfflaum. «Des hat die Steffi fei auch scho g'sagt.»

Patrick betrachtete unterdessen eines der großen Panoramabilder von Gustl. Doch da hatte er die Rechnung ohne den frischgebackenen Vater gemacht.

«Ja, grüss Godd!» Gustl hielt meinem Assistenten in spé seine Riesenpranke hin. «Ich bin der Gustl. Und schaun's amol, des sinn meine Buben!» Die Fotopräsentation ging in die zweite Runde, diesmal nur für Patrick.

Ich musste mich zusammenreißen, nicht loszuprusten, denn größer konnte ein Kontrast kaum sein: Patrick sah neben dem dicken Gustl wie ein Außerirdischer aus. Nur den Dreitagebart hatten sie gemeinsam. Doch während der bei Patrick supercool aussah, wirkte Gustl eher ungepflegt.

«Ross ist aber ein ungewöhnlicher Name», sagte Patrick, als Gustl das Geburtsprotokoll kurz unterbrach.

«Des is amerikanisch!» Gustl zeigte auf seine Werke an der Wand. «Mir hamm se nach Bob Ross genannt. Bei dem hab ich's Malen g'lernt. Jetzt isser halt leider schon g'storben. Früher war er oft im Fernsehen, aber da können Sie sich ned dran erinnern, da sinn Sie zu jung dafür.»

«Aber es gibt Videos von ihm auf YouTube», sagte Patrick.

«Juu Djuub?», sagte Gustl verständnislos.

«Genau. Das ist eine Internetplattform, wo man Videos hochladen kann.»

«Und da is der Bob Ross auch drauf?» Ich konnte förmlich sehen, wie es in Gustls Hirn ratterte. Aber bevor er dieses Kapitel weiter vertiefen konnte, brachte ich Patrick in Sicherheit. Für den Anfang war die Dosis Wiestaler Ureinwohner stark genug gewesen, und ich lotste meinen potenziellen Assistenten schnell aus dem Saal, um ihm seinen potenziellen Arbeitsplatz zu zeigen.

«Mein Büro ist im ersten Stock», sagte ich zu Patrick und wollte schon vorangehen, als ich über mir Schritte hörte. Im nächsten Augenblick sah ich den Mann mit dem Jägerhut oben an der Treppe stehen. Er hielt das kleine Mädchen an der Hand und schaute auf sein Smartphone.

«Was soll das denn werden?», fragte ich. «Ich hatte doch ausdrücklich gesagt, dass in diesem Haus alles privat ist.»

«Tut mir leid, aber meine Tochter ist ausgebüxt», sagte der Mann.

«Stimmt gar nicht», quengelte die Kleine. «Du hast gesagt, dass wir …»

«Und ob das wahr ist», unterbrach der Vater sie unwirsch. Schnell strich er mit dem Daumen über das Display seines Handys. «Und jetzt gehen wir zu Mama! Die macht sich bestimmt schon Sorgen!»

«Und beim Suchen haben Sie wohl mögliche Verstecke fotografiert?», fragte ich.

«Dumme Angewohnheit von mir», sagte der Mann beim Hinuntergehen. «Aber bei solchen alten Fachwerkhäusern werde ich immer schwach.»

«Ich werde auch gleich schwach», sagte ich verärgert. Doch da waren die beiden schon verschwunden, und im nächsten Moment hörten wir die Haustür.

«An manchen Tagen ist man hier von Verrückten umzingelt», sagte ich zu Patrick, der den Vorfall mit ernster Miene verfolgt hatte. «Aber für heute müsste unser Pensum bereits erfüllt sein.

Gegen halb eins füllte sich die Gaststube mit den Schnepfen, ihren Männern und deren Angestellten.

«Als wir mit dem Label durchgestartet sind, hing bei einigen Familien der Haussegen schief, weil meine Kolleginnen keine Zeit mehr zum Kochen hatten», erklärte ich Patrick die Anwesenheit der vielen Handwerker. «Aber dann hat Ernst hier seine Kantine aufgezogen, das Problem war gelöst, und alle sind zufrieden.»

Wir nahmen bei Marie und Mario Platz, die Patrick wohlwollend musterten.

«Schickes Hemd», lobte Marie sein Outfit. «Bist du schon lange in der Modebranche?»

«Nein, ich habe bisher in einem Werbebüro gejobbt», sagte Patrick. «Aber ich glaube, Mode ist mehr mein Ding.»

«Ist das da draußen dein Käfer?», wollte Mario wissen.

Patrick nickte. «Den habe ich von meinem Bruder geerbt. Die Karre ist zwar laut und lahm und frisst viel zu viel Benzin, aber ich mag sie trotzdem.»

«Ein Herz für die ältere Generation», sagte Mario. «Da bist du ja hier genau richtig.»

«Wie bitte?!», setzte ich empört an, aber Marie entschärfte die Situation.

«Es wäre toll, wenn du meine Mom unterstützen könntest», sagte sie zu Patrick, schaufelte uns Salat auf die Teller und drückte mir eine Gabel in die Hand. «Sie ist nämlich total cool. Und Wiestal ist auch viel besser, als man anfangs denkt. Ich vermisse Berlin wirklich überhaupt nicht.»

«Ja, hier ist immer etwas los», sagte Mario. Er kaute mit Genuss an einem Sellerieschnitzel, das von der älteren Generation extra für unsere jungen Vegetarier zubereitet worden war. «Wir können ja mal zusammen was unternehmen», schlug er dann vor. «Kennst du Dogma?»

Patrick schaute leicht überfordert aus der Wäsche.

«Jetzt lasst Patrick erst mal Zeit, sich umzusehen», sagte ich. «Er muss sich noch entscheiden, ob er überhaupt hierbleiben möchte.»

«Ja, eins nach dem anderen», sagte Patrick. «Aber das Essen schmeckt schon mal gut.» Er lächelte mich an.

In diesem Moment platzte Gundi in den Raum. So wie

sie dreinschaute, war sie auf der Flucht vor Walter. Entgegen meinen Befürchtungen setzte sie sich aber ganz ruhig zu den Schnepfen und fing eine leise Unterhaltung an.

Liebes Universum! Lass es hier bitte auch in nächster Zeit gesittet zugehen. Sonst ist der Knabe wieder verschwunden, bevor ich bis drei zählen kann!

Zum Glück verlief der Nachmittag ebenso erfreulich wie das Mittagessen. Nachdem ich Patrick ein wenig eingewiesen hatte, traf die Stofflieferung ein, in genau der richtigen Menge und Sortierung, sodass die Schnepfen sofort mit dem Anfertigen der fehlenden Musterteile beginnen konnten. Und als Patrick mir gegen fünf erste Ideen zum neuen Katalog präsentierte, war ich restlos angetan.

«Sie haben ein gutes Gespür für Farben», sagte ich. «Und Ihre Textentwürfe gefallen mir auch!»

«Okay», sagte er. «Dann mache ich doch morgen früh gleich weiter.»

Das war Musik in meinen Ohren!

Ich brachte Patrick zur Tür und sah zu, wie er mit seiner orangefarbenen Knatterkiste davonfuhr. Auf der Stoßstange prangte tatsächlich ein Aufkleber, auf dem **«I ♥ Oldtimer»** stand.

In der Küche saß Ernst vor einem Stoß Kochbücher. Ich setzte mich zu ihm.

«Bist du mir noch böse wegen der Mousse am Montag?»

«G'schmarri! Ich bin dir sogar a weng dankbar», sagte er zu meiner großen Überraschung. «Ich muss echt loggerer wern beim Kochen. Und amol ganz andere Wege geh'n.» Er zeigte auf ein Buch über die Küche in Fernost. «Des da lässt sich zum Beispiel recht gut mit der fränggischen Küche kombinier'n.»

«Meinst du, die Schnepfenmänner sind für solche Experimente zu haben?»

«Die wer?», fragte Ernst.

O Gott, jetzt hatte ich mich verplappert. Ernst war ja selber ein Schnepfenmann.

«Die Handwerker halt», sagte ich schnell.

«Ach die! Die sollen sich amol ned so hamm», wischte Ernst meine Bedenken zur Seite. «Manchmal muss einfach was Neues auf'n Disch – aber: Wieso heißen die *Schnepfen*männer?»

Vier

Die Vorhersage für Freitag, den 27. September:
Am Morgen kommt es zu Turbulenzen, die sich negativ auf den Blutdruck auswirken. In den Mittagsstunden teils experimentell, teils verspielt.

Er bleibt, er bleibt nicht, er bleibt, er bleibt nicht, er bleibt, er …

Ich starrte auf die Margeritenblüte, die nur noch ein einziges Blatt hatte.

Mein Gott, Nina, reiß dich mal zusammen! Man kann die Zukunft nicht vorhersagen. Und so schon gar nicht.

Schnell schnippte ich das, was von der Blume noch übrig war, auf die Straße hinunter. Dann goss ich die restlichen Pflanzen und schloss leise das Fenster.

Patrick schien von alledem nichts mitbekommen zu haben. Er saß am großen Bildschirm und schob konzentriert Fotos und Texte im Layout hin und her. Heute Nachmittag endete die vereinbarte Probezeit. In den vergangenen beiden Tagen hatte Patrick so gut gearbeitet, dass ich ihn auf jeden Fall behalten wollte. Aber ob er das genauso sah? Am liebsten hätte ich ihn auf der Stelle gefragt. Aber ich war die coole Chefin eines Modelabels und würde das schön seinlassen. Ich würde bis nach dem Mittagessen warten und ihn dann *ganz souverän* fragen, ob er denn schon wüsste, ob es mit uns beiden weiterginge.

Ich setzte mich an den Schreibtisch und zählte die Streifen auf der Unterlage:

Er bleibt, er bleibt nicht …

So, jetzt ist Schluss mit dem Quatsch, Nina! Benimm dich nicht wie ein Teenie, der auf eine Antwort seines Schwarms wartet, sondern kümmere dich um die Arbeit.

Aber damit landeten meine Gedanken direkt bei Frau Wittmann. Die Schnepfen hatten am letzten Wochenende eine Sonderschicht eingelegt, und die restlichen Musterteile waren am Montag per Express nach Hannover gegangen. Mit einem netten Begleitschreiben meinerseits. Normalerweise rief Frau Wittmann mich sofort nach Erhalt einer Sendung an und war voll des Lobes. Wollte sie mich dieses Mal schmoren lassen? War sie immer noch eingeschnappt wegen des Gesprächs vor zwei Wochen?

Ich lenkte mich ab, indem ich an den Entwürfen für eine bestickte Jacke zeichnete, die mir schon lange im Kopf herumspukte, und damit schaffte ich es tatsächlich, Frau Wittmann eine Weile aus meinem Kopf zu verbannen. Aber irgendwann landeten meine Gedanken wieder bei der Frage, warum sie nichts von sich hören ließ, und ich öffnete im Internet mein Tageshoroskop:

Mondpause bis 15.24 Uhr. Am Nachmittag könnte eine Nachricht dazu führen, dass Ihre Stimmung in den Keller rutscht. Gehen Sie Probleme aktiv an!

Na toll! Meine Stimmung rutschte umgehend, und zwar nicht nur bis in den Keller. Das war doch alles Humbug mit diesen Horoskopen.

Andererseits: Der Vorschlag, Probleme aktiv anzugehen, war gar nicht dumm. Ich würde Frau Wittmann einfach anrufen und freundlich nachfragen, wie sie die

Musterteile fand. Und zwar gleich. Doch der Vorstoß lief ins Leere:

«Tut mir leid, Frau Wittmann ist im Augenblick sehr beschäftigt», näselte eine ihrer Angestellten. «Kann ich Ihnen vielleicht helfen?»

Ich holte tief Luft. «Ich wollte mich nur erkundigen, ob unsere Musterteile gut angekommen sind und wann wir mit Ihrer Bestellung rechnen dürfen.»

«Leider gar nicht.»

Es brauchte ein paar Sekunden, bis die Bedeutung dieser Worte zu mir durchdrang. «Sie meinen … Sie bestellen *gar nichts* aus der neuen Kollektion?»

«So habe ich das gemeint», sagte die Trulla. «Die Musterteile sind schon wieder auf dem Weg zu Ihnen.» Sie legte auf.

Fassungslos starrte ich auf das tutende Telefon in meiner Hand. Frau Wittmann wollte *gar nichts* bestellen?

Patrick schaute fragend zu mir herüber, aber ich winkte ab. «Alles in Ordnung!» Auf keinen Fall durfte er mitbekommen, was hier los war.

Während er sich wieder seiner Arbeit zuwandte, sah ich wie betäubt aus dem Fenster. Das war alles meine Schuld. Ich hätte unsere beste Kundin niemals so anfahren dürfen. Geistesabwesend tastete ich nach der kleinen Zwiebel, die an der Kette um meinen Hals hing. Sah die strahlenden Augen der Schnepfen und hörte Bärbels Stimme: «Mir wollt'n dir amol sagen, wie glücklich mir etzt mit Zwiebellook sinn!»

Nein. Den Schnepfen konnte ich unmöglich erzählen, was ich gerade erfahren hatte. Ohne die Wittmann brach ein erheblicher Teil vom Umsatz weg. Das würde uns nicht gleich an den Rand des Ruins bringen, wäre aber doch eine empfindliche Einbuße. Die neuen Industrienähmaschinen, die wir dringend benötigten, weil die alten allmählich auseinanderfielen, würden wir uns ohne das Geld jedenfalls nicht leisten können. Ich überlegte fieberhaft. Es musste doch einen Ausweg geben. Vielleicht bestellten die anderen Boutiquen dieses Mal mehr und wir konnten es wieder ausgleichen, versuchte ich mir etwas Hoffnung einzureden. Und ich musste einfach noch mehr akquirieren, auch wenn das zusätzlich Zeit kostete, und ...

Ich spürte, dass ich kurz davorstand durchzudrehen. In solchen Momenten gab es nur eine, die mich aus dem Jammertal erlösen konnte. Ich schnappte mein Handy, sagte Patrick, dass er mich unten finden würde, und verzog mich hinter das Haus auf die Gartenbank.

«LindnerVisions Berlin, was kann ich für Sie tun?» Meine Freundin Elke war seit Urzeiten die Chefsekretärin meines Ex. Beim Hören ihrer Stimme überkam mich eine furchtbare Sehnsucht nach ihr.

«Ich bin es», sagte ich mit gepresster Stimme. «Ich brauche deinen Rat.»

«Moment», sagte Elke. «Ich suche mir ein ruhiges Eckchen.» Ich hörte, wie sie vom Trubel der Agentur in ein ruhiges Zimmer lief und eine Tür hinter sich schloss. «Schieß los.»

«Vorletzte Woche habe ich eine Kundin angepflaumt, und jetzt ist sie eingeschnappt und will nichts von der neuen Kollektion bestellen. *Überhaupt* nichts, dabei wollte sie vorher *alles* haben, und ich bin ganz verzweifelt, weil ich sowieso schon keine Zeit habe ...»

«Halt, stopp», sagte Elke. «Mal ganz ruhig und ganz von vorne. Was genau ist passiert?»

Ich riss mich zusammen und erzählte ihr die ganze Misere, geordnet von A bis Z.

«Wie haben denn die Schnepfen reagiert?»

«Gar nicht, sie wissen es ja noch nicht. Ich möchte erst mal abwarten, wie die Bestellungen der anderen Kunden ausfallen, bevor ich die Pferde scheu mache. Und vielleicht will die Wittmann mich ja einfach nur eine Zeitlang schmoren lassen, verstehst du?»

«Einerseits ja, andererseits mache ich mir Sorgen. Du bist echt am Anschlag, meine Liebe. Und das sind vier erwachsene Frauen! Die brechen schon nicht zusammen.»

Ich seufzte. Elke hatte natürlich recht. Wenn ich nur nicht so ein schlechtes Gewissen gehabt hätte. Die Schnepfen waren bei dem Telefonat auch noch dabei gewesen. Da konnte ich nichts beschönigen. Mir war furchtbar schlecht.

«Jetzt hoffe ich nur, dass Patrick sich entschließt zu bleiben», sagte ich matt. «Er kapiert schnell, hat ein gutes Farbgefühl und kann obendrein auch noch texten. Mit anderen Worten, er ist ein Sechser im Assistentenlotto.»

«Super!», sagte Elke. «Und wann erfährst du, ob er bleibt?»

«Heute ist offiziell sein letzter Tag. Ich wüsste es natürlich gern jetzt schon. Aber nachfragen will ich auch nicht. Ich habe ihn die ganze Zeit spüren lassen, dass er gute Arbeit macht, und mit Marie und Mario versteht er sich auch super. Aber ob das reicht?»

«Wird schon gutgehen», sagte Elke. «Ich drücke dir alle verfügbaren Daumen.»

Ihre letzten Worte gingen fast in dem lauten Geschrei unter, das plötzlich aus der Küche drang. Ich stand auf und sah, wie sich Ernst und Gundi wild gestikulierend gegenüberstanden. «In der Küche scheint ein Krieg auszubrechen. Ich muss Schluss machen!»

Gundi hatte beide Hände in die Seiten gestemmt und funkelte Ernst an. «Des is doch a Schmarrn! Des werrn die im Leben ned essen, des kann ich dir etzt scho sagen!»

Ernst stand am Tisch und tupfte wütend Rouladen trocken. «Bloß weil du seit Jahrhunderten des Gleiche kochst, muss ich des ned auch noch machen! Öfters amol was Neues, des is mei Devise!»

Gundi schnappte beleidigt nach Luft und setzte zu einer Erwiderung an. Ich ging schnell dazwischen.

«Um was geht's denn überhaupt?»

«Der Ernst will *Rouladen süß-sauer* machen!» Gundi sagte es, als wäre von Katzengulasch die Rede. «Und dazu an gebradenen Reis mit Koriander.»

Ich sah sie verwundert an. «Klingt doch gar nicht übel?»

«In a Roulade g'hört Speck, Senf und a saure Gurge, da macht mer kei Exberimende!»

«*Ich* füll se aber mit Ananas und Babbrika!»

«Und wie machst du die Soße?» Ich hatte eine große Schwäche für Rindfleisch süß-sauer und konnte mir Ernsts kulinarische Neuigkeit durchaus vorstellen.

«Mit Tschilliflogg'n, Morcheln und Sojasoß», brummte Ernst. «Und wem des ned bassd, der macht sich halt a weng a Budderbrot, gell?»

Punkt halb eins stand das Essen auf dem Tisch. Patrick und ich saßen bereits, als der Duft die Schnepfen in unsere hauseigene Kantine lockte.

«Mmm, des sieht ja legger aus!» Leni schaute neugierig in die Schüsseln. «Ist des Reis?»

Ich nickte. «Und dazu gibt es Rouladen süß-sauer.»

«Klingt a weng abendeuerlich, aber riechen dud's fei gut.» Die Frauen nahmen Platz.

Nun kamen auch die Handwerker zur Tür herein und setzten sich polternd an die gedeckten Tische. Nur Gundi war bockig an der Tür zur Wirtsstube stehen geblieben. «Etz komm scho her!» Claudia zeigte auf den freien Stuhl neben sich, aber meine Nachbarin schüttelte trotzig den Kopf.

«An Gud'n!» Nachdem allen aufgetan war und die Ersten zu essen angefangen hatten, wurde es so still, dass nur noch das Klappern des Bestecks zu hören war. Gundi schaute schon triumphierend in die Runde. Bis die ersten Kommentare laut wurden.

«Des schmeckt ja subber!», rief der dicke Wenninger, und sein Kollege Gerstl rief anerkennend: «Amol wos ganz anderes!»

Wie Bocuse persönlich schritt Ernst an den Tischen entlang, fragte hier nach, ob etwas fehle, erntete dort begeisterte Worte. Nur ein Missklang trübte den Chor der Lobeshymnen: Lenis Mann Kurt hätte lieber Klöße gehabt. Doch als Ernst ihm die fürs nächste Mal versprach, war auch er zufrieden.

Ein klarer Sieg für das *Rouladen-Exberiment*.

«Ich würde Ihnen gern etwas zeigen», sagte Patrick, als wir nach dem Essen aufstanden.

«Okay …» Ich konnte dieses blöde Wort zwar auf den Tod nicht leiden, aber bitte schön: Cool sein konnte ich auch. Wenn er nichts sagte wegen der Probezeit, würde ich auch nichts sagen. Aber ich spürte, wie meine Herzfrequenz sich deutlich erhöhte. Und das lag nicht am Treppensteigen.

Oben im Büro tippte Patrick auf die Tastatur. Der Computer erwachte zum Leben, und die Facebook-Seite von Zwiebellook erschien auf dem Monitor. Aber sie sah anders aus, als ich sie in Erinnerung gehabt hatte. Irgendwie … peppiger.

«Ich habe ein neues Profil- und Titelbild eingestellt», sagte Patrick. «Wie finden Sie es?»

Ich suchte nach Worten. «Wow! Das sieht toll aus!» Und das war wirklich nicht gelogen. Patrick hatte unsere Philosophie ausgezeichnet in Bilder und Farben übersetzt. «Wo haben Sie denn die Fotos her?»

«Die habe ich neulich in einer Pause gemacht.» Er zeigte auf die kleine Digitalkamera, die neben dem Monitor lag. «Und schauen Sie mal hier: Wir haben seit heute Morgen vierundsechzig Fans dazugewonnen.»

«Was?! Wie haben Sie denn *das* geschafft?»

«Ganz einfach!» Er scrollte die Seite etwas herunter. «Ich habe ein Gewinnspiel online gestellt.» Er hatte ein Foto gepostet, auf dem ein Stück Stoff zu sehen war. Um die Ober- und Unterspannung des Fadens zu prüfen, hatte jemand mehrere Testnähte kreuz und quer genäht. *Wie viele Stiche sind auf dem Foto zu sehen?* lautete die Frage unter dem Bild. *Lösungen bitte an info@zwiebellook.de.*

«Und dieses Seidentuch gibt es zu gewinnen?» Ich zeigte auf das Bild daneben.

Er sah mich plötzlich kleinlaut an. «O Gott! Ich hätte Sie vorher fragen müssen. Aber ich war so begeistert von der Idee, dass ich …»

«Ist schon in Ordnung», sagte ich und versuchte, meine Begeisterung nicht gar zu sehr zu zeigen. Dieser Goldjunge! Jetzt musste ich aber endlich wissen, woran ich war: «Ist das hier so etwas wie … Ihr Abschiedsgeschenk?»

«Eher mein Einstandsgeschenk», sagte Patrick.

«Heißt das, Sie bleiben?»

«Jup.»

Eine unbeschreibliche Erleichterung machte sich in mir breit. «Na so was! Na dann!», stammelte ich und schüttelte seine Hand, bis er anfing, mich befremdet anzusehen. *Aus, Nina, aus! Immer schön cool bleiben.* «Dann sollten wir uns aber ab sofort duzen», rutschte es mir heraus. «Ähm, so wie alle anderen eben.»

Er grinste erfreut: «Okay!»

Dann wandte er sich wieder zum Monitor. «Schau mal.» Er tippte auf ein kleines Kästchen unter der Nachricht zum Gewinnspiel: **236 Personen haben diesen Beitrag gesehen.** «Das ist ein guter Anfang. Aber richtig geht die Post erst ab, wenn ein Beitrag viral wird.»

«Wenn er *was?*»

«*Viral.* Das kannst du dir vorstellen wie eine Art Mundpropaganda im Internet. Einer sagt es dem anderen weiter, alle wollen mitreden und kommen gucken.»

«Ansteckende Beiträge …»

«Genau. So was ist einfach genial, aber nicht einfach zu erzeugen. Man braucht ein bisschen Glück.» Er setzte sich an den Schreibtisch. «Und jetzt schau ich mal nach, ob schon richtige Lösungen eingegangen sind!»

Ob die Besucher Stiche zählen konnten, war mir in dem Moment völlig egal. Denn ich hatte die richtige Lösung bereits:

Er bleibt! Er bleibt! Er bleibt!!!

Ich stürmte in die Schneiderei, breitete die Arme aus und schaute gen Himmel. «Ich verkündige euch gute Nachricht … Patrick bleibt!»

«Mhm», lautete die Reaktion von Claudia und Leni. Bärbel und Rosi freuten sich etwas überschwänglicher. «Endlich hast du auch a weng a Entlastung. Des is doch richdig schee!», meinte Rosi und streckte den Daumen nach oben. Dann kam sie näher und sagte leise: «Du, Nina, ich müsst heut a weng eher Schluss machen. Bei mir is a Großeinkauf fällig, der Kühlschrank is leer.»

«Alles klar!» Ich nahm sie in den Arm und drückte sie kurz. «Am besten verschwindest du gleich, dann ist es nicht so voll im Supermarkt.»

«Ich hätt noch a Frage.» Sie senkte die Stimme noch etwas mehr. «Könnt ich mir von dir a Mabbe ausleih'n?»

«A Mabbe? Kei Dhema», sagte ich. «Wie groß soll sie denn sein? DIN A2 oder noch größer?»

Rosi überlegte kurz. «So groß wie möglich.»

«Dann such dir doch einfach eine aus. Die liegen in dem Zimmer neben meinem Büro im Regal. Neben dem Planschrank, in dem wir die Schnittmuster aufbewahren.»

«Dangge, du bist a Schatz!» Rosi strahlte mich an, packte ihre Sachen und war im nächsten Augenblick verschwunden.

«Du, Nina!», rief Bärbel. «Ich habe die Farbkardden für 'n Kaddalog überarbeidet». Sie zeigte auf ihren Tisch.

Ich legte sie fächerförmig aus. «Die sind toll geworden! Die Farbkombi ist außergewöhnlich – außergewöhnlich schön!»

«Mir g'fällt's auch», sagte Bärbel. Sie sah sich um.«Is die Rosi gegangen?»

«Da ist ein Großeinkauf fällig», sagt ich. «Der Kühlschrank ist leer. Kennt man ja.»

«Kennt mer freilich», brummte Bärbel. «Aber vorgestern hat se auch schon einen g'macht. Ich find, sie benimmt sich a weng komisch zurzeit.»

«Ach, wir arbeiten im Moment alle zu viel, da kann das schon mal passieren», sagte ich. «Sie fängt sich bestimmt wieder.»

Genau wie ich. Nur hatte mein Fehltritt so fürchterlich ernste Konsequenzen …

Fünf

Die Vorhersage für Samstag, den 28. September:
Heiter bis fröhlich. Die entspannte Gemütslage hält sich bis in die späten Abendstunden.

Am Samstagmorgen erwachte ich aus einem schönen rosa Traum, weil etwas an meiner Nase kitzelte. Ich öffnete die Augen und entdeckte ein gerolltes Blatt Papier auf meinem Kopfkissen. Gähnend streifte ich das rote Band ab und las: «Fühstük is fädik!»

Die Sprechblasenbotschaft kam von einem gefährlich aussehenden Piraten und war in großen, bunten Buchstaben verfasst. Christian und Julian waren also schon da!

«Du meine Güte», sagte ich laut. «Am Ende ist dieser Pirat hier im Schlafzimmer!»

Ein leises Kichern bestätigte mein Verdacht. «Vielleicht sollte ich besser im Bett bleiben. So ein Pirat kann ja sehr gefährlich sein.» Leise stand ich auf und ging zum Fenster. Unter dem langen Vorhang spitzten zwei kleine Turnschuhe hervor. «Aber wenn es mir gelingt, diesen schrecklichen Rabauken vorher zu fangen …» Ich riss den Stoff zur Seite.

Julian, ausstaffiert mit Augenklappe und Holzschwert, sprang kreischend an mir vorbei. «Du kannst mich nicht fangen!» Er rannte um das Bett und schnappte sich ein Kopfkissen.

«Hast du eine Ahnung! Ich habe schon viele Räuber zur

Strecke gebracht!» Ich sprang auf die Matratze, griff mir ebenfalls ein Kissen, und schon lieferten wir uns eine wilde Schlacht, bis ich theatralisch zusammenbrach.

«Ich kann nicht mehr! Du bist einfach zu wild», ächzte ich.

«Und gefährlich!» Julian grinste.

«O ja! Aber gefährliche Piraten brauchen ganz schön viel zu essen, stimmt's? Wollen wir jetzt zu Papa runtergehen und ihm ein paar Vorräte rauben?»

Christian hatte sich Ernsts Schürze umgebunden und machte Spiegeleier. «Habe ich dir schon gesagt, dass du meine Traumfrau bist?», sagte er, als ich mit Julian in der Küche erschien. Ein flüchtiger Blick zur Fensterscheibe verriet mir, dass er Frauen mit wirrer Piratenmähne gut fand. Ich kniff ihn zärtlich in den Hintern. «Du bist auch nicht gerade aus dem Horrorkabinett.» Er küsste mich.

«Iiiiih», schrie Julian. «Das ist ja VOLL EKLIG!» Er spießte ein Brötchen auf sein Schwert und rannte damit zur Küchentür, wo er von zwei schwarz gekleideten Jugendlichen direkt wieder eingefangen wurde.

«Heute fliegen die Brötchen aber tief», lachte Marie und kitzelte den sich windenden Minipiraten durch.

Mario setzte sich an den Küchentisch. «Spiegeleier», sagte er. «Genau was ich jetzt brauche.»

Ich sah ihn streng an. «Das will ich nicht gehört haben, mein Freund! Warum seid ihr überhaupt schon auf?» Am Wochenende kamen die beiden meist nicht vor eins aus den Federn und waren dann nur selten in der Lage, Worte wie *Spiegeleier* zu artikulieren.

«Wir wollten einfach mal mit der ganzen Familie frühstücken!», sagte Marie, als wäre das die normalste Sache der Welt.

«Dann setzt euch alle mal hin!» Christian stellte eine große Pfanne auf den Tisch. Piratenfutter ist fertig.»

«No, da komm ich ja grad richdig!», tönte es von der Tür. Gundi kam herein und quetschte sich noch mit auf die Eckbank.

Christian stellte ihr Teller und Tasse hin. «Gefällt es dir wohl zu Hause nicht mehr?»

«Ah wa! Mir is heut bloß a weng nach Ansprache.»

Er sah sie verdutzt an. «Hab ich nicht gerade Walter zu dir reingehen sehen?»

«Wer? Ach, der Walder … Naa, der is scho wieder fort.»

«Ach so, na dann.» Er schaute mich grinsend an. Gundis Reaktion fiel nicht annähernd in die Kategorie *Überzeugend*. Ich zuckte mit den Schultern, schaute unschuldig zurück und biss in mein Marmeladenbrötchen. Zwischen all meinen Lieben fühlte ich mich so wohl, dass ich vor Glück hätte schnurren können. Aber das übernahm Katze Krauli, die sich trotz Esstischverbots bei Julian auf den Schoß gemogelt hatte. Er teilte seine Leberwurst mit ihr und kicherte jedes Mal, wenn Kraulis raue Zunge seinen Finger ableckte. Hoffentlich ließ Christians Ex Katja ihn bald einmal hier übernachten wenn Papa-Wochenende war! Als wir den Tisch abgeräumt hatten, holte der Kleine seine gesammelten Werke aus dem Rucksack.

«Boah, kannst du toll zeichnen», sagte Marie. «Da könnte man glatt einen Trickfilm draus machen.»

«Einen Trickfilm?» Bei dem Gedanken bekam Julian ganz rote Wangen. «Und wie macht man das?»

Doch bevor Marie es ihm erklären konnte, schwang die

Küchentür erneut auf, und Besuch auf Rädern rumpelte herein.

«Grüß Godd! Ich hab mer gedacht, ihr wollt bestimmt eure neuen Nachbarn kennenlernen!» Gustl schrammte mit dem Zwillingskinderwagen empfindlich nah an meinem schön gestrichenen Türrahmen entlang, und ich hätte fast einen Schrei losgelassen. Aber als ich sein Gesicht sah, hielt ich den Mund, denn er strahlte vor Glück. «Die Steffi dud sich ausruh'n, und da zeig ich derweil den Buben a weng die Landschaft!»

Christian und ich beugten uns über den Kinderwagen. Bob und Ross, die an ihren Schnullern nuckelten, sahen uns mit großen Augen an.

«Sinn se ned hübsch?», rief der stolze Vater.

Ich schaute hoch. «Sehr hübsch!»

«Sie sehen Gustl schrecklich ähnlich», flüsterte Christian.

«Fehlt nur der karierte Pullunder», flüsterte ich zurück und streichelte Bob – oder Ross – über das Patschhändchen.

Christian versuchte, seinen Lachanfall als Husten zu tarnen, wurde aber von allen Verlegenheiten befreit, als sein Handy losdudelte. Er ging damit nach draußen, und nun beugte sich Gundi über den Wagen.

«Süß, oder?», fragte ich.

«Na ja, schee is anners», sagte meine Nachbarin und kniff die Knaben freundlich in die Wange. «Aber wie sagt mer? Hauptsach g'sund!»

Als hätten sie Gundis Kommentar verstanden, verzogen Bob und Ross die Gesichter und begannen zu heulen.

«No, was habt's denn? Grad wart's doch noch so gut

drauf.» Gustl schaukelte den Kinderwagen bis zur Belastungsgrenze des Materials, dann trat er den Rückzug an. «Ich glaub, denen isses hier zu voll», rief er, schmirgelte mit dem Monsterkinderwagen beim Hinausgehen wieder an meinem Türrahmen entlang und verschwand mit einem «Servus!» auf die Hauptstraße.

«Den Zinken hamm se von ihm», bemerkte Gundi trocken.«Aber des Organ stammt original von der Mudder.»

Christian kam in die Küche zurück. «Sind Bob und Ross schon wieder auf großer Fahrt?» Er sah mich entschuldigend an. «Ich muss zu einer Baustelle, ein paar Türschwellen abschleifen, sonst können die Bodenleger nicht weitermachen.»

«Nicht so schlimm, ich habe selber was zu arbeiten.» Ich schaute zu dem Kleinen hinüber.

«Magst du mitfahren, Julian?» Christian hielt seinem Sohn die Tür auf.

«Nö.» Julian saß dicht neben Marie, die ein Bild für ihn zeichnete. «Ich habe auch was zu arbeiten – Marie und ich machen einen Film!»

Christian sah mich an. «Kann er bei euch bleiben?»

«Klar. Wir schuften hier, bis du zurück bist.

Als Christian gegangen war, machten Julian und ich es uns in meinem Arbeitszimmer gemütlich.

Marie hatte ihm gezeigt, wie er die Zeichnungen für den Trickfilm anlegen sollte, und er versenkte sich sofort in die Welt der Piraten. Ich setze mich an den großen Mac und rief unsere schöne neue Facebook-Seite auf.

Begeistert stellte ich fest, dass inzwischen 569 Leute den neuen Beitrag gesehen hatten und er bereits dreimal geteilt worden war. Auch die Beteiligung an der Verlosung konnte sich sehen lassen.

Neugierig scrollte ich mich durch die anerkennenden Kommentare unter dem Foto. «Sooo schöne Oberteile. Muss ich haben», schrieb eine gewisse TheResa.

«Endlich mal Klamotten, die mir passen UND schick aussehen!», kommentierte Sabine M. «Ich kann euch gar nicht sagen, wie sehr ich Diäten satthabe!» Auch unsere Farbkombinationen bekamen großen Beifall, und das war kein Wunder. Bärbel, die hauptsächlich für die Farben unserer Kollektionen verantwortlich war, hatte sich diesmal selbst übertroffen. Unter dem Motto «Sommer in Venedig» hatte sie Türkistöne, Korallenrot und golden schimmernde Beigetöne kombiniert, was zusammen mit den weißen Farbakzenten tatsächlich an die Lagunenstadt mit ihren prächtigen Palästen erinnerte.

Mein Lieblingsteil war eine Marlenehose mit hohem Bund, der so gearbeitet war, dass auch eine Frau mit Bauch bequem darin sitzen konnte, ohne dass ihr die Hose im Stehen um die Hüften schlotterte. Und das, obwohl wir keinen elastischen Stoff verarbeitet hatten! Leni hatte in monatelanger Tüftelei den Schnitt für dieses Meisterwerk entwickelt. Meine liebe Oberschnepfe ging mir mit ihrer direkten, schroffen Art zwar gelegentlich gehörig auf die Nerven, aber als Schnittdirektrice war sie ein Ass. Und das sah man auch auf den Fotos, die ich schon vor Wochen auf unsere Homepage gestellt und die Patrick nun noch einmal äußerst vorteilhaft auf unsere Facebookseite gesetzt hatte. Ob schmal sitzende Jacken, taillierte Blusen oder lockere Pullover – alles sah gleichzeitig bequem und elegant aus und schmeichelte den Konturen unserer Lieblingskundinnen: Frauen im besten Alter.

Ich loggte mich ein und sah mir die Statistiken im Administrationsbereich genauer an. 32 neue **Gefällt mir**-Angaben, 12 eingebundene Nutzer (+ 95 %) und 560 % mehr Reichweite. Das musste belohnt werden! Und ich wusste auch schon, wie: Ich holte zwei weitere Tücher aus der letzten Kollektion, fotografierte sie und lud die Bilder hoch. **Liebe Zwiebellook-Fans, wenn wir bis kommenden Samstag 500 Fans haben, verlosen wir zwei weitere Seidenschals. Also, nichts wie ran an den «Like»-Daumen!**

Zufrieden drückte ich den Befehl zum Posten. Beim nochmaligen Lesen der Kommentare entdeckte ich, dass sich zwei unserer neuen Fans als Boutiquebesitzerinnen geoutet hatten. Ich schaute mir ihre Profilseiten an. Um die musste ich mich definitiv etwas intensiver kümmern.

«Wir brauchen sofort einen Online-Flyer», sagte ich laut.

«Einen was?» Julian sah erstaunt von seinen Zeichnungen auf.

«Ein Flyer ist ein Werbeblatt», erklärte ich ihm. «Das kann man gedruckt verteilen, aber man kann es auch per Mail verschicken, verstehst du?»

Julian nickte. «Für deine Modesachen.»

«Genau. Und darum werde ich mich auf der Stelle kümmern.»

Zwiebellook würde wegen dieser eingeschnappten Wittmann doch nicht verkümmern!

Beschwingt wie schon lange nicht mehr, klickte ich mich durch die fertigen Katalogseiten und nahm ein paar kleine

Textkorrekturen vor. Nicht auszudenken, wenn ich das alles alleine hätte machen müssen!

Gegen eins war ich durch und wollte den Rechner schon ausmachen, als Julian sich meldete.

«Du-huu, Nina?»

«Ja?» Ich drehte mich zu ihm hin.

«Gibt's auch Frauenpiraten?»

«Du meinst weibliche Piraten?» Julian nickte.

«Keine Ahnung, aber wir können ja mal im Internet nachschauen.»

Julian rutschte von seinem Stuhl und stellte sich neben mich. «Ich soll aber nicht im Internet surfen», murmelte er. «Das will Mama nicht.»

«Du guckst ja auch nur zu», sagte ich. «Eigentlich bin nur ich im Internet.» Ich fühlte mich mit dieser Auslegung nicht unbedingt wohl, aber ich konnte mich nicht an alle erzieherischen Grundsätze von Katja halten. Also rief ich Ixquick auf und gab «weibliche Piraten» ein.

Wir wurden schnell fündig: Es hatte im 18. Jahrhundert eine Anne Bonny gegeben, die als Mann verkleidet auf dem Schiff von Calico Jack anheuert hatte.

«Und wieso hat die sich verkleidet?», fragte Julian.

«Weil es damals hieß, dass Frauen an Bord Unglück bringen», sagte ich und überlegte, ob ich das Thema Emanzipation noch anhängen sollte. Aber ich ließ es lieber. Das würde nur für Zündstoff mit Mama Katja sorgen, und das war das Letzte, was wir brauchen konnten.

«So ein Quatsch», brummte Julian.

«Aber schau mal, was dann passiert ist: Auf dem Schiff von Anne und Jack hat noch ein Mann angeheuert. Und das war auch eine verkleidete Frau!»

«Und wie hieß die?» Julian kletterte auf meinen Schoß und betrachtete die alten Stiche am Rande des Artikels.

«Mary Read. Zu dritt segelten sie kapernd und plündernd durch die Karibik und waren berüchtigt und gefürchtet.» Das Morden ließ ich aus pädagogischen Gründen weg.

«Boah», sagte Julian, während er sich Buchstabe für Buchstabe durch die Überschrift kämpfte. «Können sich Piraten auch verlieben?»

«Aber ja.» Ich zeigte auf die betreffende Zeile. «Anne und Jack waren ein Liebespaar. Da steht es.»

«Bei mir ist auch eine Anne in der Klasse ...»

«Ja? Magst du sie?»

Unmerkliches Kopfnicken. «Die will mit mir gehen.»

Oha. «Und? Willst du auch?»

Julian wand sich. «Ich glaube, sie will mich küssen», flüsterte er. «Aber ich weiß nicht ...»

«Ich glaube, da solltest du dir nicht allzu große Gedanken machen», sagte ich. «Was meint denn dein Papa dazu?»

Julian machte eine wegwerfende Handbewegung. «Papa hat doch keine Ahnung!»

«Da wäre ich mir aber nicht so sicher», sagte ich. «Dein Papa kann ganz doll küssen. Das weiß ich zufällig!»

«Iiiih!» Julian tat so, als wäre ihm schlecht, und ließ sich schnell von meinen Schoß gleiten. «Ich glaube, ich mache erst mal meinen Film.»

Ein weiser Entschluss.

Sechs

Die Vorhersage für Montag, den 30. September:
Am Morgen vereinzelt Macken. Gegen Mittag entwickeln sich heftige Küchengewitter mit teils wüsten Beschimpfungen.

«Wusstest du im meinem Alter schon, was du mal werden wolltest?», fragte Marie, als wir am Montagmorgen unseren Einkaufswagen durch den Supermarkt schoben.

«Du stellst Fragen …» Während ich die vielen bunten Verpackungen scannte, um unsere Lieblingssorte zu finden, versuchte ich, mich in meine Kindheit und Jugend zurückzuversetzen.

«Bis zu meinem sechsten Lebensjahr wollte ich vor allem eines werden: Junge. Anschließend Tierärztin, Malerin und Hebamme. Das habe ich aber alles über den Haufen geworfen, als ich mit fünfzehn eine Gitarre geschenkt bekam. Ab da war klar, dass ich Sängerin werde.»

Und zwar, um auf schummrigen Bühnen melancholische Texte ins Mikro zu hauchen und mit den heißen Jungs, die mir scharenweise zu Füßen liegen würden, wild herumzuknutschen – nicht unbedingt in dieser Reihenfolge. Aber das musste ich Marie ja nicht unbedingt auf die Nase binden.

«Andererseits habe ich schon immer gern gezeichnet», kürzte ich also meine Erinnerungen ab. «Und das ist es dann auch geworden, wie du weißt.»

Ich fand endlich den Biojoghurt mit Schokosplittern und stellte drei Gläser in den Wagen. Warum der alle paar Wochen woanders stehen musste, war mir ein Rätsel. «Hast du denn schon Pläne?»

«Ein Filmstudium würde mir gut gefallen», sagte Marie. «Was mit Regie. In Ludwigsburg gibt es da eine interessante Hochschule.»

«Hört sich gut an», sagte ich. «Falls du vorher ein Praktikum machen musst, kann Papa dir sicher helfen.»

Marie legte ein Netz Zwiebeln in den Wagen. «Papa habe ich schon gefragt. Er findet die Idee natürlich doof. Das wäre brotlose Kunst, und ich soll mir was Gescheites ausdenken.»

Ausgerechnet Volker. «Lass dich mal nicht gleich von deinen Ideen abbringen», sagte ich. «Papa hat alles Mögliche studiert und ausprobiert, bevor er seine Modeagentur aufgebaut hat.»

«Würdest du mich denn unterstützen?»

«Na klar. Wichtig ist, für alles offen zu sein. Ich hätte auch nie gedacht, dass ich mal Mode entwerfen würde. Du etwa?»

Marie grinste. «Nee. Und wir hätten auch nie gedacht, dass wir mal am Ende der Welt wohnen würden, nicht?»

«So isses!»

Nachdem wir die Einkäufe ins Auto gepackt hatten, fuhr ich Marie zur Schule.

«Konntest du aus Julians Bildern etwas machen?»

«Und wie! Mario und ich haben sie eingescannt und eine kleine Sequenz daraus gebastelt, die zeigen wir ihm, wenn er das nächste Mal kommt, und dann muss er den Text dazu sprechen. Ich freu mich schon drauf. Julian hat so abgefahrene Ideen, es ist zum Kringeln.» Marie strahlte, sie war restlos begeistert von Julian. «Er zeichnet in der Zwischenzeit an einer Fortsetzung. Da verliebt sich der Pirat und erobert mit seiner Braut die Weltmeere.»

«Lass mich raten: Die Piratenbraut heißt Anne?» Wir waren am Gymnasium angekommen, und ich fuhr an den Bordstein.

«Woher weißt du das denn?»

«Wir hatten ein vertrauliches Gespräch.»

«Darauf kannst du dir aber einiges einbilden», sagte Marie. «Ob er so etwas mit seiner Mutter auch bespricht?»

Ich zuckte die Achseln. «Katja scheint jedenfalls sehr besorgt um ihn zu sein», sagte ich.

«Hast du sie mal kennengelernt?»

«Nur ganz kurz.» Ich dachte an die hübsche Frau mit dem verschlossenen Blick, der ich mal bei Christian begegnet war. «Ich bin freundlich auf sie zugegangen, aber sie hat so getan, als wäre ich nicht da. Die Trennung ist damals von ihr ausgegangen, aber es scheint ihr trotzdem nicht zu passen, dass Christian wieder in einer festen Beziehung ist.»

«Tja, manche können nicht gönnen.» Marie löste ihren Gurt und drückte mir einen Kuss auf die Wange. «Ein Glück, dass du anders bist.»

Während ich die Einkäufe verstaute, grübelte ich über Maries Worte nach. Mit Großzügigkeit hatte ich zwar kein Problem, dafür aber mit jeder Menge anderen guten Eigenschaften, Selbstbeherrschung zum Beispiel. Am Telefon. Gegenüber wichtigen Kundinnen. Oder beim

Anblick einer Schüssel Mousse au Chocolat. Schuldbewusst räumte ich den Joghurt in den Kühlschrank. Wo verlief eigentlich die Trennungslinie zwischen harmlos und grenzwertig?

Weiter kam ich mit dem Thema nicht, denn Patrick schaute zur Küche herein. «Guten Morgen, Nina! Gibt es schon einen Kaffee?»

«Läuft gerade durch!» Ich zeigte auf die Maschine, die fröhlich vor sich hin blubberte. «Auf unserer Facebook-Seite geht übrigens die Post ab!»

«Okay.» Er lehnte sich an den Türrahmen, die Beine lässig überkreuzt.

«Ich habe den Anreiz noch erhöht», sagte ich und berichtete von meiner Samstagsaktion.

«Dann lese ich vorsichtshalber die neuen Richtlinien von Facebook noch mal durch.»

«Warum?» Ich schenkte zwei Tassen Kaffee ein und reichte ihm eine.

«Verlosungen waren früher auf Facebook nicht gestattet. Mittlerweile ist das geändert worden, aber es gibt noch ein paar Einschränkungen. Ich kümmere mich am besten gleich mal darum.» Er schob ab.

Mein Gott, war der auf Zack am frühen Morgen! «Ich komme gleich nach», rief ich ihm hinterher.

Als ich ein Glas Schokojoghurt später ins Arbeitszimmer kam, hatte Patrick die Fragen schon geklärt und kam mit einer neuen Idee um die Ecke: «Was hältst du davon, wenn wir die Zeichnungen einiger Grundschnitte künstlerisch verfremden und als Hintergrund verwenden?» Er klickte auf der Zwiebellook-Homepage herum. «Je nach Detailseite könnte man den Fond farblich abändern. Was meinst du?»

Ich schluckte ein spontanes *Okay* hinunter und überlegte. «Das klingt gut, aber wird das nicht schnell eintönig? Schließlich besteht ein Schnittmuster nur aus wirren Linien.»

«Ich wollte sie so verändern, dass man den Ursprung gar nicht mehr als solchen wahrnimmt, sondern eine inspirierende Graphik vor Augen hat.» Er stöpselte einen USB-Stick ein und öffnete eine Datei. «Ich habe am Wochenende mal herumexperimentiert. Mit einem ganz simplen Schnittmuster, das bei meiner Schwester herumlag. Sieht gut aus, findest du nicht?»

«Ist deine Schwester auch in der Modebranche?»

Patrick schaute etwas irritiert. «Nein, sie näht nur hobbymäßig.»

Er wirkte, als wäre ihm durch meine Frage die ganze Begeisterung abhandengekommen. *Nina, du Trampel! Der Junge zerbricht sich sogar am Wochenende den Kopf für die Firma, und du stellst dämliche Fragen.*

Ich schaute wieder auf seine Graphik.

«Patrick, das gefällt mir ausgezeichnet, es ist geradezu genial! Und wir könnten es auch für den Online-Flyer verwenden, den ich gestern entworfen habe.»

«Na klar!» Seine Augen leuchteten wieder. «Die Farben kann man ganz leicht auf die Kollektion abstimmen, und man könnte das Konzept beliebig weiterspinnen!», erklärte er eifrig.

Das war ja noch mal gutgegangen.

«Wenn du weitere Vorlagen dafür brauchst, kann ich dir gerne ein paar von den Schnittdateien geben», sagte ich erleichtert.

«Das wäre super! Aber …»

«Aber?»

«Noch reizvoller wäre es, wenn ich digitale Schnitte mit Aufnahmen von den Originalen mischen könnte. Die sind ja meistens mit handgeschriebenen Notizen versehen. Das würde das Design noch wesentlich interessanter und authentischer machen, finde ich.»

Holla, der Knabe hatte sich wirklich Gedanken gemacht.

«Dann besprich das doch am besten gleich mit Leni und Claudia. Die machen die Schnitte und verwalten sie auch. Und solltest du Fragen zu den Farben haben, können Bärbel und ich dir weiterhelfen.»

Während Patrick sich weiteres Material für die Homepage holte, setzte ich mich an den Schreibtisch. Die Sonne schien, und ich war äußerst hoffnungsfroh.

«Neue Woche, neues Glück!», sagte ich, während ich meinen Computer hochfuhr. Und tatsächlich: Eine der beiden Boutiquen, mit denen ich gestern über Facebook Kontakt aufgenommen hatte, bat um die Zusendung des neuen Flyers. Wie hatte ich nur glauben können, dass unser Label in Gefahr war!

Ich spürte, wie sich die Erleichterung in mir breitmachte, als das Faxgerät zu rattern anfing. Ich stand auf, nahm das Blatt heraus. Sofort wurde mir wieder speiübel.

Es war die Bestellung einer Hamburger Boutique von

vor einigen Wochen. Doch nun schienen sie es sich anders überlegt zu haben. **STORNO** stand groß und fett auf dem Blatt, die Posten waren durchgestrichen. Keine Erklärung, kein Wort des Bedauerns, nichts.

Ich ließ mich schwerfällig auf meinen Schreibtischstuhl fallen. Die zweite Absage innerhalb einer Woche ... Und diesen Kunden hatte ich ganz sicher nicht am Telefon beleidigt.

Ich starrte auf meinen Bildschirm, unfähig, einen klaren Gedanken zu fassen. Dann öffnete ich meine Mailbox. Um mit Entsetzen festzustellen, dass zwei Mails eingegangen waren, die ebenfalls das Wort **STORNO** in der Betreffzeile hatten.

Schnell überflog ich die Nachrichten. Auch hier keine Erklärung, warum die Bestellungen zurückgezogen wurden.

Ich schloss die Augen, umklammerte die kleine silberne Zwiebel, die ich an einer Kette um den Hals trug, und versuchte meine wild gewordenen Gedanken zu ordnen. Das sah ja fast nach einer abgesprochenen Aktion aus. Konnte es sein, dass die Wittmann in ihrer Wut andere Ladeninhaber gegen mich aufgestachelt hatte? Was auch immer dahintersteckte: Wenn das so weiterginge, müssten wir auf mehr verzichten als auf die neuen Nähmaschinen. Im schlimmsten Fall würden wir Konkurs anmelden. Bei diesem Gedanken blieb mir die Luft weg. *Atmen, Nina, schön atmen. Noch ist es nicht so weit!*

Patrick kam mit einer großen Rolle unter dem Arm ins Zimmer. «Was Leni und Claudia für mich herausgesucht haben, ist echt toll!», sagte er und legte alles auf einer Arbeitsplatte ab. «Und meine Idee gefällt ihnen auch.»

«Schön!» Schnell klickte ich die Mails weg und schob das Fax unter meine Schreibtischunterlage. «Dann kannst du ja durchstarten!»

«Genau das habe ich vor», sagte Patrick ganz okaylos. «Bald werdet ihr euch vor Aufträgen kaum noch retten können.»

Ich versuchte, mir ein zuversichtliches Lächeln ins Gesicht zu zaubern. «Ich kann es kaum erwarten! Die Vorlage für den Flyer habe ich dir schon rübergeschickt.» Ich schnappte mir das Telefon und ging nach nebenan, um ungestört zu telefonieren. Aber das hätte ich mir sparen können. Frau Wittmann ließ sich verleugnen. Genau wie bei meinen letzten fünf Anrufen. Ich wählte die Nummer der Hamburger Boutique. Keine Antwort. Bei den beiden anderen, die storniert hatten, war die Geschäftsführerin außer Haus.

War es Zufall, dass ich niemanden erreichte? Oder hatte die Sache System? Unruhig ging ich im Zimmer auf und ab. Eine Schublade des Planschranks, in dem wir unsere Schnittmuster archivierten, war nicht ganz geschlossen. Ich schob sie mit einem Knall zu. *Schluss mit der Grübelei!* Ich würde etwas unternehmen! Immerhin gab es ja auch zwei neue Boutiquen, die unsere Sachen gut fanden. Sicherlich würde auch Frau Wittmann sich umstimmen lassen, und zwar … durch einen wunderschönen Blumenstrauß! Und die anderen drei Boutiquen würde ich so lange anrufen, bis ich jemanden an der Strippe hatte, der mir erklärte, wo das Problem lag, damit ich es aus der Welt schaffen konnte.

Die saftige Summe, die ich gleich darauf an einen Blumenversand überwies, betrachtete ich als gute Investition.

Ich notierte für den nächsten Tag *Wittmann anrufen* und zeichnete den Rest des Vormittages mit Hochdruck an neuen Entwürfen. Zwischendurch rief ich immer wieder bei den abtrünnigen Boutiquen an, erreichte aber weiterhin niemand. Die Anspannung saß mir im Nacken. Ich konnte einfach nicht aufhören, darüber nachzugrübeln, wie die wahnsinnig positive Resonanz auf Facebook mit den Stornierungen zusammenpasste. Wenn die Wittmann wirklich hinter all dem steckte, würde ich mehr tun müssen, als Blumen zu schicken. Vielleicht wäre es sinnvoll, sie persönlich aufzusuchen, aber Zeit war Mangelware. Und noch wusste ich nicht sicher, ob die Stornierungen auf ihr Konto gingen.

In meinem Kopf ging es so rund, dass mir schwindelig wurde. Wann immer ich das Gefühl hatte, laut losschreien zu müssen, verschwand ich im Bad und machte Atemübungen. Ruhig bleiben, Nina. *Und bloß die anderen nicht verrückt machen. Sonst können wir den Laden hier gleich dichtmachen!*

Gegen Mittag riss ich mich noch etwas mehr zusammen und folgte Patrick in die Wirtsstube. Auch Ernst war am Wochenende kreativ gewesen. Auf allen Tischen lagen Menükarten.

«Ich hab a weng am Kombjuder rumgebastelt», sagte er und drückte mir stolz eines der Blätter in die Hand. «Damit mer vorher scho weiß, wasses zum Essen gibt, gell?»

«Okay. Was ist denn *Koh Hai Im Num Samran* für ein Gericht?»

«Gar keins! Des heißt auf Dhailändisch *Guden Abbedit*», sagte Ernst stolz.

«Und *Nua Maprao*?»

«Des is a Überraschung!» Damit verschwand er fröhlich pfeifend in die Küche.

Aha. So viel zu *Vorher schon wissen, wasses zum Essen gibt*. Für die Mensabesuche in meiner Studienzeit hatte jedenfalls gegolten, dass das Gericht umso schlimmer war, je phantasievoller der Name dafür lautete. Einmal hatte ein Student sein Schnitzel «Alpenglühen» nach dem ersten Bissen vom Teller genommen und es in den Kummerkasten der Mensa gesteckt.

Die Handwerker trafen ein und mit ihnen die Schnepfen. Alle lasen neugierig die Menükarten durch und rätselten, was Ernst ihnen heute servieren würde. Mario und Marie nahmen die Neuerung zum Anlass, die Kamera herauszuholen. Sie filmten die Menükarte, die Kommentare und die allmählich wachsende Ungeduld, als auch nach zehn Minuten noch kein *Nua Maprao* in Sicht war. Ich hatte fast den Eindruck, als ließe Ernst uns heute absichtlich warten, um die Vorfreude zu erhöhen. Seine eigene.

Endlich kam er durch die Küchentür, in jeder Hand ein paar Teller, die er schwungvoll auf den Tischen verteilte.

«Biddesehr, hier is a *Gruß aus der Küche*: Salat mit Schrimbs. Und für euch …», er wandte sich an Marie und Mario, «… a vechedarische Variande mit a weng einem friddierden Dofu. Und etzt dud's amol die Kamera weg.»

Diesen Gefallen taten die beiden ihm allerdings nicht. Sie hielten fest, wie es sowohl den Elektrofachmännern von Rudi Haas als auch den Haustechnikern von Kurt Beyer schmeckte. Nämlich nicht schlecht.

«Des is doch wieder dübbisch», brummte Leni. «Wenn ich dem Kurt daheim so was vorsetzen däd, gäb's an Aufstand.»

Nun, auf *den* mussten wir nicht mehr lange warten. Als Ernst die Töpfe mit dem geheimnisvollen *Nua Maprao* auf dem Tisch stellte, nahm er seinen Lauf. Unparteiisch dokumentiert von den Dogma-Jüngern.

«Des riecht fei komisch», moserten die Elektriker. «Was hast'n da alles reing'macht, Ernst?»

«Is des Fisch oder Fleisch?» Claudia probierte vorsichtig einen Löffel und verzog dann angewidert das Gesicht. «Ich glaub, ich bleib beim Reis!»

Patrick schnüffelte kurz, dann gab er ein gedehntes «Okaaaayyy» von sich, bevor auch er sich nur etwas Reis nahm.

«Wo ist Rosi?», fragte ich.

«Die dellefoniert im Garten und sagt, sie hätt kein' Hunger», brummte Leni. «Vielleicht hat se scho vorher g'wusst, wasses gibt.»

«Oder sie b'stellt sich grad an neuen Kühlschrank», sagte Bärbel. «Weil se des Zeug von ihren vielen Großeinkäufen nimmer underbringt. Gebt's mir amol den Reis rüber, seid so gut.»

«Jetzt habt euch mal nicht alle so», sagte ich. «Mario, Marie, jetzt zeige ich der Welt, wie gut Ernsts Essen heute wieder schmeckt.» Als die Kamera und alle Augen in der Gaststube auf mich gerichtet waren, steckte ich mir mit Todesverachtung einen großen Löffel *Nua Maprao* in den Mund.

Das war ein Fehler. Das Zeug schmeckte genau so widerlich, wie es roch! «Wasser! Ich brauche Wasser», keuchte ich, nachdem ich den Bissen mit Mühe und Not heruntergewürgt hatte.

Die Handwerker an den anderen Tischen hielten sich die Bäuche vor Lachen. Ein Lehrling wurde zum Metzger geschickt. «Bring auch a baar Gurgen mit!», plärrte Claudias Mann dem Stift hinterher. «Aber keine dhailändischen, gell!»

Der Katastrophenkoch stellte sich kleinlaut an unseren Tisch. «Isses wirklich so schlimm?»

«Schlimmer», sagte seine Frau streng. «Was hast'n da alles neigemischt?»

«Frühlingszwiebeln, Möhren», begann Ernst. «Brauner Zugger, Mais, Koriander, Zuggerschod'n …» Er stockte.

«Und?», fragte ich.

«Na ja … a weng a Koggosmilch und Fischsoß», murmelte Ernst. «Ganz nach Rezebbt.»

«Ja, aber des kann ja wohl ned alles gewesen sein, sonst hätt's ned so fürchderlich g'schmeckt. Schau amol die Nina an, die is ganz blass um die Nasen», sagte Leni. Ich winkte schwach ab «Geht schon wieder.»

«Was war'n denn des für helle Deile in der Soß?», bohrte Claudia nach.

Jetzt wurde Ernst kleinlaut. «Na ja, normalerweis wird des mit Huhn g'macht, aber da war's Verfallsdadum abg'laufen. Und weil ich keinen vergiften wollt und die Nina g'sagt hat, dass ich a weng loggerer werrn muss mit'm Imbrovisieren, hab ich stadddessen klein g'schniddene saure Zipfel g'nommen …»

Einen Moment war Stille, dann brach ein ohrenbetäubendes Gelächter aus. Nur Patrick schaute ratlos in die Runde. «Saure *was*?!»

«In Essigsud gegarte Bratwürste. Eine fränkische Spezialität», erklärte ich ihm.

«Okay …»

«Er wollt uns ned vergiften!», rief Leni, während sie sich die Tränen wegwischte. «Der is fei gut!»

Ernst war gar nicht nach Lachen zumute. «Na ja, dann räum ich lieber amol ab», sagte er geknickt.

«Ich helfe dir», sagte ich. Und während unsere Jungfilmer sich in Maries Zimmer verzogen, um ihr neues Material zu sichten, und die anderen wieder an die Arbeit gingen, räumte ich mit ihm die Küche auf.

«Und was mach ich etzt mit den ganzen Resten?»

«Mit dem Reis kann man bestimmt noch was machen», sagte ich. «Aber der Rest gehört in die Schweinetonne.»

Einen Kummerkasten hatten wir schließlich nicht.

Sieben

Die Vorhersage für Montag, den 14. Oktober:
Ein schicksalhaftes Tief verbreitet Unsicherheit und Entsetzen. Gegen Abend Tränen.

Nach der thailändischen Bauchlandung kehrte Ernst reumütig zur deutschen Küche zurück. Doch überwunden hatte er die Blamage damit noch nicht. Das wurde mir klar, als Gundi zwei Wochen später zu Patrick und mir ins Arbeitszimmer kam, ein Ort, an den sie sich sonst nie verirrte.

«Etzt hadder mich fei aus der Küche rausg'schmissen.» Mit einem tiefen Seufzer setzte sie sich auf den freien Hocker. «Ned amol an Kaffee hat er mir geben!»

«Habt ihr euch wieder über das Kochen gestritten?»

«Naa! Aber er meint, ich hätt an schlechten Einfluss auf seine kulinarischen Künste!» Gundi schnaufte. «Künste! Was kann ich denn dafür, dass er ned g'scheit kochen kann.»

«Ernst kocht sehr gut», nahm ich ihn in Schutz.

«Ich würd schlechte Schwingungen verbreiten, hadder g'sagt. Deswegen wär des mit dem dhailändischen Gericht danebengangen. Bald redet er so daher wie die Frau im Warddezimmer vom Oddopäden.»

«Was machst du denn beim Orthopäden?»

«Mei Gnie macht Ziggen. Die Frau im Warddezimmer hat g'sagt, die Braxis hätt a ganz schlechtes Fäng Schui.

Und wegen der negadieven Schwingungen wär se immer noch ned geheilt. Die hat mir fast des Ohr weggebabbelt!»

«In solchen Fällen nehme ich mir immer eine Zeitschrift», sagte ich. «Dann hören die Leute von selber auf zu quatschen.»

«Des is aber auch so a Broblem. Der Dokter hat bloß so Zeitungen wie *Sau & Hund* oder *Heut geh'n mir auf die Birsch* ausliegen.»

«Ist doch genau dein Thema.» Ich grinste. «Da kannst du dir Anregungen für die Jagd auf Walter holen.»

«Den will ich ja ned erschießen», brummte Gundi. «Jedenfalls noch ned gleich. Bloß, wenn er mir weiter so auf'n Keks geht.»

«Was?»

«Ach, nix. Aber ich hab mir schon ernsthaft überlegt, ob der Dokter die Hefte auslegt, um seine Bazzienten vorzubereiten.»

«Auf was?», fragte ich, während ich versuchte, nebenbei eine Mail zu lesen.

«Dass er die Kassenbazzienten, bei denen eh nix mehr zu machen is, in den Wald bestellt. Um se dann durchs Unterholz zu jagen und abzugnall'n. Da kann mer froh sein, wenn mer in der Brivaden is, oder?»

«Aha. Du hast ja noch schlimmere Gedanken als ich.»

«Wieso?»

«Ach, nix. Ich bin mir jedenfalls sicher, dass das Abknallen nicht mal in Franken erlaubt ist. Weder bei Kassen- noch bei Privatpatienten.» Ich gab das Lesen auf. Solange Gundi ihre Geschichte loswerden musste, war an Arbeit nicht zu denken.

«Auf jeden Fall hat die Frau gemeint, dass der Dokter

alles umstellen müsst. Dann däd's mit den *Vaibräschens* auch wieder hinhau'n. Wenn des stimmt, mer weiß es ja ned g'wiss, könnt mer deine Küch auch amol umstellen. Dann klappt's mit'm Ernst seiner Kocherei vielleicht auch wieder.»

«Du hältst dich einfach mal eine Weile von Ernst fern», sagte ich bestimmt. «Und die Küche bleibt so, wie sie ist!»

«Ich mein ja bloß.» Ächzend stand Gundi auf. «Und du, Badrigg? Hast dich schon a weng in Wiestal eing'lebt?»

Patrick lächelte höflich. «Alles okay.» Er wollte seine Nase gleich wieder an den Bildschirm drücken, doch da hatte er die Rechnung ohne Gundi gemacht.

«Etzt zeig mir doch amol, was du da so machst!» Sie schnappte sich den Hocker und setzte sich neben ihn. «Ich hab zwar selber an BeeZee, aber mit so einem Zeugs kenn ich mich ned aus.»

Patrick warf mir einen fragenden Blick zu, und als ich nickte, drückte er ein paar Tasten.

«Also … Das ist die neu gestaltete Homepage für Zwiebellook und da –»

«Die hab ich mir daheim schon ang'schaut. Schön haste des gemacht!»

«Okay …» Patrick überlegte kurz, dann zeigte er Gundi die neue Facebook-Seite. «Und das hier nennt sich Facebook. Da kann man …»

Gundi machte eine wegwerfende Handbewegung. «Ich hab da mein G'sicht zwar ned drin, aber ich weiß, was des is.»

«Na dann …» Patrick kam zur Sache. «Also, da hatten wir auf die Zwiebellook-Seite ein Gewinnspiel eingestellt. Und jetzt haben wir schon fast neunhundert Likes!»

«Laiks …» Gundi rollte die Augen. «Wenn unser Herrgott heutzutag auf Erden rumlaufen däd, hädd er bestimmt auch so an Gnopf zum Laikn. Oder er däd was mit Twidder machen und hädde statt Jünger so *Follower.*» Gundi stand auf. «Kennst du *Schtaadregg*?»

Ich sah, dass Patrick den fränkischen Faden längst verloren hatte. «Gundi meint *Star Trek.* Die Fernsehserie mit dem Raumschiff *Enterprise.*»

«Okay …»

«Des laik *ich.*» Sie beugte sich zu ihm vor. «Am meisten laik ich den Schang-Lük Pikahr. Der heißt in Wirglichkeit fei auch Badrigg. *Okääääiii*???» Sie grinste breit und ging ihrer Wege.

Patrick guckte, als hätte man ihn gerade auf die Enterprise gebeamt: Lichtjahre von seiner gewohnten Umgebung entfernt und konfrontiert mit völlig unbekannten Lebensformen.

«Diese Frau jagt *Männern* hinterher?»

«Keine Bange. Sie hat nur Walter im Visier», sagte ich. «Aber mit der richtigen Jagdtechnik hapert es noch.»

«Hm …» Patrick versuchte, diese Infos zu verarbeiten. «Aber sie ist doch schon ewig alt!»

«Meines Wissens wird sie bald fünfundsiebzig», sagte ich. «Daran kannst du sehen: Landleben hält jung!»

Leider kamen keine weiteren Menschen, um mich mit Jagdgeschichten aufzuheitern, und so schnappte ich mir am Nachmittag meine Kundenliste und das Telefon und setzte ich mich ins Archiv, wo ich ungestört war und seit zwei Wochen an jedem geschlagenen Nachmittag alle potenziellen Kunden durchtelefonierte und für unser Label warb.

In dieser Zeit waren aber mehr Kunden abgesprungen, als ich hinzugewinnen konnte. Der Flyer und der neue Internetauftritt hatten uns zwar viel Lob und die eine oder andere Einzelbestellung eingebracht, aber das langte hinten und vorne nicht, um Zwiebellook über die nächste Saison zu bringen.

Frau Wittmann hatte sich trotz Blumenstrauß und Entschuldigungen weder gemeldet, noch war sie für mich zu sprechen gewesen. Und die anderen Boutiquebesitzerinnen, die Stornos geschickt hatten, hatten mich mit fadenscheinigen Begründungen abgewimmelt. Je mehr Zeit ins Land gegangen war, desto logischer erschien es mir, dass die Wittmann dahinterstecken musste. Aber die würde mich kennenlernen! Die Nummer meines Anwalts stand auch schon auf der Liste! Ich brauchte nur noch einen Beweis, und den würde ich mir heute besorgen. Frau Klinger von der Boutique *Larilou* war eine bodenständige Geschäftsfrau. Die würde sicher nicht um den heißen Brei herumreden, obwohl sie als Kundin ebenfalls abgesprungen war.

Es klingelte ziemlich lange in der Leitung, und ich wollte schon enttäuscht auflegen, als doch noch abgehoben wurde, und zwar von Frau Klinger persönlich. Sie legte die Karten tatsächlich auf den Tisch. Aber nicht die, die ich erwartet hatte.

«Es ist mir sehr unangenehm», sagte sie. «Unsere Kundinnen sparen im Augenblick, wo es nur geht. Und da die andere Firma ja ganz ähnliche Ware anbietet, haben wir entschieden, dass wir …

«Welche andere Firma?», fiel ich ihr ins Wort. «Und was heißt hier *ähnlich*?»

«Ach Gott, wissen Sie das denn gar nicht?» Frau Klinger schien ehrlich erschrocken. «Das Label nennt sich Lagenlook. Die machen fast die gleiche Mode wie Sie. Nur zu einem viel günstigeren Preis …»

Nach dem Gespräch ging ich wie fremdgesteuert in mein Büro zurück und gab den Namen im Computer ein. Die Homepage der Firma erschien auf dem Bildschirm.

Mit einzelnen Kollektionen schien das Unternehmen sich nicht aufzuhalten. Es gliederte sein Angebot nur nach Kategorie und Material. Ich holte tief Luft und klickte mich durch die einzelnen Oberbegriffe.

Dabei wurde mir heiß und kalt zugleich: Nicht nur die Zielgruppe von Lagenlook war mit unserer identisch: Die Ware war um ein Vielfaches billiger, und es wirkte fast, als hätten sie alles, was wir je auf den Markt gebracht hatten, eins zu eins kopiert.

Waren die Absagen der letzten Wochen schon eine Katastrophe gewesen, war diese Entdeckung der absolute Overkill. Wenn ich dieser Konkurrenz keinen Riegel vorschieben konnte, war nur eine Sache von Wochen, bis ich zur Bank gehen musste, um einen weiteren Kredit zu beantragen. Wenn ich überhaupt noch einen bekam …

«Ich … ich glaube es nicht!» Ich war einem Ohnmachtsanfall nahe.

«Was ist denn?» Patrick sah mit großen Augen zu mir herüber.

«Da!» Ich zeigte auf den Monitor. «Es gibt eine Firma die die gleichen Modelle anbietet wie wir! Schau dir das an: Dieser Wickelrock sieht unserem zum Verwechseln ähnlich. Und sogar unseren Namen haben sie abgekupfert!»

Patrick nahm den Hocker, den Gundi hatte stehenlassen und setzte sich neben mich.

«Das sieht ganz so aus, als hätte jemand anderes die gleiche Idee gehabt wie du.»

«Meinst du?» Auf den Gedanken war ich gar nicht gekommen.

«Na ja, in der Modebranche läuft doch vieles parallel, oder?» Patrick zeigte auf die Oberteile. «So etwas hat es sicher schon öfter gegeben.»

«Schon möglich», sagte ich. «Aber schau dir mal diesen Schnitt an. Die schräge Naht hier, die direkt in den Kragen übergeht. Das ist schon verdammt parallel, findest du nicht?»

Patrick nickte zögernd. Es war auch wirklich nicht wegzuleugnen.

Ich stand auf und legte eine Hand auf den Magen. Mir war wieder speiübel. «Wenn das unsere Konkurrenz ist, können wir zumachen.»

«Ach was», sagte Patrick. «Vielleicht hat diese Firma ganz andere Absatzmärkte. Ich kann mir nicht vorstellen, dass sie genau dieselben Boutiquen beliefern wie ihr.»

Ich sah ihn an. «Eine Kundin hat mir gerade auf den Kopf zugesagt, dass sie dort bestellt, weil Lagenlook billiger ist als wir. Und ich hatte in den letzten Wochen sieben Stornierungen. Neubestellungen sind stark zurückgegangen. Außerdem nehmen die uns mit ihrem Online-Verkauf zusätzlich Kundinnen weg.»

«Aber überleg dir doch mal, wie viele Modegeschäfte

es in Deutschland gibt», beruhigte Patrick mich. «Und wie viele Kleidungsproduzenten. Da gibt es für jeden ein Stück vom Kuchen. Du musst doch nicht gleich an das Schlimmste denken.»

Ich sah eine Weile zum Fenster hinaus und ließ seine Worte sacken. Dann holte ich tief Luft. «Okay. Aber wir müssen jetzt online noch viel aktiver werden. Ich will den neuen Flyer noch weiter streuen, damit wir nicht nur einzelne neue Kunden an Land ziehen. Ich schau mal, wo wir da am besten ansetzen können. Formulierst du schon mal ein ansprechendes Begleitmail?»

Patrick nickte. «Klar doch.»

Er schickte sich an, wieder an seinen eigenen Computer zu gehen, aber ich legte ihm die Hand auf die Schulter und sah ihn ernst an.

«Eins musst du mir versprechen.»

«Ja?»

«Erzähl *niemandem* etwas von dieser Sache. Zuerst versuchen wir alles Menschenmögliche.»

Und falls das nicht klappte, war für allgemeine Panik später immer noch genug Zeit.

Ich dachte nach. Klar, der Modemarkt war ein riesiger Tummelplatz. Aber unsere Zielgruppe war nicht besonders groß. Wir sprachen Frauen ab Mitte vierzig an, die sich mit Hitzewallungen herumschlugen, und gingen mit unseren Schnitten auf Figurprobleme ein, die sich in diesem Alter verstärkt einstellten. Ich war mir so sicher gewesen, dass wir mit dieser Idee eine eigene Nische gefunden hatten.

Anscheinend war sie aber doch nicht so einzigartig.

Oder war ich einfach nur blauäugig gewesen und hatte geglaubt, das Rad neu erfunden zu haben?

Ruhig, Nina, ganz ruhig. Das Letzte, was du nun brauchst, ist ein Nervenzusammenbruch. Du hast eine Firma, du hast Verantwortung ... und einen lieben Mann an deiner Seite!

Bisher hatte ich Christian nichts von den Stornierungen erzählt, denn ich war fest der Meinung gewesen, dass sich alles wieder einrenken würde. Außerdem hatte er selbst genug um die Ohren. Zum Glück waren wir für heute Abend verabredet. Ich schnappte mir mein Handy und tippte eine SMS. Bleibt es bei 19 Uhr? Ich koche :* Seine Antwort kam umgehend: bist ein schatz. komme evtl mit kleiner verspätung. geht drunter und drüber hier.

Das kam mir bekannt vor. Obwohl ich versuchte, ruhig zu bleiben, wirbelten Bilder durch meinen Kopf. Manche zeigten mich als Bettlerin in der Fußgängerzone, andere als Superwoman, die das Gebäude der Konkurrenz mit einem Vernichtungsstrahl in einen Haufen Schutt verwandelte. Ich seufzte und zog das Telefon aus der Tasche.

«Hier ist Superwoman», sagte ich, als Elke abhob. «Habe ich eigentlich Anspruch auf Hartz IV?»

Als alle nach Hause gegangen waren, geisterte ich ruhelos durch das Haus. Elke hatte mich, genau wie Patrick, erst einmal beruhigt. Sie wollte versuchen, über die Werbeagentur noch mehr über Lagenlook herauszubekommen. «Um eine Strategie zu überlegen, müssen wir wissen, mit wem du es zu tun hast», hatte sie gesagt.

«Meine Rede!»

«Und dann musst du endlich die Schnepfen einweihen.»

«Hast ja recht.»

Doch genau davor graute mir jetzt noch mehr als bisher. Wie auch immer: Zuerst würde ich alles bei einem guten Essen mit Christian besprechen. Marie war mit Mario und Patrick in Bayreuth im Kino, wir würden also ungestört sein.

Nach einem Blick ins Kochbuch schaute ich in unseren Kühlschrank. Dann wanderten meine Augen zu Ernsts Kühlschrank hinüber. *Nein, Nina, nicht schon wieder!*

Also sprang ich ins Auto und fuhr einkaufen.

Gegen sieben hatte ich den Küchentisch gedeckt, einen guten Wein dekantiert, und es duftete himmlisch nach Lasagne. Ich schaltete die Röhre aus, setzte mich mit einem Glas Wein auf die Eckbank und wartete.

Um Viertel nach sieben faltete ich die beiden Servietten zu Schwänen. Der eine Schwan sah wie der andere aus. Niemand hätte sagen können, welcher zuerst da gewesen war. Mit Zwiebellook und Lagenlook verhielt es sich auch nicht viel anders. Jedenfalls aus Sicht der Kunden. Ich geriet ins Grübeln.

Als ich gedanklich knapp vor der Pleite stand, klatschte ich die armen Schwäne platt und rief Christian auf dem Handy an. Es ging aber nur die Mailbox dran. Wo er nur blieb?

Neben mir auf der Küchenbank lag eins von Ernsts Kochbüchern: Gerichte mit Ei. Die sahen eigentlich auch alle gleich aus, diese Eier. Man hätte nicht sagen können, aus welchem Arsch … *Nina! Schluss jetzt!* Ich stand auf und wanderte ein wenig in der Küche herum. Schaute in den Ofen. Dachte wieder an die Misere, in der ich mich befand.

Gegen acht Uhr war Christian immer noch nicht da. Allmählich überlagerten ganz andere Horrorvisionen meine Existenzängste: ein verletzter Christian auf der Baustelle, ein verblutender Christian im Straßengraben, ein …

Plötzlich klingelte mein Handy. Vor Schreck blieb mir fast das Herz stehen. «Hallo?!»

«Ich bin's, Nina», sagte Christian.

«Gott, bin ich froh, deine Stimme zu hören», rief ich. «Wo bist du denn?»

«Im Klinikum Kassel», sagte er.

«Was?!»

«Katja war mit Julian ein paar Tage bei einer Freundin in Hannover. Auf dem Rückweg wurden sie in einen Auffahrunfall verwickelt.»

Mein Herz hämmerte. «Wie schlimm ist es?»

«Katja hat sich den Arm gebrochen und steht unter Schock», sagte Christian. Er machte eine Pause. Ich konnte hören, dass er weinte. «Julian liegt auf der Intensivstation.»

«Das ist ja schrecklich!» Marie, die gegen neun nach Hause gekommen war, hielt mich schockiert an beiden Händen. «Was hat Julian denn?»

«Eine Gehirnerschütterung», sagte ich. «Und das Becken ist gebrochen. Er ist operiert worden und liegt jetzt im Moment noch auf der Intensivstation.»

Marie hatte Tränen in den Augen. «Fährst du hin?», fragte sie.

Ich schüttelte den Kopf. «Christian sagt, er kommt zurecht. Und es wäre auch eine komische Situation mit Katja.»

Die Ärzte hatten Julian «gute Karten» attestiert, weil er jung sei. Zu konkreteren Aussagen waren sie nicht bereit gewesen. Marie und ich beschlossen, dass «gute Karten» auf jeden Fall ein ermutigender Ausgangspunkt für eine rasche Genesung waren. Wir stellten eine Kerze auf die Fensterbank und zündeten sie an.

«Werde schnell gesund, kleiner Pirat», sagte Marie.

Und dann weinten wir noch eine Runde.

Acht

Die Vorhersage für Dienstag, den 15. Oktober:
Insgesamt wechselhaft mit Depressionen. Im Tagesverlauf blitzt Kampfgeist auf.

Nach einer Nacht, in der sich Albträume die Klinke in die Hand gegeben hatten, wachte ich wie erschlagen auf. Mein erster Gedanke galt Julian, dicht gefolgt von Lagenlook. Begleitet wurde das Elend von bohrenden Kopfschmerzen, und ich wusste nicht, was ich lieber getan hätte: mich tot stellen, bis alles sich zum Guten gewendet hatte, oder …

Das Handy nahm mir die Entscheidung ab. Vorsichtig rollte ich mich zur Seite und angelte es vom Nachtkästchen. «Hallo?»

«Ich bin's», sagte Christian. «Ich wollte mich mal kurz melden. Neues gibt es aber leider nicht.»

«Hast du geschlafen?»

«Kaum.» Christian seufzte. «Ich gehe gleich wieder ins Krankenhaus.»

«Wenn ich kommen soll, sag es mir bitte.»

«Danke, das ist lieb, aber du weißt ja», sagte Christian leise. «Katja dreht ohnehin schon am Rad. Ich rufe dich lieber später wieder an. Wie ist es denn bei dir?»

Ich überlegte kurz, ob ich Christian von meinen Sorgen erzählen sollte. Mir fiel jedoch noch rechtzeitig eine Regel ein, die in Situationen wie dieser wichtig war: Trost rein, Sorgen raus. Was darauf hinauslief, dass man die Menschen, die direkt mit einem schwerkranken Patienten zu tun hatten, nicht zusätzlich mit Problemen von außen belastete.

Ich durfte Marie und jedem anderen von meinem eigenen Kummer erzählen, aber nicht Christian, der schon genug Sorgen mit Julian hatte.

«Mach dir da mal keine Gedanken», sagte ich tapfer. «Ich kriege hier alles gebacken. Hauptsache, Julian wird bald wieder gesund.»

Als wir das Gespräch beendet hatten, stand ich auf. «Ich kriege hier alles gebacken», wiederholte ich müde. «Und lass mich nicht unterkriegen!»

«Ich werde denen zeigen, wo der Hammer hängt!», murmelte ich beim Zähneputzen und sah in den Spiegel. Hatte ich gestern auch schon so grau ausgesehen? Dann kam mir jedoch ein anderes Bild in den Sinn: Julian, blass und regungslos. Von Maschinen umgeben und an Schläuche angeschlossen.

«Du schaffst das, kleiner Pirat», flüsterte ich. «Ich glaube an dich …»

Marie und ich frühstückten gemeinsam. Als wir Marios Vespa hörten, begleitete ich Marie zur Tür und drückte sie zum Abschied ganz fest.

«Wir wollten heute Abend zu einem Vortrag über Filmdramaturgie gehen, Mama», sagte sie, während sie den Helm aufsetzte. «Aber wenn du nicht allein sein möchtest …»

«Nein, alles gut. Viel Spaß!», sagte ich. «Und fahrt bitte vorsichtig.»

Ich sah ihnen nach, bis Bärbel auftauchte.

«Mein Gott, Nina! Du schaust aus wie a G'spenst!» Besorgt nahm sie meine Hand. «Was is denn los?»

«Komm rein.»

Ich ging mit ihr in die Küche, schenkte uns jedem einen Becher Kaffee ein und berichtete ich ihr von dem Unfall. Dabei kamen mir wieder die Tränen.

«Wie schregglich», sagte Bärbel leise. «Du weißt scho, dass ich gleich zu dir gekommen wär, wenn du mich ang'rufen häddest, gell??»

«Marie war ja da», schniefte ich.

Wir hörten draußen eine Tür klappen. Bärbel schaute auf die Uhr.

«Halb acht. Des wird die Rosi sein. Die kommt in letzter Zeit immer früher. Komisch eigentlich, für senile Beddflucht isse ja eigentlich noch zu jung.»

«Könntest du es den anderen sagen?», fragte ich. «Ich muss immer heulen, wenn ich darüber spreche, und ich habe so viel zu erledigen.»

«Des mach ich scho!» Sie drückte mich ein letztes Mal, dann stand sie auf. «Und glaub mir, die kleinen Kerle sind viel zäher, als mer denkt. Bald is alles wieder in bester Ordnung, du wirst seh'n!»

Ich versuchte zuversichtlich zu schauen, aber in mir sah es anders aus.

Wenn sie nur wüsste …

Mit bleiernen Beinen ging ich die Treppe hinauf. Elke hatte sich noch nicht wieder gemeldet, und ich beschloss, mich gnadenlos in die Arbeit zu stürzen. Ich würde einfach so tun, als ob es Lagenlook nicht gäbe. Als Patrick kam, erklärte ich ihm kurz, warum ich heute keine Nerven für die Entwicklung neuer Werbeaktionen hatte. Ich musste etwas tun, was keine sonderliche Kraft oder Kreativität erforderte. Routinearbeit.

«Das ist ja klar.» Dann setzte er sich an den Computer und arbeitete still vor sich hin, ohne mich ein einziges Mal zu stören. Gegen zehn ging er, ohne zu fragen, in die Küche und brachte mir eine große Tasse gesüßten Tee und ein paar Kekse.

Ich zeichnete Details für die neuen Oberteile, telefonierte mit einem Stofflieferanten und notierte dann noch ein paar neue Ideen, die mich plötzlich von irgendwo ansprangen: Nachtwäsche hatten wir bis jetzt noch nicht im Programm, obwohl Frauen in den Wechseljahren ja auch nachts von Hitzewallungen heimgesucht wurden. Pyjamas mit zwei oder gar drei dazugehörigen Oberteilen, die schnell aus- und anzuziehen waren. Vielleicht konnten wir auch noch Bettwäsche anbieten, die besonders schnell trocknete. Und unseren Kundinnen praktische Tipps geben, wie sie mit der lästigen Schwitzerei eleganter zurechtkamen. Wir konnten sie auch dazu bringen, sich auf unserer Facebook-Seite gegenseitig zu beraten. Meine Ideen sprudelten nur so. Ich schrieb und skizzierte, aber dann hielt ich plötzlich inne. Schon merkwürdig, dachte ich. Mitten im größten Kummer kann ich einfach weitermachen. Und gleichzeitig fühlt es sich an, als wäre das gar nicht mein Leben. Ich überlegte, ob ich Christian anrufen konnte, aber er hatte ja gesagt, dass er sich melden würde, wenn es ihm passte und es Neuigkeiten gäbe.

Beim Mittagessen waren alle unglaublich nett zu mir gewesen. Ernst servierte mir eine Extraportion Nachtisch, und Gundi versuchte, mich mit den neuesten Geschichten aus dem «Warddezimmer des Oddopäden» aufzuheitern.

Doch die Mails, die während der Pause hereingekommen waren, munterten mich nicht gerade auf. Eine weitere Kundin hatte ihre Bestellungen reduziert, eine zweite ganz storniert.

«Die machen mich fertig!»

Patrick zuckte erschrocken zusammen. Ich rief die Website von Lagenlook auf. Kaum war sie hochgeladen, öffnete sich ein weiteres Fenster, und ein Laufbanner blinkte mir ins Auge:

+++ Neue Modelle +++ Ab sofort vorbestellbar +++ Neue Modelle +++ Ab sofort vorbestellbar +++ Neue Modelle +++

«O Gott!» Fassungslos klickte ich mich durch das Angebot. Alle neuen Modelle glichen denen aus unserer brandneuen Kollektion bis aufs i-Tüfelchen. Alle, bis auf drei.

Die hatte ich nämlich für unsere übernächste Saison entworfen, und sie waren bis jetzt noch nie in der Öffentlichkeit gezeigt worden.

«Schau dir das an», stammelte ich. «Kannst du dir vorstellen, wo sie die herhaben?»

Patrick schüttelte den Kopf. Nicht mal ein Okay kam ihm über die Lippen.

«Ich würde nur zu gerne glauben, dass zwei Firmen zur gleichen Zeit die gleichen Ideen haben, aber mittlerweile geht mir der Zufall ein kleines bisschen zu weit!» Ich stand auf und ging aufgebracht im Zimmer auf und ab. Was wurde hier gespielt? Hatte ich etwa einen Spion im Haus?

Ich sah erschrocken zu Patrick hinüber, der äußerst blass um die Nase war. Was, wenn er sich hier eingeschlichen hatte, um Zwiebellook zu ruinieren? *Ja genau, Nina, am besten verdächtigst du jetzt jeden, der dir vor die Nase kommt.* Ich atmete tief durch und dachte nach. Patrick hatte sich ursprünglich bei Jeanette als Assistent beworben und war nur durch Zufall bei uns gelandet. Zu einem Zeitpunkt, als Lagenlook bereits auf dem Markt war. Trotzdem hatte ganz offensichtlich jemand die neuen Modelle geklaut. Aber wer? Und vor allen Dingen: Wie konnte ich das beenden? Ich beschloss, meine Gedanken vorerst für mich zu behalten und auch Patrick nichts davon zu erzählen. Und gegen Lagenlook musste ich jetzt endlich juristisch vorgehen. Ich würde meinen Anwalt Martin Küfner anrufen, einen Freund des Hauses. Ihm konnte ich vertrauen.

In diesem Moment rief Elke an.

«Einen Moment», sagte ich und nahm das Telefon mit ins Archiv. Aber als ich den Planschrank mit den Schnittmustern sah, vergaß ich völlig, dass Elke in der Leitung wartete. Denn ich fragte mich plötzlich, wer alles Zugang zu diesem Raum hatte. Ich ging im Geist die Kandidaten durch, bis ich merkte, dass das Telefon in meiner Hand quäkte.

«Entschuldige», sagte ich betroffen. «Bei mir geht es gerade ziemlich rund im Kopf.»

«Du hörst dich auch gar nicht gut an», sagte Elke.

«Kein Wunder.» Ich berichtete ihr von Julians Unfall, den *Neuigkeiten* meiner Konkurrenz und dem schrecklichen Verdacht, der sich mir aufdrängte.

«O Gott», sagte meine Freundin. «Da möchte ich dir am liebsten gar nicht erzählen, was ich über die verdammte Konkurrenz herausgefunden habe.»

Fliehst du vor der Grube, fällst du in das Loch, zitierte ich Onkel Hubert in Gedanken. «Raus damit!»

«Lagenlook hat eine große Schwesterfirma im Rücken, mit Sitz in China. Dadurch können sie schnell und billig und in großen Stückzahlen fertigen lassen.»

Ich schluckte.

«Was sagen denn die Schnepfen dazu?», fragte Elke.

Als ich schwieg, sagte sie: «Du hast es ihnen immer noch nicht erzählt? Nina, das geht nicht, du …»

Ich unterbrach sie. «Und wenn eine von ihnen die Entwürfe weitergegeben hat?»

Jetzt schwieg Elke. «Das kann ich nicht glauben», sagte sie dann.

«Ich auch nicht», sagte ich. «Aber ich weiß im Moment sowieso nicht mehr, was ich glauben soll. Und deswegen werde ich die Sache jetzt erst mal mit Martin besprechen.»

«Gute Idee», meinte Elke. «Und wenn Christian sich meldet, sag ihm, dass ich an Julian und ihn denke.»

Christian. Was hätte ich darum gegeben, ihn jetzt an meiner Seite zu haben.

Martins Handy war ausgeschaltet, also wählte ich die Nummer der Kanzlei. Herr Küfner hätte am Gericht zu tun, teilte die Sekretärin mir mit. «Dann richten Sie ihm doch bitte aus, er möge mich anrufen.» Für alle Fälle gab ich ihr meine Handynummer. «Dringend!»

Ich fuhr meinen Rechner herunter. «Meine Freundin hat mir gerade erzählt, dass Lagenlook eine richtig große

Nummer ist. Ich muss ich hier mal raus», sagte ich zu Patrick. «Wenn was ist, ich bin im Garten.»

Patrick sah mich mit ernstem Gesicht an. «Mach dir keine Sorgen. Ich kümmere mich um alles!»

Es war ein sonniger, klarer Herbsttag, und der Garten sah verwildert und malerisch aus. Überall in den Gräsern und Sträuchern glitzerten Spinnennetze, und es roch intensiv nach Laub und Erde. Ich liebte diese Jahreszeit mit ihren leuchtenden Farben und langen Schatten. Eine Weile stand ich einfach nur vor dem Schuppen und schaute Löcher in die Luft, bis ein Schauspiel besonderer Art meine Aufmerksamkeit erregte.

Drüben bei Gundi ging die Hintertür auf. Meine alte Nachbarin sah sich verstohlen um, bevor sie, so schnell ihr kaputtes Knie es zuließ, zu uns herüberhoppelte und die Küchentür ansteuerte. Als sie mich bemerkte, zuckte sie zusammen, winkte und verschwand dann schnell im Haus. Gleich darauf wusste ich auch, warum: Walter erschien auf der Bildfläche und sah sich suchend um. Er hatte eine einzelne rote Rose in der Hand und ein dickes Grinsen im Gesicht, das noch breiter wurde, als er mich sah. Er reckte den Daumen hoch. Dann klemmte er die Blume an Gundis Tür und ging beschwingten Schrittes davon.

Immerhin einer war glücklich heute. Ich holte Schubkarre und Werkzeug und machte mich an die Arbeit. Nach und nach lockerten sich meine Schultern, und ich konnte wieder freier atmen.

Als ich die Stauden zurückgeschnitten hatte, kippte ich

die abgestorbenen Äste auf den Kompost. Anschließend machte ich mich daran, das wuchernde Unkraut aus den Gemüsebeeten zu entfernen. Bei jedem Büschel, das ich aus der Erde zog, stellte ich mir vor, es sei der Kopf eines Lagenlook-Managers.

Als ich sie alle erledigt hatte, setzte ich mich auf die Bank hinten am Zaun und ließ mir die Sonne aufs Gesicht scheinen. Die Wärme tat gut, und ich spürte, wie ich allmählich ruhiger wurde.

Auf den Zustand von Julian hatte ich keinen Einfluss. Da half nur warten, hoffen und beten, dass der Kleine bald wieder gesund wäre. Aber an der Sache mit Lagenlook konnte ich mit ein bisschen Glück etwas ändern.

Bevor ich weiter darüber nachgrübeln konnte, klingelte mein Handy. Martin war dran.

«He, was ist passiert? Frau König meinte, es wäre dringend.»

«Allerdings.» In kurzen Sätzen schilderte ich ihm, was vorgefallen war. «Was ich mit dem Verdacht, einen Spion in den eigenen Reihen zu haben, anfangen soll, weiß ich noch nicht. Aber hast du eine Ahnung, ob ich gegen die Firma schon mal etwas unternehmen kann?»

«So aus der Ferne kann ich dir dazu nichts sagen. Ich müsste mir auch ein Bild von den kopierten Modellen machen. Was hältst du davon, wenn ich heute Abend bei dir vorbeikomme? Dann schauen wir uns das gemeinsam an.»

«Gute Idee», sagte ich. «Magst du Lasagne?»

«Und wie», lachte Martin. «Ich bin um sechs bei dir!»

Die Aussicht, mich mit Martin auszutauschen und eventuell sogar schon bald etwas gegen die Lagen-Kopierer unternehmen zu können, gab mir neue Zuversicht. Ich ließ meine dreckigen Schuhe vor der Küchentür stehen und stellte mich unter die heiße Dusche. Danach sah die Welt schon wieder anders aus. Als ich ins Büro kam, packte Patrick gerade seine Sachen zusammen.

«War noch was?», fragte ich.

Er schüttelte den Kopf. «Alles ruhig, und der Katalog kann bald online gestellt werden.»

«Das klingt gut.» Ich überlegte, ob ich meine Mails checken sollte. Nein, für weitere Hiobsbotschaften war später auch noch Zeit. Ich ging mit Patrick hinunter, und wir verabschiedeten uns.

Leni kam aus der Schneiderei. «Ah, Nina, da bist du ja! Du, mir hamm die Blusen mit'm Schalgragen ferddig. Schaust se dir heut noch an? Dann könnt mer morgen gleich damit weitermachen, weißt.» Sie schaute mir tief in die Augen. «Gibt's was Neues vom Julian?»

Ich schüttelte den Kopf. «Leider …»

«Mir hamm scho gedacht, du hast dich a weng hieg'legt.»

«Nein, ich habe …» Fast hätte ich mein Gespräch mit Martin erwähnt, konnte aber den Satz rechtzeitig hinunterschlucken. «… ich habe hinten im Garten gearbeitet», sagte ich stattdessen. «Einfach um mal den Kopf frei zu kriegen.»

«Recht hast», sagte Leni. «Im Augenblick isses viel zu viel für dich. Hoffentlich gibt's bald a Endwarnung.» Dann umarmte sie mich spontan. Eine Geste, die ihr gar nicht ähnlich sah und mich sehr rührte.

«Dangge», sagte ich. «Aber jetzt ab nach Hause mit dir. Die Blusen schaue ich mir gleich an!»

Als ich den Raum betrat, überfiel mich ein wehmütiges Gefühl. Ich erinnerte mich an die vielen Stunden, die wir investiert hatten, um diesen alten Saal, in dem früher Theateraufführungen und Feste stattgefunden hatten, in eine Schneiderei zu verwandeln. Ich dachte an die erste Modenschau, die hier stattgefunden hatte. Daran, wie Gustl mir gleich zum Auftakt auf offener Bühne einen Antrag gemacht hatte, und an das Happy-End, das ebenfalls vor aller Augen mit Christian gefolgt war. Wie wir trotz oder wegen dieser privaten Einlage anschließend mit Aufträgen überhäuft wurden und seitdem schufteten, um unsere Kundinnen glücklich zu machen. Und uns selbst natürlich.

Sollte dieser Traum jetzt wirklich aus und vorbei sein?

Ich ging auf die Kleiderständer zu, die hinten an der Wand standen. Dort hingen die Musterteile für die übernächste Saison. Vor allem die Blusen waren wunderschön geworden. Wir hatten ihnen neben dem raffinierten Schnitt besonders hochwertige Stoffe in Lavendel, Blau und verschiedenen Grautönen spendiert, der trotz seiner Weichheit Festigkeit besaß. Damit behielten die Blusen ihre Kontur, ohne steif zu wirken, was insbesondere die Kragenpartien unnachahmlich elegant wirken ließ. Dank der Farbakzente, die Bärbel zum Thema «Winterzauber» in Gold und Zinnoberrot ausgesucht hatte, konnten sie mit allen unseren Röcken und Hosen kombiniert werden.

Langsam schob ich die Bügel zur Seite und ließ meine Finger über die anderen Kleidungsstücke gleiten. Fließende Tuniken, raffiniert geknotete Kleider und eine Erfindung, auf die ich besonders stolz war: ein leichter Pulli, dessen Rollkragen sich durch einen versteckt angebrachten Reißverschluss einfach abzippen ließ, wenn frau zu warm wurde. Dass meine Idee überhaupt marktreif geworden war, verdankten wir Claudia, die nicht lockergelassen hatte, bis sie Reißverschlüsse aufgetrieben hatte, die trotz der kreisförmigen Verarbeitung keine Wellen warfen. Der Pulli sah schon auf dem Bügel spitze aus. Angezogen war er einfach eine Wucht. Die ganze Kollektion war toll.

Kein Wunder, dass diese Verbrecher von Lagenlook sie kopierten. Ich würde alle Hebel in Bewegung setzen, um diesen Konkurrenten auszuschalten! Und ich würde herausbekommen, wer ihnen die Entwürfe zugespielt hatte. Wenn es eine von den Schnepfen war, wäre das allerdings eine Katastrophe.

Und bei diesem Gedanken kam mir die andere Katastrophe wieder in den Sinn: Christian hatte sich immer noch nicht gemeldet …

Als ich hinausgehen wollte, ertönte eine gedämpfte Melodie. Nach einigem Suchen fand ich unter einem Haufen Stoffreste ein rosa Handy, das »It's raining men, halleluja!« dudelte. Rosa, wie das von Rosi. Ich sah auf die Uhr. Das schaffte ich noch, bevor Martin kam.

Rosi wohnte ganz in der Nähe, und ein paar Minuten später klingelte ich an ihrer Tür. Es dauerte, bis sie öffnete. Ihrem Outfit nach hatte ich sie beim Umziehen gestört. So schön zurechtgemacht hatte ich sie schon lange nicht mehr gesehen. Sie riss erschrocken die geschminkten Augen auf.

«Entschuldige die Störung», sagte ich erstaunt. «Ich wollte dir nur dein Handy vorbeibringen.»

«Dangge.» Sie nahm das Telefon schnell an sich und checkte das Display.

«Ich dachte, ich bringe es dir lieber gleich, bevor du es vermisst.»

Rosi wollte gerade antworten, als hinter ihrem Rücken etwas auf die Fliesen klatschte. Erschrocken fuhr sie herum, und ich sah, dass eine der Mappen umgefallen war, die ich ihr geliehen hatte. Eine Mappe, aus der nun eine Schnittmusterecke herausschaute.

«Himmel, Arsch und …!» Rosi nahm die Mappe und schob den Bogen hektisch zurück. «Ich bin grad a weng am Ausmisten, weißt», plapperte sie. «Wenn mer des ned ab und zu macht, wächst einem das Chaos völlig übern Kopf!»

«Das stimmt», sagte ich wie vom Donner gerührt. «Ja, dann noch viel Erfolg und bis morgen!»

In Gedanken versunken, ging ich nach Hause zurück. Was für Schnittmuster waren das in der Mappe gewesen? An der Hauptstraße blieb ich stehen und schaute eine Weile dem Sprudeln des Brunnens auf dem Marktplatz zu. Warum war Rosi so nervös? Es musste irgendeine harmlose Erklärung dafür geben. Aber welche? Mir fiel beim besten Willen nichts ein. Während ich noch grübelte, preschte Rosis Auto aus der Seitenstraße, setzte den Blinker und fuhr davon.

Kurz nach sechs stand Martin vor der Tür. «Wo ist das Problem?», fragte er, nachdem er mich begrüßt hatte.

«Das kannst du dir am Computer ansehen», sagte ich und ging vor ihm die Treppe hinauf. «Irgendwie läuft gerade alles schief in meinem Leben.»

«Wieso? Brauchst du mich am Ende auch noch als Blech- und Bettenanwalt?» Martin, dessen Spezialgebiete Verkehrs- und Familienrecht waren, sah mich besorgt an. «Knatsch mit Christian?»

Ich schüttelte den Kopf. «Nein, aber Katja und Julian hatten einen schlimmen Unfall. Julian liegt auf der Intensivstation.» Sofort brannten wieder Tränen in meinen Augen, und ich schnäuzte mir umständlich die Nase.

«Gott, das ist ja schrecklich!» Martin nahm mich in den Arm. «Wo ist das passiert?»

«Bei Kassel», schniefte ich. «Christian ist dort, und bei jedem Telefonklingeln bleibt mir fast das Herz stehen. Ich habe solche Angst, dass …» Jetzt ließen sich die Tränen nicht mehr zurückdrängen.

«Ganz ruhig …» Der Anwalt schloss mich fest in seine Arme. «Es wird bestimmt alles wieder gut.»

«Das mag sein, aber im Augenblick weiß ich echt nicht mehr, wo mir der Kopf steht», schluchzte ich. «Es ist alles einfach nur schrecklich!»

«Kleine Kinder stecken mehr weg, als man glaubt», sagte er leise. «Und um die anderen Schurken kümmere ich mich höchstpersönlich!»

Ich lächelte trotz meiner Tränen. «Das erste hat Bärbel auch schon gesagt. Und das andere ist super. Schau dir doch gleich mal das hier an.»

Wir setzten uns an meinem Schreibtisch. Ich zeigte ihm zuerst einmal unsere eigene Homepage.

Dann rief ich die Website von Lagenlook auf. «Und? Fällt dir was auf?»

«Allerdings.» Martin klickte sich durch die Website der Firma Lagenlook. «Wann hast du das entdeckt?»

«Eine Kundin hat mir gestern davon erzählt, als ich sie fragte, warum sie ihre Bestellung storniert hat. Ich habe mich sofort dahintergeklemmt und herausgefunden, dass hinter Lagenlook eine Schwesterfirma in China steckt. Da wird ja viel kopiert.» Ich seufzte. «Aber das ist nicht das Schlimmste. Heute habe ich das hier gefunden.» Ich rief die Neuheiten auf der Lagenlook-Seite auf und legte die Fotos unserer unveröffentlichten Modelle daneben. «Die waren bisher noch geheim.»

Martin schüttelte ungläubig den Kopf. «Das ist ja ein Ding! Hast du eine *irgendeine* Ahnung, wer dahinterstecken könnte?»

Ich sah ihn zögernd an. Dann gab ich mir einen Ruck und erzählte ihm von Rosis Veränderung und von den Schnittmustern in der Mappe.

«Das musst du als Erstes klären», sagte er. «Und ich berate mich mal mit einem Kollegen, der sich auf dem Gebiet auskennt. Hoffentlich können wir den Schaden noch begrenzen.»

«Hoffe ich auch», sagte ich düster. «Was stinkt denn hier so?» Ich riss die Bürotür auf. «Oh nein! Die Lasagne!»

Sekunden später waren wir in der Küche. Aus dem Backofen qualmte es. Ich riss die Ofentür auf.

«Und? Wie sieht es hier mit der Schadensbegrenzung aus?», fragte Martin.

«Etwas von der Füllung ist auf das Blech gelaufen und verbrannt. Die Lasagne ist zum Glück okay.» Ich lüftete, deckte den Tisch und stellte die Form auf einen Untersetzer.

«Sieht traumhaft aus.» Martin nahm die entkorkte Flasche vom Tisch und schenkte uns einen Rotwein ein.

Dann hob er das Glas. «Auf dass sich deine Probleme bald in Luft auflösen und das Leben sich wieder von der leichten Seite zeigt!»

Wir hatten uns eine ganze Weile nicht gesehen, und weil Martin nicht zu Gustls Hochzeit hatte kommen können, bestand er auf einen lückenlosen Bericht. Er wiederum erzählte verrückte Geschichten aus seinem Anwaltsalltag. Es tat gut, mit ihm zu lachen.

Ein Anruf von Christian brachte mich auf den Boden der Tatsachen zurück.

«Leider ist alles wie gehabt.» Das hatte ich befürchtet, sonst hätte er sich bestimmt schon eher gemeldet. Er klang unendlich müde, und ich hätte was dafür gegeben, ihn in die Arme zu schließen. «Katja kann in ein paar Tagen entlassen werden, aber du kannst dir sicher vorstellen, wie es ihr geht.»

Allerdings.

«Wir waren den ganzen Tag bei Julian. Er ist ziemlich unruhig, wenn er wach ist. Zum Glück schläft er die meiste Zeit, die Medikamente machen ihn müde. Er wird wieder gesund, aber es braucht seine Zeit. Konkreter werden die Ärzte nicht. Wie läuft es bei dir?»

«Mach dir um mich keine Sorgen», sagte ich. «Martin ist gerade da. Wir besprechen …» Ich stockte. Mir fiel ein, dass Christian von dem Lagenlook-Debakel gar nichts wusste. Und das sollte auch so bleiben, bis es Julian besser ging. «Wir besprechen nur ein paar Angelegenheiten.»

«Das ist gut», sagte Christian. Er war hörbar mit seinen Gedanken ganz woanders.

Als wir unser Gespräch beendeten, sah Martin mich fragend an.

«Julians Zustand ist stabil, aber unverändert», sagte ich. «Aber Katja geht es immerhin besser.»

«Und dir geht es auch bald besser», sagte Martin. Er stand auf. «Ich lasse dich jetzt nur ungern allein, aber ich muss mich noch auf eine Verhandlung vorbereiten.»

«Ist in Ordnung. Danke, dass du gleich gekommen bist.» Ich lauschte. «Außerdem bin ich nicht alleine. Marie kommt gerade nach Hause.» Im nächsten Moment schaute meine Tochter zur Tür herein.

«Hi! Gibt's schon Neuigkeiten von Julian?», war ihre erste Frage.

«Leider nein. Und wie war der Vortrag?»

«Okay», sagte Marie. «Aber rate mal, wen ich in der Fußgängerzone gesehen habe.»

Ich zuckte die Schultern. «Erzähl!»

«Rosi. Mit einer großen Mappe unter dem Arm.»

Neun

Die Vorhersage für Donnerstag, den 17. Oktober:
Stimmungsauflockerungen. Es muss mit dem Durchzug von Turbulenzen und Aha-Erlebnissen gerechnet werden.

Rosi und ihre geheimnisvolle Mappe gingen mir nicht mehr aus dem Kopf. Ich hatte sie den ganzen Mittwoch über beobachtet, aber nichts Auffälliges bemerkt. Es musste irgendeine harmlose Erklärung für ihr merkwürdiges Verhalten in der letzten Zeit geben. Sollte ich sie einfach fragen? Aber was, wenn der schreckliche Verdacht wahr wäre? Dann würde sie mich natürlich anlügen. So war ich ratlos ins Bett gegangen, und genauso ratlos wachte ich heute auf. Ich grübelte, als ich die Augen aufmachte, grübelte unter der Dusche und grübelte, als ich die Küche betrat, die Kaffeemaschine mit Wasser füllte und …

«Selber guden Morgen!»

«Waaah!» Mit einem lauten Schrei fuhr ich herum und sah Gundi mit der Zeitung am Küchentisch sitzen. «Musst du mich so erschrecken?»

«Ich hab mer gedacht, du könnt'st a weng Gesellschaft brauchen», sagte meine Nachbarin.

«Das ist sehr lieb von dir.» Mit klopfendem Herzen versorgte ich die Kaffeemaschine mit Wasser. «Aber nimm bitte ein bisschen Rücksicht auf meine angegriffenen Nerven.»

«Abbroboh Nerven.» Gundi zeigte auf einen Artikel. «Des musst fei unbedingt amol lesen. Da geht's drum, wie die Leude im Indernet abgezoggt werrn. Da gibt's fei a Menge Grimminelle!»

«Ja, Zwiebellook haben sie auch gerade in der Mangel», sagte ich. In der nächsten Sekunde hätte ich mir am liebsten auf die Zunge gebissen, aber der Satz war draußen. Und Gundi, Zwiebellook-Fan der ersten Stunde, sah mich an, als hätte ich verkündet, dass Jean-Luc Picard neuerdings Pornos drehte. «Was hast du da g'sagt?»

Ich überlegte kurz, ihr einen Bären aufzubinden, aber das konnte ich mir schenken, wie ich aus Erfahrung wusste. Daher ließ ich mich auf einen Stuhl sinken und erzählte ihr, was Sache war.

«Und, kann der Maddin da was machen?»

«Er will es versuchen», sagte ich. «Aber ich muss zuerst herausfinden, ob wir einen Spion in den eigenen Reihen haben.»

«*Wie* bidde?!»

Ich schloss vorsichtshalber die Küchentür. «Ich weiß, es klingt verrückt, aber … Rosi verhält sich so komisch», flüsterte ich. «Sie kommt ganz früh, isst mittags nicht mit uns und ist nachmittags die Erste, die geht. Und als ich ihr Mittwochabend ihr Handy gebracht habe, hat sie sich aus irgendeinem Grund erschrocken. Außerdem stehen bei ihr im Flur große Mappen mit Schnittmustern herum, und Marie hat sie später mit so einer Mappe in Bayreuth gesehen …»

«Hmm», machte Gundi. «Dasse middags ned mitisst, könnt fei am Ernst seiner Küche liegen. Aber mir is auch scho aufg'fallen, dasse abends immer ziemlich spät heimkommt. Ich schlaf wieder schlecht, weißt. Und da hock ich dann oft am Fenster …» Sie schüttelte den Kopf. «Drotzdem – ich glaub's ned.»

«Ich ja auch nicht, aber ich brauche Sicherheit, verstehst du?»

«Und wie willst rausgriegen, wasse so macht?»

Gute Frage. «Vielleicht könnte ich ihr mal unauffällig nachfahren und schauen, was sie in Bayreuth treibt?»

«Des ist fei gar ned so einfach, wie's im Fernsehen immer aussieht», sagte Gundi. «Wenn du ganz alleins bist, kann se dir schnell entwischen. Ich sprech da aus Erfahrung.»

«Aha.» Ich fragte lieber nicht nach. «Und was schlägst du vor?»

Gundis Augen blitzten. «Dass ich mitkomm, naddürlich!»

Wir hatten uns eine einfache Strategie überlegt: Sobald Rosi am Nachmittag den Gasthof verließ, würden wir in Gundis Auto zum Ortsende von Wiestal fahren und bei der Tankstelle parken. Sollte Rosi auch heute nach Bayreuth fahren, käme sie dort vorbei, und die Beschattung konnte beginnen.

Alles verlief nach Plan. Als wir unsere Position bezogen hatten, ließen wir uns wie im Film tief in die Sitze sacken, um unsichtbar zu werden. So hockten wir, bis ich mich nach einer halben Stunde wieder aufrappelte. «Autsch, mein Kreuz! Wie hältst du das nur aus?!»

«Die Erde is nix weider als a roddierende Kugel der Langeweile», sagte Gundi feierlich. «Des behauptet schon der Barkieber Quark!»

«Barkeeper wer?», fragte ich verdutzt.

«Quark», sagte Gundi. «Des is a Ferengi, der bedreibt auf der Raumstation Deep Space Nine a Vergnüchungs-Eddablissment.» Doch bevor ich weitere Fragen stellen konnte, schnippte sie mit den Fingern. «Na, wer sagt's denn? Da kommt se!»

Im nächsten Moment fuhr Rosi an uns vorbei, eine große Mappe aufrecht auf dem Beifahrersitz.

«Nummer eins: Energie!» Gundi startete ihren Wagen und gab Gas. «Des sagt der Schang-Lük immer.»

Wir hatten Glück. An der nächsten Kreuzung fädelte sich vor uns ein Kombi ein, und wir konnten Rosis Corsa folgen, ohne selber gesehen zu werden.

«Hoffentlich verlieren wir sie am Stadtring nicht aus den Augen», sagte ich, als wir Bayreuth erreichten. «Dann wäre die ganze Aktion umsonst.»

«Ach Quatsch. Ich häng dran wie mit'm Draggdorstrahl hiegebabbt», sagte Gundi lässig. Sie schien tatsächlich eine Menge Erfahrung im unauffälligen Verfolgen zu haben. Der arme Walter!

Rosi fuhr geradewegs ins Zentrum.

«Wenn mir Glück hamm, fährt se direkt zum Barkblatz am Geißmarkt.»

Ich sah auf die Uhr. Gleich halb sechs. «Und was sagen wir, wenn sie uns sieht?»

«Dass du mich zum Oddopädn begleidest.» Gundi fuhr bei Gelb über die Ampel und setzte den Blinker. «Ach guck! Zur Stadthalle will se.»

Wir beobachteten, wie Rosi am Eingang des Parkplatzes ein Ticket zog und durch die Schranke fuhr. Sobald sie außer Sicht war, fuhren auch wir nach, stellten uns hinter einen Kleinbus und stiegen aus.

«Da hinten ist sie!», sagte ich und ging los. Rosi war samt Mappe auf dem Weg in den Hofgarten.

«Ned so schnell», zischte Gundi. «Mei Gnie is ja schließlich wirglich kabudd!»

«Wir dürfen sie aber nicht aus den Augen verlieren», sagte ich. «Du hast doch diese Jagdzeitschriften beim Arzt gelesen. Auf die richtige Pirschtaktik kommt es an!»

«Quatsch», brummelte Gundi. «Sie müsst bloß a weng langsamer gehen.»

Diesen Wunsch erfüllte Rosi ihr auf der Stelle. Sie blieb sogar ganz stehen und zog ihr klingelndes Handy aus der Tasche. Wir schafften es gerade noch, hinter einer der großen Steinfiguren am Wegrand in Deckung gehen.

«Naddürlich kann ich Foddos von den neuen Sachen machen», sagte Rosi fröhlich. «Kei Broblem. Ja, die Schnidde hab ich dabei. Ich bin gleich da.» Sie lachte. «Ja, des is a schöner Stoff, gell?» Sie hörte sie dem Anrufer noch kurz zu, dann beendete sie das Gespräch und setzte ihren Weg beschwingt fort.

«Ich werr verrüggt», sagte Gundi. «Dei Verdacht scheint sich zu bewahrheid'n.»

Mein Herz wurde schwer.

Nun verließ Rosi den Hofgarten.

«Hoffentlich zeigt se uns ned halb Bayreuth», murmelte Gundi. Sie humpelte inzwischen merklich. Aber als ich ihr meinen Arm anbot, schlug sie ärgerlich aus. «Ich bin doch kei alde Frau!»

Rosi überquerte die Straße und ging schnurstracks auf ein großes verglastes Eckgebäude zu. **STADTBIBLIOTHEK** und **VOLKSHOCHSCHULE** stand in großen Lettern an der Fassade.

«Jetzt wird's interessant», sagte ich. «Vielleicht gibt sie Kurse in Wirtschaftskriminalität.»

«Quatsch. Heiße Ware übergibt mer *immer* an öffentlichen Blätzen», sagte Gundi. «Dellefonzellen sinn sehr beliebt. Aber die gibt's ja nimmer. Und mit so einer großen Mabbe hätt se da auch a weng a Broblem.»

Rosi war mittlerweile durch eine breite Schiebetür verschwunden. Ich sah Gundi an. «Und jetzt?»

«Etzt geh mer anderkoffer.»

Leichter gesagt als getan. Nachdem wir festgestellt hatten, dass Rosi sich nicht im Erdgeschoß aufhielt, fuhren wir mit einer breiten Rolltreppe in den ersten Stock.

«Von wegen undercover», sagte ich und zog den Kopf ein. «Ich fühle mich wie auf dem Präsentierteller.»

«Da is Deggung in Sicht.» Gundi zeigte auf die vielen Buchregale, die vor uns auftauchten.

Wir flitzten hinter ein Regal und arbeiteten uns dann von Abteilung zu Abteilung vor. Rosi war weit und breit nicht zu sehen. Aber wir ernteten misstrauische Blicke von zwei älteren Herren.

«Schnell weiter», flüsterte ich. «Bevor die uns bei der Aufsicht verpfeifen.»

Ich winkte den Männern freundlich zu, und dann schlichen wir immer mit dem Bauch an den Büchern entlang, bis Gundi mich am Ärmel zog. «Da hinten steht se!»

Tatsächlich. Im hintersten Eck, an einem großen Resopaltisch, zusammen mit einem seriös aussehenden Herrn.

Er trug Anzug mit Krawatte und hatte einen buschigen Schnauzbart. Vor ihnen lag eine geöffnete Mappe voller Schnittmuster.

«Lass uns amol näher hiegehen. Vielleicht hör mer, wasse reden, und dann stell'n mer se in flaggrandi!» Schon humpelte Gundi hinter das nächste Regal, ich schlich geduckt hinterher. So pirschten wir uns in die Fremdsprachenabteilung vor, bis uns nur noch ein Regal von den beiden trennte. Die Ausrede mit dem Oddopädn konnten wir uns nun endgültig schenken.

Über die Bücher hinweg hatten wir eine ausgezeichnete Sicht auf die beiden, nur die Lautstärke ließ zu wünschen übrig.

«Schau!» Gundi zeigte auf die Rollen, die unter dem Regal befestigt waren. «Mir machen a weng an Ausflug!»

Um Gottes willen! «Nein, das machen wir nicht!», zischte ich, aber Gundi war schon ans andere Ende gegangen und bedeutete mir eindringlich, dass ich auf meiner Seite schieben sollte. Ich seufzte. Vorsichtig bewegten wir unseren Sichtschutz ein paar Zentimeter in Richtung Tisch. Dann noch ein bisschen. Und dann noch ein Stück.

Plötzlich sah Rosis Begleiter hoch. «Ich glaube, das Regal hat sich bewegt!»

Sofort ging ich in die Knie und betete, dass keiner von beiden auf die Idee käme, auf der anderen Seite nachzusehen.

«Des hast dir bloß eingebildet», hörte ich Rosi sagen. «Ich kenn bloß Wanderdünen, von Wanderregalen hab ich noch nie was g'hört.» Daraufhin lachten beide und wandten sich wieder dem Mappeninhalt zu. «Schau, da hab ich den Schnidd für des Oberdeil», sagte Rosi. «Des kann mer wunderbar mit allem Möglichen kombinieren.»

Bei diesen Worten wurde mir heiß und kalt. Ich richtete mich vorsichtig auf und sah, wie Rosi dem Mann etwas auf einem Blatt skizzierte. «So sieht des dann aus.»

«Das hast du super gemacht!» Der Kerl fasste Rosi um die Taille und zog sie leicht an sie heran.

Mit einem Mal verstand ich, was hier gespielt wurde: Die einsame Rosi war einem Wirtschaftsspion ins Netz gegangen! Liebe gegen Betriebsgeheimnisse. Die Arme! Dem musste ich sofort …

«Ich werr verrüggt!», rief plötzlich jemand. «Des is doch die Frau Hopf, mei alde Lehrerin!» Ein Mann kam strahlend auf uns zu. Unsere Tarnung löste sich in nichts auf. Rosi sah entsetzt hoch.

«Was macht ihr denn in Bayreuth?», rief sie.

Gundi humpelte lässig auf sie zu. «Die Frage müssdest du uns aber zuerst beantworten. Schätzla!»

Rosi war so verblüfft, uns zu sehen, dass sie nicht einmal nachfragte, was wir eigentlich hinter dem Regal zu suchen hatten.

«Ich … ich kann euch des alles erklären», stammelte sie.

«Gestatten, Uwe Schneider», sagte der Mann im grauen Anzug. Er trat einen Schritt vor, verneigte sich und verpasste Gundi einen vollendeten Handkuss.

«Schneider?!», rief Gundi empört und riss ihm ihre Hand weg. «Des is ja der Gipfel! Hädd'n Se sich da ned was Originelleres ausdenken können?»

Offensichtlich hatte Gundi die gleiche Vermutung wie ich und hielt den Mann für einen Betrüger.

Er schaute einen Moment verblüfft, fing sich dann aber ganz schnell und sagte: «Aber natürlich, wenn Sie es wünschen. Sagen Sie mal ein Stichwort.»

Jetzt kam Leben in Rosi. Sie trat neben den Mann und legte ihm die Hand auf den Arm.

«Ned, Uwe!», sagte sie. «Ned jetzt!» Sie sah Gundi und mich an. «Der Uwe und ich, mir hamm uns über eine Zeidungsannongse kenneng'lernt.»

«Unter der Rubrik ‹Spaß und Hobby›», erklärte Uwe. «Ich habe nämlich eine Schneiderin gesucht, die mir bei den Kostümen für meine Theatertruppe hilft.»

«Und ich hab Lust g'habt, amol was Bommböseres zu nähen als unsere Zwiebellook-Sachen, weißt? Und ich muss ab und zu auch amol raus aus unserem Kaff.» Sie sah mich schuldbewusst an. «Ich hab mich bloß ned gedraut, euch des zu sagen, weil mir eh scho so viel zu tun hamm. Am Ende hädded ihr noch gedacht, ich setz mich ned voll und ganz für's G'schäft ein, verstehst?»

O ja, jetzt verstand ich vieles: Rosis Telefonate in der Mittagspause, der fehlende Appetit und die Mappen mit den Schnitten. Auch die mitgehörten Telefonate im Hofgarten ergaben jetzt einen Sinn.

«Und was hat euch in die Bibliothek geführt?», wollte Rosi nun wissen.

Mist. Jetzt hatte sie uns erwischt. Aber Gundi war um keine Ausrede verlegen.

«Ich wollt mich amol schlau machen wegen meinem Gnie. Immer bloß des Tabledd'nzeug is ja auch ned gesund», sagte sie ungerührt. Sie wandte sich an Uwe Schneider. *«Und was dreiben Sie so, wenn Se ned auf der Bühne rumhobbsen?»*

«Dann sitze ich im Finanzamt und vergnüge mich mit Steuererklärungen», erwiderte der.

«Du guder Godd», rief Gundi. «Und des g'fällt Ihnen am End auch noch?»

«Na klar, der Anblick von Aktendeckeln lässt mein Herz höher schlagen!», sagte Uwe. «Aber richtig glücklich bin ich nur, wenn ich Rosi sehe!»

Seine Schlagfertigkeit brachte Gundi kurz aus dem Konzept, dann grinste sie breit. «Du g'fällst mir fei», sagte sie. «Und was machen wir etzt mit dem angebrochenen Abend?»

«Ich könnte euch zum Essen einladen», sagte Uwe. «Hier um die Ecke gibt es ein nettes Lokal.»

Als wir bei Nudeln, Salat und Wein zusammensaßen, verstand ich von Minute zu Minute mehr, warum Rosi sich in diesen Mann verliebt hatte. Uwe, der mit seinem militärischen Kurzhaarschnitt und den markanten Gesichtszügen im ersten Moment einen eher strengen Eindruck auf mich machte, hatte einen umwerfenden Humor. Und wenn er lachte, wirkte er gar nicht wie ein Finanzbeamter, sondern sah richtig pfiffig aus.

«Und Sie spielen Theater?», fragte ich Uwe.

«Allerdings. Aber im Augenblick haben wir etwas Kummer mit dem Krippenspiel, für das Rosi die Kostüme schneidert, und deshalb experimentieren wir auch noch in einer ganz anderen Richtung. Impro-Theater.»

«Imbro-Dheader?, fragte Gundi. «Was soll denn des sein?»

«Das ist die Abkürzung für Improvisationstheater. Beim normalen Theater hat man festgelegte Texte, die der

Schauspieler auswendig lernt. Beim Impro-Theater ist alles ganz spontan.»

«Also springt ihr einfach auf die Bühne und legt los?» Ich konnte mir nur wenig darunter vorstellen.

«Meistens lassen sich die Schauspieler ein Thema aus dem Publikum geben, als Leitfaden», sagte Uwe. «Aber wir verständigen uns auch im Vorhinein darüber, wie wir das Thema in einer Szene umsetzen.»

«Und dauert das dann so lang wie bei einem richtigen Theaterstück?», fragte ich.

«Die Vorstellung ist genau so lang, wie man das vom normalen Theater gewöhnt ist, aber eine Impro-Show besteht eben aus vielen kleinen Szenen. Und es gibt ganz eigene Regeln.»

«Des kabbier ich ned», sagte Gundi.

Uwe überlegte. «Was ich zum Beispiel sehr gern mag, sind Dialoge in einer Phantasiesprache. Gromolo nennt man das. Dabei wird zwischen dieser Spielsprache und der richtigen Sprache hin- und hergewechselt. Und zwar immer, wenn ein Dritter das Signal dazu gibt.»

Als er unsere fragenden Gesichter sah, stand er auf. «Ich führe das einfach mal vor.»

«Hier?» Ich sah mich um. Das Lokal war gut besucht, und die Tische standen eng an eng.

«Hier», sagte Uwe. «Nur, um euch mal einen kleinen Eindruck zu vermitteln. Als Signal schlägst du, Rosi, bitte mit der Gabel auf den Tellerrand. Am besten mitten im Satz, ja? Also. Wie soll das Thema lauten?»

«Beziehungsgriese», sagte Gundi spontan.

«Schönes Thema», sagte Uwe. «Machen Sie mit?»

Ohne Gundis Antwort abzuwarten, richtete Uwe das

Wort an sie. «Was ich dir die ganze Zeit schon mal sagen woll–»

Rosi schlug mit der Gabel an den Tellerrand.

«Knö wödiratliko lawakih!», ergänzte Uwe leidenschaftlich.

«Nakkabakka?», fragte Gundi schlagfertig. «Walliga–» Signal. «Mir gleich gedacht.»

«Immer weißt du alles besser!» Uwe fasste sich an die Stirn. «Aber dieses Mal gehst –» Signal. «Kojodomodka lallikrump!»

Auch Gundi stand nun von ihrem Stuhl auf und ging drohend auf Uwe zu. «Ka? Garabaah? Wagalabokki –» Signal. «Dir fei gleich Beine!»

Nicht nur Rosi und ich verfolgten das Spiel gebannt. Auch um uns herum verstummten die Gespräche, und die Gäste beobachteten die Auseinandersetzung von Uwe und Gundi, die immer lauter wurde.

«Du Schuft!», rief Gundi. «Du ellen–» Signal. «Dra guwillipra!»

«Gu-will-li-pra?», erwiderte Uwe mit waidwundem Blick. Er griff sich ans Herz und wischte sich imaginäre Tränen aus den Augen.

Gundi sank lachend auf ihren Stuhl. «Des is ja irre! Ich glaub, des wär was für mich.»

Auch Uwe setzte sich wieder, während einige Leute spontan applaudierten. «Aber ja, du bist richtig talentiert. Hast du das schon öfter gemacht?»

«Ich hab mein Leben lang Kinner underrichdet. Da sinn mir abstruse Underhaldungen fei ned fremd, des kannst dir denken.»

Uwe sah sie anerkennend an. «Den meisten Menschen

fällt es gar nicht leicht, bei so etwas einzusteigen. Unser Hirn denkt ja im Alltag immer in denselben Bahnen. Das Impro-Theater fegt wie ein Wirbelsturm alles durcheinander. Immer wenn du glaubst, die Szene nimmt eine bestimmte Wendung, kommt es im nächsten Moment ganz anders.»

Oha! Das klang ganz nach meinem momentanen Leben. Anscheinend war ich nicht im falschen Film, sondern auf der falschen Bühne gelandet …

«Ich glaub, des ist a feiner Kerl, der Uwe», sagte Gundi, als wir auf dem Rückweg nach Wiestal waren. «Der hat Pfeffer im Hindern. Des dud der Rosi bestimmt gut, die war scho viel zu lang allein.»

«Allerdings.» Ich sah in die Dunkelheit hinaus und dachte an Christian. Wir hatten uns erst zwei Tage nicht gesehen, und ich vermisste ihn schmerzlich.

«Aber wie schön des alles auch is …» Gundi gab Gas und überholte einen Schleicher. »Des Broblem mit'm Spion hammer jetz immer noch ned gelöst.»

Zehn

Die Vorhersage für Freitag, den 18. Oktober:
Dank eines Zwischenhochs kommt es zu Optimismus. Gegen Abend entwickeln sich teils heftige Emotionen. Es bleibt kein Auge trocken.

Nachdem unsere Undercover-Aktion in Sachen Industriespionage erfolglos geblieben war, beschäftigte mich das Thema rund um die Uhr. Zusammen mit der Frage, wie wir unsere Online-Werbestrategie weiter ausbauen und die abgesprungenen Kunden wiedergewinnen konnten. Um uns gegen Lagenlook zu positionieren, mussten wir vor allem die Unterschiede ganz deutlich herausstellen: Solide Wertarbeit, made in Germany, gegen seelenlose Massenware aus China. Und diese Aussage sollte unseren Kunden sofort ins Auge springen, wenn sie unsere Homepage oder die Facebook-Seite besuchten. Ich feilte gerade an ein paar knackigen Formulierungen, als mein Handy klingelte.

Christian! Ich hatte ihn weder am Abend vorher noch heute Morgen an die Strippe bekommen, und jetzt rutschte mir das Herz in die Hose. Hoffentlich war nichts Schlimmes passiert! Aber er nahm mir meine Ängste sofort.

«Gute Nachrichten!», rief er in den Hörer. «Julian darf heute endlich auf eine normale Station umziehen.»

«Das ist ja wunderbar!», seufzte ich erleichtert.

«Er ist zwischendurch immer noch etwas benebelt, aber die Ärzte meinen, dass sich das bald geben wird.»

Ich schloss die Augen und fühlte mich unendlich dankbar. «Was für eine tolle Nachricht!»

«Allerdings.» Christian lachte. «Und hier kommt noch eine: Ich fahre heute mal kurz nach Hause, um in der Firma nach den Rechten zu schauen. Und wenn du nichts dagegen hast …»

«Ja …?»

«… komme ich danach gleich zu dir und bleibe über Nacht.»

«Eine hervorragende Idee!» Ich spürte, wie sich mein Mund zu einem breiten Grinsen verzog. «Die Lasagne vom Montag ist allerdings schon vertilgt.»

«Ich nehme auch mit einer trockenen Stulle vorlieb», sagte Christian. «Hauptsache, es gibt dich dazu.»

Als wir aufgelegt hatten, rannte ich sofort in Maries Zimmer. «Julian kommt von der Intensivstation runter», rief ich aufgekratzt.

Marie, die mit dem Rücken zur Tür vor dem Spiegel saß und sich die Lippen anmalte, zuckte zusammen. «Du hast mich voll erschreckt!», rief sie erbost und drehte sich um. Der Lippenstift reichte bis zum Nasenloch. «Schon mal was von Anklopfen gehört?»

Ich wollte mich entschuldigen, doch in dem Moment begriff sie, was ich gesagt hatte. «Julian geht es besser?!» Sie sprang auf und tanzte mit mir durchs Zimmer. «Bei solchen Nachrichten lasse ich es ausnahmsweise mal durchgehen!»

Die Einzige, die der guten Nachricht nichts abgewinnen konnte, war Krauli. Als ich aus dem Bad kam, maunzte sie mich missgelaunt an.

«Jetzt zieh mal nicht so einen Flunsch.» Ich nahm sie auf den Arm und ging mit ihr die Treppe hinunter. «Stell dir vor, du bekommst heute Abend Besuch von einem ganz tollen Kater, den du zuerst mit leckeren Häppchen beglücken wirst, und anschließend geht ihr zusammen …»

«Mau!» Krauli legte die Ohren flach und sah mich feindselig an.

«Okay, du bist anscheinend mit dem Thema durch.» Ich setzte sie in der Küche auf den Boden und schüttelte Trockenfutter in ihren Napf. «Bei mir ist das allerdings noch lange nicht so weit!»

Leise summend warf ich die Kaffeemaschine an und wollte den Tisch decken, als Rosi in die Küche kam. «Du, Nina, kann ich dich kurz amol sprechen?»

«Na klar!» Ich ging auf sie zu und nahm sie spontan in die Arme. «Weißt du was? Ich kann dir gar nicht sagen, wie froh ich bin, dass der …» *Verdacht gegen dich unbegründet war* wollte ich sagen, aber zum Glück konnte ich kurz vor der Zungenspitze die Bremse reinhauen. «Dass der Uwe so ein supernetter Kerl ist», beendete ich den Satz stattdessen.

«Um den geht's g'rad», sagte Rosi bedrückt.

«Habt ihr Probleme?»

«Naa, mit uns is alles Balleddi. Aber er will mich heut von der Arbeit abholen, und da wollt ich amol fragen, was du dazu meinst.»

«Er ist hier herzlich willkommen. Warum schaust du so?»

«Weil ich ned weiß, wie die anderen reagieren werrn.»

«Was sollen sie denn dagegen haben, dass du verliebt bist?»

«Mir wär's aber lieb, wenn die Sach mit den Dheaderkostümen unter uns bleibt. Ned dass die anderen denken, ich investier da zu viel Zeit.»

«Von mir erfahren sie kein Wort. Übrigens, weißt du wer heute Abend ebenfalls erwartet wird?»

Rosi deutete mein Strahlen richtig. «Sach bloß, der Christian! Geht's dem Kleinen wohl besser?»

«Sieht ganz so aus. Und sein Papa kann bis morgen bleiben, um nach dem Rechten zu schauen.»

Rosi grinste. «Und nach *der* Rechten auch, hoff ich.»

Dieser Tag schien unter einem guten Stern zu stehen: Sogar die Mailbox war heute stornomeldungsfrei. Als Patrick zur Arbeit kam, erzählte ich ihm erst einmal die guten Neuigkeiten von Julian.

«Das ist toll», sagte er, machte aber ein bedrücktes Gesicht.

«Ist was passiert?», fragte ich.

«Wie man es nimmt.» Er legte seinen Rucksack ab. «Ich hatte gestern Abend eine Begegnung der dritten Art …»

«Bitte?»

«Dieser Typ mit dem Trachtenhut war wieder hier.»

«Wer?»

«Na, der, der an meinem ersten Tag mit seiner Familie in der Kantine saß.»

«Und der hinterher hier oben fotografiert hat?»

«Genau. Nachdem du dich gestern verabschiedet hattest, habe ich noch bis etwa halb sechs gearbeitet. Als ich dann nach Hause fahren wollte, sah ich, dass die Tür zum Schnittmusterarchiv offen war.»

Mir wurde ganz anders. «Und dann?»

«Zuerst habe ich mir nichts dabei gedacht. Doch als ich die Tür zumachen wollte, entdeckte ich den Kerl. Er hat versucht, sich hinter einem der Regale zu verstecken. Ich wollte ihn zur Rede stellen, aber bevor ich bis drei zählen konnte, rannte er an mir vorbei die Treppe hinunter und war im nächsten Moment verschwunden. Ich bin sofort hinterher und habe um Hilfe gerufen. Es war aber niemand mehr in der Schneiderei, und ich habe ihn nicht mehr erwischen können.»

«O mein Gott!» Plötzlich schwirrte mir der Kopf. «Patrick, weißt du, was du da sagst? Das war ein Industriespion! In dem Raum liegen ja alle Schnitte und auch Fotos von den neuesten Musterteilen. Wahrscheinlich hat er schon vor einem Monat nach Herzenslust fotografiert!»

Patrick schaute völlig entgeistert. «Gestern hatte er auch wieder sein Smart Phone in der Hand, genau wie damals, als er mit seiner Tochter die Treppe herunterkam.»

«So ein Mist! Wer weiß, was er diesmal alles geklaut hat. Du hättest mich sofort anrufen müssen.»

Ich dachte, er fotografiert wieder das Haus», sagte Patrick zerknirscht. «Auf die Idee, dass er für Lagenlook spioniert, bin ich gar nicht gekommen.»

«Konntest du ja auch nicht», sagte ich. Hätte ich Patrick lieber von Anfang an eingeweiht. Das hatte ich jetzt von meinem Misstrauen. Aber wenigstens wusste ich jetzt, wer der Feind war. Oder zumindest, wie er aussah.

«Soll ich versuchen, ihn zu finden?», unterbrach Patrick meine Überlegungen.

«Das wäre ja ein Traum!», sagte ich. «Aber wie willst du das anfangen?»

Patrick dachte kurz nach. «Ich könnte mir eine Liste

von allen Pensionen und Fremdenzimmern hier in der Gegend ausdrucken. Die klappere ich dann systematisch ab und frage, ob jemand dort gewohnt hat, auf den die Beschreibung passt. Dann hätten wir zumindest schon eine Spur.»

«Sehr gut! Und ich erstatte auf jeden Fall gleich Anzeige bei der Polizei gegen unbekannt wegen Hausfriedensbruch. Meinem Anwalt sage ich auch Bescheid. Solange wir nichts Konkretes wissen, halten wir beide aber noch die Klappe. Hier im Gasthof: kein Wort zu niemandem, okay?»

Wir nickten uns mit grimmiger Entschlossenheit zu. Dann machte ich mich auf den Weg nach Pegnitz, zur Polizei und Martin, und Patrick setzte sich an den Rechner, um seine Liste zu erstellen.

Eine Stunde später war ich zurück und er auf der Runde durch die Pensionen und Hotels. Jetzt, wo wir dem wirklichen Spion auf den Fersen waren, hatte ich gleich noch einmal so viel Elan, Zwiebellook wieder auf die Beine zu bringen. Auf dem Weg von Pegnitz war mir die Idee gekommen, einen regelmäßigen Newsletter mit Berichten aus dem Schneideratelier zu verschicken. Dann würden unsere Kunden sehen, dass wir eine kleine, feine Manufaktur waren und nicht so eine Massenfertigung in China wie bei diesem Lagenlook.

Aber wo sollte ich die Newsletter-Abonnenten herbekommen? Mein Blick fiel auf das Seidentuch, das Patrick ins Netz gestellt hatte. Genau! Wir würden immer wieder mal ein Modell verlosen, das es im regulären Katalog noch nicht gab.

Ich notierte alle Stichpunkte, die mir zu dem Thema einfielen, und sah mich dann auf der Homepage von Lagenlook um. Im Impressum fand ich den Namen des Geschäftsführers. Thomas Müller. Ich gab ihn zusammen mit dem Firmennamen in die Bildersuchmaschine meines Browsers ein und erhielt Fotos von unzähligen Männern, aber der Trachtenhutspion war nicht dabei. Vielleicht hatte ja Patrick mehr Glück bei seiner Suche.

Ich ging in die Küche hinunter und kümmerte mich um etwas wesentlich Erfreulicheres. Wobei ich mit aller Macht versuchte, das Gesicht des Trachtenhutmannes aus meinem Kopf zu verbannen und stattdessen an Christian zu denken. Es reichte ja, dass Patrick dem Mann hinterherjagte.

Glaube an Wunder, Liebe und Glück, schaue nach vorne, niemals zurück lautete einer von Onkel Huberts Sprüchen. Dieses Motto passte hervorragend zu meinem romantischen Candlelight-Dinner.

Über den Hauptgang musste ich nicht lange nachdenken. Christian liebte Bœuf Bourguignon über alles. Das kam mir sehr entgegen, denn das Gericht machte sich mehr oder weniger von alleine. Blieben noch Vorspeise und Dessert …

Ich überlegte gerade, ob ich mich an ein Schokoladensoufflé mit flüssigem Kern wagen sollte, als Gundi durch das Küchenfenster schaute. Zwei Sekunden später saß sie neben mir auf der Bank.

Sollte ich wenigstens ihr gleich von der neuen Spur erzählen? Nein, lieber später. Nicht auszudenken, was Gundi unternehmen würde, um diesen Mann zur Strecke zu bringen, und damit würde sie ihn womöglich verscheuchen, bevor wir wussten, wer er war. Ich konnte sie später immer noch einweihen.

«Ist der Ernst krank?» Sie tippte auf eines der Kochbücher, die ich vor mir ausgebreitet hatte.

«Nein, aber Julian ist auf dem Weg der Besserung, und Christian kommt heute Abend. Da will ich ihm was Schönes kochen.»

«Des ist amol a schöne Nachricht.» Sie seufzte.

«Und was ist mit dir?»

«Ich wollt a weng in Ruh die Zeidung lesen. Tu einfach so, als wär ich ned da!» Sie sagte es, schlug das Blatt auf und verschwand dahinter.

Okay … Ich verwarf das Soufflé und suchte nach einer Alternative, bis Ernst mit vollen Einkaufstaschen hereinkam. «Was macht's ihr denn da?»

«Ich plane ein Essen für Christian, und Gundi ist gar nicht da.»

»Geht's dem Kleinen wohl wieder besser?»

«Ja, endlich!» Neugierig linste ich in eine der Tüten. «Was hast du heute auf der Speisekarte?»

«A weng a g'laggde Schweineschulder. Aber dafür brauch ich fei viel Blatz!»

«Gelackt?» Mir schwante Böses. «Ich dachte, mit der asisatischen Küche ist Schluss?»

«Ned ganz», sagte Ernst trotzig. «Außerdem is des kei Exberiment, sondern a ganz dolles Rezebbt.»

«Na dann …» Ich klappte die Kochbücher zu. «Wie wird die Schulter denn gelackt?» Besser, ich wusste Bescheid.

«Die wird erst mit Gemüse, Koriander, Tschillischoden

und Ingwer gekocht und dann mit einer eingekochten Mischung aus karamellisierdem Zugger, Pflaumenwein, Sternanis und Tschilli eingebinselt.»

Gundi machte ein schnaufendes Geräusch, zeigte sich aber nicht.

«Saure Zipfel und Fischsoße kommen aber nicht rein, oder?»

Ernst sah mich an, als hätte ich hätte ich sie nicht mehr alle. «Des basst doch gar ned dazu!»

«Ich frag ja nur.» Ich wollte mich wieder meiner Menüplanung widmen, als Walter durch die Terrassentür hereinkam.

«Habt's ihr zufällig die Gundi g'sehen? Ich hab bei ihr im Keller was rebbariert, und als ich wieder raufkommen bin, war se verschwunden …»

«Soviel ich weiß, ist sie hier auch nicht.» Ich zwinkerte ihm zu und deutete neben mich auf die Eckbank. «Kann ich ihr was ausrichten?»

«Ach, des wär fei schön», sagte Walter grinsend. «Frag se doch bidde, ob se Lust hat, heut Abend a weng mit mir ins Konzert zu geh'n.»

«Ich sage es ihr. Dann wird sie sich schon bei dir melden», versprach ich.

«Naa, des wird se ned», meldete sich die Zeitung zu Wort. «Mei Kuseng hat heut Geburtstag, da muss ich hin!»

«Hatte der nicht im April? Soweit ich mich erinnern kann, hatte der doch, als ich damals die Tupperparty veranstaltet habe, oder?»

«Schmarrn!», sagte die Zeitung. «Des war ein ganz anderer Kuseng.»

«Ich glaube, sie ist heute verhindert», sagte ich zu Walter. «Und ich habe leider auch keine Zeit.»

«Na ja, es wird sich schon wieder a Gelegenheit bieten», sagte Walter. «Richt ihr nur einen schönen Gruß aus!» Dann schloss er die Tür hinter sich und ging.

«Was war denn des für a verrüggte Nummer?» Ernst verstand die Welt nicht mehr.

«Manchmal ist die Gundi a weng schüchtern», sagte ich. «Vor allem gegenüber dem Walter. Aber das wird schon noch. Gell, Gundi?»

Meine Nachbarin ließ die Zeitung auf den Tisch sinken und sah mich misstrauisch an. «Ich weiß ned, was da g'spielt wird, aber manchmal hab ich des Gefühl, ich bin in ein Komblodd verstrickt!»

«Das bildest du dir bloß ein. Hier in der Küche gibt es nur Kompott. Gell, Ernst?» Ich klappte die Kochbücher zu, denn ich hatte meine Wahl für den Nachtisch getroffen: Es würde zuerst Eis geben. Und anschließend heißen Sex.

Entgegen meinen Befürchtungen verging der Tag wie im Fluge. Patrick kam zwar ohne hilfreiche Hinweise von seiner Spionierjagd zurück, wollte die Runde aber am Nachmittag fortsetzen. Die gelackte Schweineschulter wurde mit Begeisterung aufgegessen, und gegen vier Uhr machte ich mich schon in der Küche an die Arbeit. Noch ein paar Stunden, bis ich Christian endlich wieder in die Arme schließen konnte. Es kam mir vor, als hätte ich ihn seit Monaten nicht mehr gesehen.

Als das Bœuf Bourguignon in der Röhre vor sich hin schmorte, hörte ich, dass jemand die Gaststube betrat. Der Mann mit dem Trachtenhut! Jetzt würde ich ihn gnadenlos stellen. Mit einem Nudelholz bewaffnet schlich ich mich durch die Tür. Leider stand da nur Theater-Uwe und sah sich interessiert um.

«Toll habt ihr es hier!» Er schüttelte mir die Hand. «So einen alten Gasthof würde ich auch gern mal erben.»

«Stell dir das mal nicht so leicht vor», sagte ich. «Am Anfang funktionierte hier rein gar nichts. Durch die Fenster zog es wie Hechtsuppe, die alten Elektroleitungen waren brandgefährlich und die Sanitäranlagen in einem unaussprechlichen Zustand. Wir haben viel Zeit und Geld investieren müssen.»

«Ganz abgesehen davon, dass meine liebe Rosi und ihre Freundinnen dir das Leben schwer gemacht haben.»

«Hat sie dir das erzählt?»

«Bis in die kleinsten Details», bestätigte Uwe. «Aber jetzt ist alles in Butter, oder?»

Wenn man von der drohenden Pleite unseres Modelabels absah ... Aber die würde ich mit allem, was in meiner Macht stand, verhindern.

«Alles in bester Ordnung», sagte ich. «Komm, ich zeige dir, wo die Damen arbeiten.»

Als ich die Tür zur Schneiderei öffnete, hatten wir sofort die ungeteilte Aufmerksamkeit der Schnepfen.

«Darf ich euch einen Gast vorstellen? Das ist Uwe.»

Die Frauen, die an einem der Tische über einem Ärmel die Köpfe zusammengesteckt hatten, schauten interessiert auf und kamen dann zu uns herüber. Nur Rosi blieb mit hochroten Wangen stehen.

«Du bist also der leere Kühlschrank!» Claudia gab ihm grinsend die Hand. «Mir hamm scho so einiges von dir g'hört.»

«Und ich eine Menge von euch», sagte Uwe locker. «Ich war schon ganz wild darauf, euch kennenzulernen. Darf ich mal sehen, was ihr für tolle Sachen schneidert?»

Er ging zu Rosi und gab ihr einen Begrüßungskuss. Die anderen drei Schnepfen tauschten hinter seinem Rücken anerkennende Blicke aus, und Rosi, der das nicht entging, entspannte sich.

«Schade, dass ich keine Frau bin», seufzte Uwe, als Claudia ihm die neueste Kollektion gezeigt hatte. «Das sieht alles so superbequem aus.» Er fuhr sich mit der Hand über den geraden Bürstenschnitt. «Aber wenn ich in einem Wickelrock im Bayreuther Finanzamt auftauchen würde, gäbe es bestimmt Ärger.»

«Mir is auch wirglich lieber, dass du ein Mann bist.» Rosi legte ihm einen Arm um die Taille. «Aber wenn du willst, näh ich dir einen Rock. Für'n Gardden im Sommer.»

«Das würdest du machen?» Uwe sah sie so verliebt an, dass mir ganz warm ums Herz wurde.

Doch dann fiel sein Blick auf das andere Ende des Saals, und er stieß einen begeisterten Schrei aus. «Wahnsinn! Ihr habt ja eine richtige Bühne!» Er rannte hin und zog den Vorhang zur Seite. Unser Stofflager kam zum Vorschein.

«Hammer!» Uwe stieg die Treppe hoch und nahm eine dramatische Pose ein.

«Spielt er wohl a weng Dheader?», fragte Claudia.

Rosi nickte. «Laienschauspielgrubbe.»

Weitere Auskünfte blieben ihr erspart, denn nun

schob Gustl den Kinderwagen in den Saal und winkte fröhlich in die Runde. «Schaut's amol, Buben, die Danten sinn alle bei der Arbeit! Und an Ong'l hamm se auch da.»

Uwe kletterte von der Bühne herunter und schüttelte Gustl die Pranke.

«Ich habe gerade die Bühne entdeckt. Die ist phantastisch», sagte er mit strahlenden Augen. «Und dieses Bühnenbild! Irgendwie ... surreal!»

«Des Bild hab ich g'malt», sagte Gustl stolz. «Und die anderen auch.» Er zeigte auf die farbenfrohen Gemälde, die im Saal an den Wänden hingen.

«Sie sind Gustl Beck?», rief Uwe. «Ihr Ruf eilt Ihnen voraus!» Er zwinkerte Rosi zu.

Gustl lächelte geschmeichelt. «Und wer sinn Sie?»

«Des ist der Uwe», übernahm Rosi. «Mei neuer Freund.»

«Ja so was!», rief Gustl begeistert. «Aber in Wiestal wohnen Sie ned, oder?»

Uwe antwortete nicht, sondern starrte mit großen Augen in den Kinderwagen. «Und Zwillinge gibt's hier auch!» Er sagte es, als hätte er soeben eine Erscheinung. «Echte Zwillinge!»

«No freilich sinn die echt!», sagte Gustl. «Richtige Brachtbub'n!» Er hob eines der Kinder aus dem Wagen und streckte es Uwe entgegen. «Morgen werrn se fünf Wochen alt!»

«Wir hatten nämlich mal vor, ein Krippenspiel aufzuführen», sagte Uwe, während er Bob – oder Ross – im Arm hielt. «In dem Stück sollte ich die Maria spielen, die gerade Zwillinge bekommen hat.»

«Du?», fragte Rosi überrascht.

«Na klar», antwortete Uwe fröhlich.

«Wenn unser Pfarrer des hört, den drifft der Schlag», murmelte Claudia.

Gustl hingegen störten solche Details nicht im Geringsten. Er sah seine Buben schon am Set in Hollywood, und diese Vorstellung begeisterte ihn über alle Maßen.

«Ich kann fei gern amol mit der Steffi reden», sagte er. «Ihr könnt se ja vielleicht stundenweise ausleih'n. Also die Buben, ned dass mir uns falsch versteh'n.»

«Das ist ein tolles Angebot», sagte Uwe. «Aber wir mussten das Projekt leider auf Eis legen.»

«Ein Glück!», murmelte Claudia.

«Schad», sagte Gustl. Er legte den Knaben zu seinem Bruder in den Wagen und deckte ihn zu. «Des wär doch amol was g'wesen: ihr zwaa auf der großen Bühne!»

Doch weder Bob noch Ross schien diese Aussicht zu begeistern, denn sie begannen wie auf Knopfdruck zu heulen.

«Des mit Hollywood kannst fei knigg'n», sagte Leni nüchtern. «Die Buben brauchen kein Abblaus, die brauchen ihre Flasche!»

«Apropos Flasche.» Ich schaute auf die Uhr. «Ich muss auch mal wieder in die Küche. Habt ein schönes Wochenende!»

«Des wünschen mir dir auch!» Rosi lächelte herzlich. «Und vergiss fei ned, den Christian von uns zu grüßen!»

Als alles so weit vorbereitet war, sprang ich unter die Dusche und cremte mich anschließend von Kopf bis Fuß mit einer verführerisch duftenden Rosenblütenlotion ein. Dann zog ich mich an, föhnte mir die Haare und schminkte mich.

«Auf einen romantischen Abend», sagte ich zum meinem Spiegelbild. «Und eine wunderschöne Nacht!»

Ich wollte schon wieder nach unten gehen, als ich im Arbeitszimmer etwas umfallen hörte. Ich zuckte zusammen. Blöderweise hatte ich das Nudelholz nicht zur Hand. Lautlos schob ich die Tür auf, schaute hinein – und sah Patrick am Rechner sitzen.

«Ich habe gar nicht gehört, dass du zurückgekommen bist. Hast du etwas erreicht?»

«Leider nein», sagte er. «Deshalb drucke ich mir eine neue Liste aus, damit ich die Suche erweitern kann. Ist dir das recht?»

«Auf jeden Fall! Ich mag es, dass du so selbständig mitdenkst.»

«Das liegt in erster Linie daran, dass du mir so viel Freiheit lässt. Da macht das Arbeiten richtig Spaß!» Patrick langte in seinen Rucksack, zog ein längliches Paket hervor und überreichte es mir. «Den wollte ich dir eigentlich nur zur Aufmunterung mitbringen. Aber jetzt, wo es dem kleinen Julian wieder besser geht, habt ihr ja einen richtigen Grund zum Anstoßen!»

«Aber du sollst mir doch nichts schenken!» Verdutzt entfernte ich das Geschenkpapier und hielt eine Flasche besten Bordeaux' in Händen. «Das ist ja mein Lieblingswein! Woher wusstest du das?»

«Hat mir jemand verraten.» Patrick wollte noch etwas hinzufügen, aber mein Handy klingelte. Christians Name stand auf dem Display.

«Einen Moment bitte.» Ich ging in den Flur und war aufgeregt wie ein Teenager vor dem ersten Date.

«Na, bist du schon in Hedelbach?», fragte ich. «Der Tisch ist gedeckt, und ich kann es kaum erwarten, bis ich dich …»

«Es tut mir so leid», unterbrach mich Christian. «Ich musste leider in Kassel bleiben.»

«Geht es Julian wieder schlechter?» Mein Magen krampfte sich zusammen.

«Nein, dem Kleinen geht es den Umständen entsprechend gut. Aber … Katja hat eine tiefe Krise. Ich habe heute Nachmittag stundenlang mit ihr geredet, sonst hätte ich dich auch schon viel früher angerufen.»

«Verstehe …» Meine Stimmung raste mit Schallgeschwindigkeit in den Keller. «Also bleibst du erst mal dort.»

«Ich wäre viel lieber bei dir», sagte Christian. «Aber ich hätte ein ganz schlechtes Gefühl, wenn ich Katja jetzt alleine lasse. Sie ist so labil.»

Da war sie nicht die Einzige …

«Dann melde dich einfach, wenn es ihr wieder besser geht», sagte ich etwas brüsk. Ich musste das Gespräch beenden, bevor er merkte, wie verletzt ich war. *Trost rein, Sorgen raus, Nina.* Und in der Konstellation Julian – Christian – Katja stand ich eindeutig draußen.

«Verdammte Scheiße!!!» Warum hatte ich für solche Fälle keine Bodenvase im Flur, die man mit voller Wucht an die Wand werfen konnte?!

«Ist schon wieder was passiert?» Ein entsetzt schauender Patrick erschien im Türrahmen.

«Nein, und es passiert heute auch nichts mehr», sagte

ich. «Christians Ex ist zu labil, um alleine gelassen zu werden. Ich könnte kotzen.»

«Und du hast dich so gefreut ...»

«Allerdings.» Konnte sich zur Abwechslung auch mal jemand um mich kümmern? Oder musste ich dafür auch erst Heulkrämpfe bekommen? Ich wusste, ich war unfair, aber in diesem Moment hatte ich die Nase mehr als gestrichen voll davon, immer die starke, vernünftige Frau zu geben.

Ich holte tief Luft. «Ich werde mir diesen Abend trotzdem nicht verderben lassen. Was hältst du davon, wenn wir beide diesen wunderbaren Bordeaux aufmachen und zusammen ein Glas trinken?»

Er lächelte erfreut. «Ich habe Zeit.»

«Danke. Das ist genau die richtige Antwort.»

Unten in der Küche schaltete ich die Röhre aus und nahm mir vor, in nächster Zeit nichts Tolles mehr für Christian zu kochen. Wie schon die Lasagne gezeigt hatte, brachte das nur Unglück.

«Möchtest du was essen?», fragte ich Patrick, während ich die Flasche entkorkte.

«Vielleicht ein Stück von dem Baguette.»

Ich holte die Butter aus dem Kühlschrank und stellte die Käseplatte auf den Tisch. «Lass es dir schmecken!»

«Für mich nur einen kleinen Schluck», sagte Patrick, als ich den Wein einschenkte. «Ich muss ja noch fahren.»

«Auf die Zukunft!» Ich setzte mich und erhob das Glas. «Möge sich bald alles zum Guten wenden!»

«Auf den Erfolg!» Patrick stieß mit mir an. «Hast du schon was von deinem Anwalt gehört?»

«Er muss sich noch bei einem Kollegen erkundigen, wie die Rechtslage in dem Fall ist.» Ich nahm einen großen Schluck. «Aber ich hoffe, dass wir diese Schweine bald in die Pfanne hauen können.»

«Das hoffe ich auch.» Patrick legte mir eine Scheibe Baguette mit Käse auf den Teller. «Da, iss mal was. Du hast ja schon das Mittagessen ausfallen lassen.»

«Danke.» Ich war tatsächlich hungrig, aber das Brot schmeckte verdächtig nach Pappe. Gut, dass zum Nachspülen dieser leckere Wein bereitstand.

«Lass uns doch mal von etwas anderem reden», sagte ich. «Was hast du denn so vor am Wochenende?»

«Ich wollte versuchen, im Netz etwas über diesen Mann herauszufinden», sagte Patrick. «Irgendwo muss der Typ doch Spuren hinterlassen haben, oder?»

«Hab ich schon gemacht», sagte ich. «Ohne Erfolg.»

«Dann klappere ich noch ein paar Unterkünfte ab.»

«Wenn du mir deine Liste gibst, kann ich das doch übernehmen.» Ich schenkte mir nach. «Du machst schon viel zu viel für uns.»

«Kommt nicht in Frage. Du hast genug um die Ohren, und selbst ich kann sehen, dass du ganz schön am Anschlag bist.»

Der Gute! Ob ich ihm allmählich eine Gehaltserhöhung anbieten sollte? Aber bei unserer angespannten Auftragslage …

Ich grübelte, bis Patrick mich aus meinen Gedanken aufschreckte, indem er mir noch mehr fertig belegtes Baguette hinschob.

«Hast du denn schon Pläne für die Zeit nach Zwiebellook?», fragte ich.

«Ich würde gerne als freier Kreativer in der Modebranche bleiben», sagte Patrick. «Texte schreiben, Websites auf Vordermann bringen. Lauter so Sachen, wie ich hier auch machen kann.»

«Gut zu wissen», sagte ich. «Dann können wir dich in Zukunft ja auch noch holen, wenn Bedarf ist.»

«Jederzeit.» Patrick leerte sein Glas. «Aber jetzt müssen wir erst mal diesen Übeltäter finden und Lagenlook aufs Kreuz legen.»

«Mein Anwalt hat mir heute Vormittag gesagt, dass wir auf jeden Fall schon etwas unternehmen können, auch ohne den Beweis, dass Lagenlook bei uns spioniert. Wenn wir nachweisen können, dass deren Klamotten eine so große Ähnlichkeit mit unseren Sachen haben, dass die Kunden glauben, es sind Kleidungsstücke von Zwiebellook, können wir diese Firma zwingen, eine Unterlassungserklärung zu unterzeichnen. Und gegebenenfalls Schadensersatz zu zahlen.» Ich nahm einen großen Schluck. «Hoffentlich geht das schnell. Die Stornos haben ein Riesenloch in meinen Umsatz geschlagen.»

«Das wird schon alles gut», sagte er. «Und wenn dann auch noch unsere Werbemaßnahmen so richtig in Schwung gekommen sind, hast du keine Sorgen mehr.»

Ich lächelte und hob das Glas. «Auf den besten Assistenten der Welt!»

Patrick lächelte zurück. «Und auf die beste Chefin!»

Als ich ihn gegen zehn Uhr verabschiedet hatte, räumte ich die Küche auf. Nebenher trank ich den restlichen Wein und ließ zu, dass ein paar äußerst böse Gedanken sich in meinem Kopf breitmachten. Angeführt wurde der Reigen von tiefschwarzen Mordgelüsten, die sich gegen die Manager von Lagenlook richteten, dicht gefolgt von giftgrünen Verwünschungen an die Adresse von Christians Ex Katja. Dahinter baute sich mit steigendem Alkoholpegel schleimiges Selbstmitleid auf, das am Ende wie eine Monsterwelle über allem zusammenstürzte. Und dann erschien über dem ganzen Müllhaufen die Frage, was mich damals nur geritten hatte, diese verdammte Firma überhaupt zu gründen. Aber jetzt war es zu spät.

Ich stand unsicher auf und ging zum Weinregal neben der Anrichte. Sollte ich noch eine Flasche Wein aufmachen oder lieber Elke anrufen?

Ich beschloss, beides zu tun, und zwar in dieser Reihenfolge.

«Um Gottes willen, was ist passiert?», fragte Elke, als sie meine Stimme hörte.

«Gar nichtsiss passiert», lallte ich. «Mein toller Freund bleibt lieber bei seiner tollen Ex, als sich um mich zu kümmern, und ich weiß hier allmählich nich' mehr, wo mir vor lauter Sorgen der Kopf steht.» Jetzt, wo ich es ausgesprochen hatte, fühlte ich mich noch beschissener.

«Hast du immer noch nicht mit den Schnepfen gesprochen?», fragte Elke.

«Nö.»

«Dann wird das aber höchste Zeit. Diese Frauen haut so schnell nichts um.»

«Sstimmtsschon», sagte ich. «Aber wie sieht'n das aus, wenn ich jetss erst die Karten auf den Tisch lege. Da sind die doch furchtbar enttäuscht von mir, oder?» Ich schloss die Augen, denn die Küche begann sich gefährlich zu drehen.

«Wenn du willst, kann ich ja mal mit ihnen reden.»

«Blosssnich!»

«Aber es muss etwas passieren, und zwar bald! Ich mache mir echt Sorgen um dich!»

«Mussunich, ich mach es ja schon sselber. Ich bin nämlich eine starke Frau», sagte ich. Dann brach ich in Tränen aus.

Elf

Die Vorhersage für Montag, den 21. Oktober:
Eine Lösungsfront bringt frische Erkenntnisse heran. Die Sorgendecke lockert etwas auf. Überwiegend entspannt.

Meine Stimmung hatte sich im Wochenende zwar nicht gebessert, aber wenigstens das Wetter. Sobald ich am Samstag in der Lage gewesen war, eine Tasse Kaffee und zwei Aspirin bei mir zu behalten, hatte ich mich wie eine Wilde im Garten ausgetobt. Beete und Rasen wirkten nun, als wären sie einer englischen Gartenzeitung entsprungen, während ich vor Muskelkater kaum noch gehen konnte.

Marie sah mich besorgt an, als ich wie eine kniekranke Ente durch die Küche watschelte. «Soll ich dich einreiben?»

«Danke, das wird schon wieder», sagte ich. «Hauptsache, ich bleibe in Bewegung und muss mich nicht bücken.»

«Hast du noch mal mit Christian telefoniert?»

«Ja, kurz», sagte ich. «Julian darf gegen Ende der Woche zum ersten Mal aufstehen, dann hat das Drama hoffentlich ein Ende.»

«Arme Mama. Dafür habe ich eine tolle Überraschung für dich. Willst du wissen, was es ist?»

«Mh», sagte ich. «Bist du sicher, dass ich mich darüber freue?»

«Ganz sicher!», sagte sie und strahlte dabei über das ganze Gesicht. «Mario und ich werden einen Spot für dich drehen.»

«Für mich?»

«Für Zwiebellook!», sagte Marie strahlend. «Als unterstützende Maßnahme für eure genialen Facebook-Aktionen. Was sagst du dazu?»

«Das ist … eine Superidee», sagte ich. Vielleicht war es das ja wirklich. Und wir konnten jede Unterstützung gebrauchen. Als ich jedoch versuchte, mir den Spot vorzustellen, kam mir ein furchtbarer Verdacht.

«Wollt ihr einen Idioten-Film drehen?»

«Ma-ma, das heißt Dogma-Film! Aber mach dir keine Sorgen, der Spot wird ganz seriös. Wir wollen uns damit an der Filmhochschule bewerben.»

«Seriös, aha. Aber nicht altbacken seriös, oder?»

Marie schüttelte den Kopf. «Quatsch, der wird witzig. Altbacken, das können wir doch gar nicht. Wir haben schon ein Skript.»

«Kann ich das mal sehen?»

«Du hast schon genug um die Ohren. Vertraust du denn deiner lieben Tochter nicht?»

Ich sah das Strahlen in ihren Augen.

«Natürlich vertraue ich dir!»

«Du bist die Beste!», jubelte sie. «Nur damit du dich nicht wunderst: In den nächsten Tagen müssen wir jetzt erst mal ganz viel Material sammeln, damit wir genug zum Schneiden haben.»

«Aber ihr filmt doch schon seit Wochen alles, was sich nicht wehrt. Könnt ihr nicht das zuerst mal auswerten?»

«Auf keinen Fall, wir gehen das jetzt alles unter einem

ganz anderen Gesichtspunkt an. Du wirst sehen, das schlägt ein wie eine Bombe!»

Vertrauen hin oder her – genau das befürchtete ich.

Ich machte Marie ein paar Pausenbrote, dann begleitete ich sie zur Tür, wo Mario schon mit seiner Vespa auf sie wartete. Die beiden waren gerade um die Kurve verschwunden, als Martin die Hauptstraße entlanggeknattert kam. Er bockte seine Harley auf und begrüßte mich.

«Und? Bringst du gute Nachrichten?»

«Geht so», sagte er. «Gehen wir doch mal rein.»

In der Gaststube öffnete er seine Tasche und legte ein Schreiben auf den Tisch. «Mein Kollege hat sich alles angeschaut, und das ist sein Resümee.»

Als ich die Seiten durchgelesen hatte, war ich verwirrt. «Moment mal. Wir können dieser Firma zwar eine Abmahnung schicken, sie müssen die geforderte Unterlassungserklärung aber nicht unterschreiben?»

«Richtig», sagte Martin. «Im günstigsten Fall kann man sich darauf einigen, dass die Konkurrenz den Unterschied deutlicher herausarbeiten muss, damit keine Verwechslung stattfindet. Aber der Kollege hat sich die Produkte genau angeschaut und ist der Meinung, dass die Ähnlichkeiten nicht für einen Prozess oder einen Schadensersatz reichen.»

«Aber uns laufen die Kunden davon!»

«Ich weiß, aber so ist die Rechtslage.»

«Und die Anwaltskosten müsste ich selber tragen?»

«Ja. Dafür hättest du aber auch dein Ziel erreicht, nämlich das Alleinstellungsmerkmal deiner Produkte sicherzustellen. Und mehr geht nicht.»

«Verdammt. Und was ist mit dem Spion?»

«Habt ihr etwas über ihn herausfinden können?»

Ich schüttelte den Kopf. «Nicht einmal, wo er gewohnt hat. Der Kerl ist mit unserem Material über alle Berge.» Ich seufzte tief. «Und von diesem Alleinstellungsmerkmal können wir uns auch nicht viel kaufen. Es bleibt mir wohl nichts anderes übrig, als mich ganz gezielt um meine Kunden zu kümmern. Um jeden einzelnen. Aber danke, dass du dich darum gekümmert hast.»

Als Martin wieder gefahren war, blieb ich in der Gaststube sitzen und starrte auf das Anwaltsschreiben. Wie sollte das nur weitergehen? Wenn Lagenlook einfach so weitermachen konnte wie bisher, war es mehr als fraglich, wie lange unser kleines Label sich noch über Wasser halten konnte, Newsletter und Kundenpflege hin oder her. Und das Schlimmste war, dass ich mich immer noch nicht getraut hatte, den Schnepfen von dem ganzen Schlamassel zu erzählen. Das Läuten des Telefons unterbrach meine Grübeleien, und ich humpelte in die Küche zurück.

«Ich bin's, Uwe», sagte er eine Stimme.

«Ist was mit Rosi passiert?»

«Nein, der geht es prächtig», sagte Uwe. «Aber ich hätte mal eine Frage …» Schweigen.

«Und die wäre?»

«Ich weiß nicht so recht, ob ich dich überhaupt damit behelligen darf …»

«Ich bin schon erwachsen, Uwe. Spuck's aus, dann sehen wir weiter.»

«Wir haben vor anderthalb Jahren eine alte Werkstatt in der Innenstadt gemietet und als Theater hergerichtet. Ganz klein und schnuckelig in einem Innenhof. Und da proben wir auch.»

«Ja?»

«Aber es hat einen Wasserrohrbruch im ersten Stock gegeben und ein Teil der Decke ist runtergekommen.»

«Ach du Scheiße …»

Uwe lachte unsicher. «Oder so. Und jetzt habe ich das ganze Wochenende darüber nachgegrübelt, ob ich dich anhauen und fragen kann …»

«Ob ihr bei uns im Saal proben könnt», beendete ich das erneute Schweigen am anderen Ende der Leitung.

«Genau. Wir stehen mit dem Rücken an der Wand.»

Willkommen im Klub, dort stand ich auch.

«Machen wir es doch so», sagte ich. «Ich schau mal, ob wir die Stoffe woanders lagern können. Und wenn ja, frage ich die Schnepfen, ob sie einverstanden sind.»

«Die Schnepfen?»

«Ich meine, die Schneiderinnen. Und dann melde ich mich bei dir.»

Ich ging in die Schneiderei, kletterte auf die Bühne und verschwand hinter dem dicken Vorhang. Dort knipste ich eine kleine Funzel an und sah mich um.

Die meisten Stoffballen lagen mitten auf der Bühne auf Holzplatten, die wir auf höhenverstellbare Böcke gelegt hatten. Die ließen sich ohne weiteres woanders aufstellen, zum Beispiel in dem Kabuff hinter der Bühne. Dann mussten die Schnepfen für kurze Zeit halt ein bisschen weiter laufen, wenn sie etwas brauchten.

Plötzlich hörte ich Stimmen. Die vier Schneiderinnen kamen in den Saal und schalteten die Deckenleuchten an. Ich wollte schon zu ihnen gehen, um die Stoff-Angelegenheit zu besprechen, als ich einen Satz aufschnappte, der mich innehalten ließ.

«Es wird etzt fei höchste Zeit, dass mir des der Nina erzählen. Auch wenn's ihr grad wegen dem Julian ned gut geht», hörte ich Leni sagen. «Wenn mir noch weiter zuwardd'n, is vielleicht gar nix mehr zu machen.»

Zustimmendes Gemurmel von den anderen.

«Der Nina is doch bis etzt noch immer a Lösung eing'fall'n, wenn's amol hardd auf hardd ging», sagte Claudia.

Lieber Himmel, worüber redeten die? Vorsichtig schlich ich zum Bühnenvorhang und linste in den Saal. Die Frauen standen mit verschränkten Armen im Kreis und machten sorgenvolle Gesichter.

«Wenn's nach mir ging, däd ich diese Firma so verklagen, dass die sich ihr Leben lang nimmer davon erholt», sagte Leni grimmig. «Des is doch richdig grimminell, was die machen!»

Firma? Kriminell?

«Am besten geht amol eine von uns rauf und holt die Nina her. Und dann erzählen mir ihr des von Lagenlook», sagte Rosi. «Scho der beglobbde Name wär a Anzeige wert!»

Bei mir fiel der Groschen: Die Schnepfen taten genau dasselbe, was ich die ganze Zeit über gemacht hatte: Sie hatten mich vor schlechten Nachrichten schützen wollen!

«Da braucht ihr nicht raufzugehen.» Ich trat durch den Vorhang und sah zu den vieren hinunter. «Nina weiß längst Bescheid.»

Die Frauen sahen mich an, als wäre ich ein Geist.

«W-wo kommst denn etzt du her?», staunte Rosi.

«Ich wollte euch nicht belauschen», sagte ich. «Aber jetzt, wo ich es gehört habe, kann ich euch beruhigen: Ich weiß schon länger von dieser verdammten Firma.»

«Aber warum hast denn nix g'sagt?» Leni konnte es nicht fassen.

«Weil ich euch nicht beunruhigen wollte.» Ich gab mir einen Ruck. Jetzt oder nie, Nina. Raus mit der ganzen Wahrheit!

Ich sprang von der Bühne. «Es ist nämlich ein bisschen schlimmer, als ihr denkt. Oder, um ehrlich zu sein, viel schlimmer. Wir haben seit ein paar Wochen jede Menge Stornos. Aber fast keine Bestellungen.»

Die Schnepfen schauten mich fassungslos an.

«Zuerst habe ich geglaubt, dass die Wittmann dahintersteckt, weil ich sie damals so patzig angeredet habe», fuhr ich fort. «Ich habe wie der Teufel hinter ihr hertelefoniert, habe ihr Blumen geschickt und ihr einen persönlichen Brief geschrieben, aber sie stellt sich einfach tot. Und dann habe ich von Frau Klinger erfahren, dass alle bei Lagenlook bestellen, weil die viel billiger sind. Da war es dann plötzlich noch viel schlimmer, und ich konnte es euch erst recht nicht erzählen.»

«Ach, Madla!», sagte Bärbel. «Und des Ganze zusätzlich zu dem Kummer mit'm Julian.»

«Ihr seid mir nicht böse?»

«Ja, so ein Quatsch!», polterte Leni, aber Bärbel rammte ihr einen Ellenbogen in die Rippen, und Leni änderte ihren Tonfall. «Naddürlich ned! Da kannst du doch nix dafür, dass mir so schäbige Kunden hamm, die gleich zur Kongurrenz überlaufen, wenn's da a weng billicher is.»

Alle tätschelten mir beruhigend die Arme.

«Naa, da brauchst dir keine Sorgen zu machen», sagte Rosi. «Aber die Frage is: Was mach mer jetzt?»

«Martin habe ich schon zu Rate gezogen. Er musste mir leider sagen, dass wir so gut wie nichts gegen diese Firma unternehmen können.»

«Dann kommt etzt die nächste Frage», sagte Claudia. «Uns is aufg'fall'n, dass bei Lagenlook a baar Modelle aus unserer übernächsten Saison drinsteh'n. Wie kann des sein? Dasse die Sachen kobbieren, die scho im Laden drin hängen, des versteh ich. Aber des neue Zeug, des noch keiner kennt außer uns? Hamm mir an Spion in den eigenen Reihen?»

«Zum Glück nicht in den eigenen Reihen, aber es war zweimal jemand im Haus.» Ich erzählte vom Trachtenhutmann und wie Patrick ihn am Donnerstagabend im Archiv angetroffen hatte.

«Des erklärt einiges», sagte Leni.

Die Schnepfen schwiegen eine Weile bedrückt.

«So ein Scheiß», sagte Bärbel dann.

Ich seufzte. «Allerdings. Uns bleibt nicht anderes übrig, als die Augen offen zu halten und weiterzumachen wie bisher. Unterkriegen lassen wir uns nicht. Oder?»

«Naa, mach mer ned!», sagte Bärbel.

«Und in der Zwischenzeit habe ich neue Werbemaßnahmen gestartet. Über unsere Facebook-Seite kann man seit Samstag einen Newsletter abonnieren. Und in dem verlosen wir einmal im Monat eins unserer neuen Modelle.»

Leni sah mich skeptisch an. «Wann hammer denn des beschlossen?»

«Ich weiß, ich hätte das zuerst mit euch besprechen müssen. Aber ich hoffe, ihr zieht mit.»

«Klingt doch gut», sagte Rosi. «Und was könnten mir sonst noch machen?»

«Marie und Mario haben vor, einen Werbefilm für Zwiebellook zu drehen», sagte ich. «Wundert euch also nicht, wenn sie alles filmen.»

«Naa! Bloß über meine Leiche!», rief Claudia.

«Die sammeln doch nur Material», beruhigte ich sie. «Das meiste werden sie eh nicht verwenden.»

«Aber eins sag ich dir», rief Leni. «Wenn ich auf dene Aufnahmen komisch ausseh, sorgst du dafür, dass der Grampf sofort wieder g'löscht wird!»

«Verspreche ich dir», sagte ich. «Jetzt habe ich aber noch ein weiteres Anliegen.»

«Wo brennt's denn noch?» Drei Augenpaare sahen mich groß an, nur Rosi tat ganz unbeteiligt.

«Brennen tut's nicht. Es handelt sich eher um einen Wasserschaden.» Ich berichtete ihnen von meinem Telefonat mit Uwe. «Was meint ihr? Sollen wir die hier auf der Bühne proben lassen? Sie wären nur abends hier.»

Claudia, Leni und Bärbel nickten unisono mit dem Kopf. «Kei Dhema!»

Als ich kurz darauf das Arbeitszimmer betrat, staunte ich nicht schlecht: Auf meinem Schreibtisch stand ein großer bunter Blumenstrauß. Hatte Christian mir etwa …

«Guten Morgen!» Patrick sah kurz auf. «Alles gut?»

«Alles bestens», sagte ich, während ich nachschaute, ob eine Karte mitgeliefert worden war. «Wer hat denn die schönen Blumen geschickt?»

«Ich habe mir gedacht, du kannst bestimmt eine kleine Aufmunterung brauchen», sagte Patrick. «Ich hoffe, du magst bunt.»

«Ich liebe bunt», sagte ich gerührt. «Aber du sollst mir nicht dauernd was schenken!»

«Des basst scho, wie der Franke sagt. Mit dem Trachtenhutmann bin ich am Wochenende leider kein Stück weitergekommen. Wenn wir wenigstens ein Bild von dem Typen hätten!» Er zeigte auf den großen Monitor. «Eine gute Nachricht gibt es aber auch: Seit Samstag haben 47 Leute den Newsletter abonniert. Wie wäre es, wenn ich heute die erste Ausgabe fertigstelle? Mit etwas Glück werben die Abonnentinnen ihre Freundinnen an, und es geht schneeballmäßig weiter.»

«Das wäre toll. Ich schicke dir gleich mal das ganze Material, das ich habe. Aber jetzt noch eine ganz andere Frage: Hast du zufällig Erfahrungen mit Werbefilmen?»

«Ja, wieso?»

Ich erzählte ihm von Marie und Marios Plänen. Und von meinen Bauchschmerzen.

«Ich kann ihnen ja ein bisschen mit Rat und Tat zur Seite stehen», meinte er. «Aber eines solltest du bedenken: Der Spot sollte auf keinen Fall zu geleckt sein. Das passt nicht zu dieser Firma.»

«Meinst du, weil hier so viele Verrückte mitmischen?»

Patrick lachte. «Nein, weil alles hier seinen eigenen Charme hat. Und genau das macht Zwiebellook aus.»

«Ich glaube nicht, dass du das den beiden extra sagen musst. Auch wenn sie sich zusammenreißen, wird der Film vor Charme nur so sprühen.»

Wir hatten gerade eine erste Fassung unseres Newsletters fertig, als es auf der Treppe rumpelte.

«Grüß Godd!» Gundi schaute durch die Tür. «Derf ich kurz amol stören?»

«Du doch immer.» Mühsam stand ich auf und stellte ihr einen Hocker hin.

«Du humpelst ja ned schlecht. Soll ich dir die Nummer von meinem Oddopädn geben?»

«So weit bin ich noch nicht», sagte ich. «Vielleicht wenn ich mal in deinem Alter bin.»

«Genau aus dem Grund bin ich da. Hast am Middwoch a weng Zeit?»

«Was gibt es denn da?» Vorsichtig ließ ich mich wieder auf den Schreibtischstuhl sacken.

«Da hab ich Geburtsdag und möcht an Kaffeeglatsch machen. Und so leid's mir dud, Baddrigg, Männer müssen heuer draußen bleiben.»

«Wieso denn das?» Letztes Jahr hatte Gundi wild gefeiert. Mit Tanz und jeder Menge Männern.

«Da hab ich so meine Gründe.» Gundi setzte ihren Lehrerblick auf: Wer blöd fragt, muss nachsitzen.

«Und wann werden wir Damen erwartet?», fragte ich.

«Um drei.» Gundi stand auf und schaute Patrick über die Schulter. «Gibt's schon a weng was Neues über diese Griminellen?»

«Über die was?» Patrick verstand Bahnhof.

«Die Kriminellen», sagte ich. Damit er sich nicht verplapperte, fuhr ich schnell fort: «Leider nein. Aber wir werben jetzt ganz gezielt neue Fans über das Internet. Mit einem Newsletter, an dem Patrick und ich gerade arbeiten.»

«Möchten Sie den auch abonnieren?», fragte Patrick.

«Naa dangge, lass stegg'n», sagte Gundi. «Ich hab Abos genug. Aber falls ihr einen Dibb hädded, wie ich den Walder abbestellen kann, wär ich euch sehr dankbar!»

«Hat Gundi euch auch eingeladen?», fragte ich die Schnepfen beim Mittagessen.

«Ja, aber exblizidd ohne Männer», brummte Bärbel. «Des is bestimmt wegen dem Walder und seine Avangsen. Dabei hat sich der Ernst so auf die Himbeersahnedordde gefreut.»

«Mei Gadde reißt sich da auch drum», sagte Claudia.

«Ich versteh des ned», sagte Leni. «Jahrelang rennt se dem Walder hinderher und redet vom Heiraden. Und etzt, wo er endlich weichgekocht is, möcht se von keinem Mann mehr was wissen.»

«So ist die Gundi halt», sagte ich. «Die fängt sich schon wieder.»

«Ich frag mich, ob mir des ned einfach a weng dorbedieren sollden», sagte Rosi. «Der Uwe däd ihr gern a lustiges Gedicht vordragen.»

«Apropos: Wann fangen die Proben eigentlich an?», fragte ich.

«Morgen Abend!» Rosi strahlte. «Is fei braggdisch, so a Wasserschaden. Da muss ich nimmer so oft nach Bayreuth fahren.»

«Dafür müssen die Stoffe ins Kabuff. Brauchst du da Hilfe?» Ich schaute in die Damenrunde.

«Des machen mir schon miteinander», sagte Leni. «Kümmer du dich lieber um die Reddung durchs Indernet.»

Zwölf

Die Vorhersage für Mittwoch, den 23. Oktober:
Zunächst heiter bis lyrisch. Später flaue Gefühle und verbreitet Frust.

«Hier sehen Sie nicht ir-gend-eine schlafende Frau. Nein, es ist eine ganz besondere …»

Zuerst ordnete ich Maries Stimme meinem Traum zu. Doch als ich wach wurde, musste ich feststellen, dass sie sehr real war. So real wie die Kamera, die meine Tochter in der Hand hielt.

«Was machst du denn da?»

«Denn diese Frau hat aus dem Nichts ein Modelabel erschaffen …»

«Marie, hör sofort auf mit dem Quatsch!» Ich setzte mich auf und fuhr mir mit der Hand durch die Haare. «Wie ich im Bett aussehe, geht niemanden etwas an!»

«Denn sie hat Power …» Meine Tochter filmte weiter, als hätte sie mich nicht gehört, und kam mit der Kamera immer näher heran. «Power, wie die Frauen, für die sie ihre Mode entwirft.»

«Marie, ich meine es ernst. Wenn du nicht sofort aufhörst …»

«Fünfzig ist das neue Dreißig. Das Alter, in dem Frauen mit beiden Beinen fest im Leben stehen. Frauen, die sich nicht so einfach aus der Bahn werfen lassen und –»

«Die genau wissen, was sie wollen!» Ich warf ihr eine

Decke über den Kopf. «Und zwar nicht in aller Herrgottsfrüh eine Kamera im Gesicht haben!»

«Menno …» Marie kam wieder zum Vorschein. «Das soll doch alles voll authentisch rüberkommen!»

«Ohne Kunstlicht und Waffengewalt, ich weiß.» Ich schwang meine Beine aus dem Bett und schlüpfte in die Schlappen. «Aber wenn die Dreharbeiten so weitergehen, schrecke ich auch vor einem Mord nicht zurück.»

«Es wird kein Dogma-Film.» Marie schüttelte verständnislos den Kopf. «Wir machen ja einen Genre-Film. Das ist nach Dogma gar nicht erlaubt.»

«Ich hoffe nur von Herzen, dass ihr euch nicht für das Slapstick-Genre entschieden habt. Denn Probleme haben wir auch so schon genug!»

«Ma-maaa … Wir haben uns gestern ganz lange mit Patrick unterhalten. Der kennt sich voll gut aus und hat super Ideen. Keine Sorge. »

«Mama vor Sonnenaufgang in den Wahn zu treiben, ist auf Patricks Mist gewachsen?»

Marie kicherte. «Nein, das war meine Idee. Ich dachte an so was wie *Eine Frau wacht auf und zeigt der Welt, wo der Hammer hängt*. Verstehst du?»

Ich rieb mir müde die Augen. «Verstehe ich alles. Aber bevor ich heute irgendwem einen Hammer zeige, brauche ich erst mal Kaffee. Können wir uns darauf einigen?»

Marie drückte mir einen Kuss auf die Wange. «Geht klar. Ist es dir recht, wenn Patrick uns ein bisschen unter die Arme greift? Er könnte uns ein paar Tricks zeigen.»

Und aufpassen, was ihr filmt.

«Ihr könnt ihn euch jederzeit ausleihen. Aber jetzt lass

mich bitte in Ruhe wach werden. Und lösch deine authentischen Matratzenaufnahmen.»

«Du wurdest heute Morgen bereits in höchsten Tönen gelobt», sagte ich zu Patrick, als er um neun zur Arbeit kam. «Marie ist schwer beeindruckt von deinem Wissen.»

«Super.» Patrick grinste und legte seinen Rucksack ab.

«Vielleicht könntest du unser Filmteam darauf hinweisen, dass man Leute nicht heimlich filmen darf», sagte ich. «Beim Schlafen … oder beim Essen – oder überhaupt in jeglicher Situation, in der man wie der letzte Depp aussieht. Marie und Mario sind da komplett schmerzfrei, wie mir scheint. Die halten immer drauf.»

«Aber das macht doch gerade den guten Dokumentarfilmer aus.» Er fing meinen Blick auf und begann schallend zu lachen. «Nein, das war ein Witz! Ich habe die beiden schon instruiert.»

Ich schaute ihn misstrauisch an.

«Werbefilm!», sagte er. «Schöne Bilder, gute Story, flott geschnitten. Ich hab ein Auge drauf, versprochen.»

«Dann ist es ja gut», sagte ich. «Und sag mir Bescheid wenn du den Eindruck hast, da läuft was schief, ja? Aber jetzt mal was anderes.» Ich hatte unsere Facebook-Seite aufgerufen und zeigte auf den Link zum Newsletter-Abo. «122-mal geklickt! Der Schneeball kommt schon ins Rollen.»

«Sehr schön.» Patrick fuhr den anderen Computer hoch. «Jetzt bräuchte ich nur ein paar Fotos von dem Modell, das ihr verlosen wollt.»

«Dann gehen wir doch gleich mal zu den Damen in die Schneiderei.»

Dort standen die Schnepfen um Lenis Tisch und diskutierten so laut, dass sie uns gar nicht kommen hörten.

«Des hat mer davon!», rief Claudia triumphierend. «Und es wundert mich gar ned, denn beides kann mer ned hamm.»

Neugierig schaute ich ihr über die Schulter. Auf dem Tisch lagen ein Rock und ein Oberteil.

«Das ist aber nicht von uns, oder?»

«Naa, des is von Lagenlook», sagte Bärbel. «Mer könnt aber auch Schrottlook dazu sagen.» Sie zeigte auf die Nähte vom Rock. «Alles nur so hingepfuscht. Wenn des zweimal in der Waschmaschine war, kannst du's grad wegwerfen.»

«Aber schaut euch mal den Schnitt an», sagte ich. «Das ist perfekt abgekupfert, oder?»

«A baar Underschiede gibt's scho», brummte Leni. «Aber wahrscheinlich bloß, damit mir ihnen ned ans Bein ping'ln können.»

Patrick meldete sich zu Wort. «Ich bräuchte jetzt das edle Teil.»

«*Mir* hamm *nur* edle Deile», sagte Claudia. «Um welches geht's?»

«Um das, das verlost werden soll. Ich möchte es fotografieren, damit ich es auf Facebook einstellen kann.»

Rosi zeigte ihm eine federleichte Jacke aus klatschmohnroter Wildseide. «Die isses. »

«Okay ...» Patrick sah sich die Jacke von allen Seiten an. Sie wirkte ganz schlicht, hatte aber auf jeder Seite des

Vorderteils eine Teilungsnaht, an der jeweils zwei übereinander angeordnete Taschen mit vertikalem Eingriff saßen. Ein kleiner Schlitz am unteren Ende der Trompetenärmel erlaubte, dass man sie lang oder mit elegantem Aufschlag tragen konnte. «Wow, ist die schön!»

Die Schnepfen und ich lächelten geschmeichelt.

«Was haltet ihr davon, wenn ich sie im Garten fotografiere?», fragte Patrick. «Vielleicht vor der dunklen Holzwand vom Schuppen, da scheint gerade so schön die Sonne hin.»

«Gute Idee. Brauchst du Hilfe?»

Er schüttelte den Kopf. «Nur die hier.» Er schnappte sich eine alte Schneiderpuppe und verschwand.

«Der is scho pfiffig, der Bub», sagte Leni anerkennend. Aus ihrem Munde war es das höchste Lob, das man sich vorstellen konnte.

Wir nahmen uns nun wieder das Lagenlook-Oberteil vor. Bärbel legte unser Original daneben, eine Bluse mit verdrehten Einsätzen, die am Bauch sowohl kaschierten, als auch zugleich eine schmale Silhouette zauberten. Unzählige Versuche waren nötig gewesen, bis wir genau diesen Effekt erzeugt hatten! Ich spürte, wie wieder die Wut in mir hochstieg. «Wir arbeiten uns hier krumm und buckelig, und die nehmen sich einfach, was ihnen gefällt.»

«Und verhunzen's dann mit so einer billichen Verarbeidung», sagte Bärbel grimmig. «Des Deil schaut ja aus wie a Karrikaddur, wenn mer's so direkt danebenliegen hat.»

Das Telefon in meiner Hosentasche dudelte los, und ich meldete mich.

«Guten Morgen, Frau Lindner. Hier ist Klinger.»

Hoppla …

«Hallo, Frau Klinger!» Als sie den Namen hörten, wurden die Schnepfen ganz still.

«Was kann ich für Sie tun?»

Bitte, bitte, sag, dass du etwas bestellen willst, betete ich lautlos.

Ich hörte, wie Frau Klinger am anderen Ende tief Luft holte. «Frau Lindner, ich habe gemerkt, dass es ein Fehler war, bei Lagenlook einzukaufen», sagte die Boutiquebesitzerin. «Ich habe mich von den Preisen blenden lassen.»

«Sie haben sich von den Preisen blenden lassen?», fragte ich, damit die Frauen wussten, was gesprochen wurde. «Wie meinen Sie das?»

Während Leni mühsam am Handy mitlauschte und den anderen Frau Klingers Worte pantomimisch übersetzte, wurde mein Herz von Minute zu Minute leichter.

«Ja, es hat sich nicht ausgezahlt, auf Masse statt Klasse zu setzen. Ich hatte noch nie so viele Reklamationen wie in den letzten Wochen.» Ich lächelte so breit, dass mir die Kiefer weh taten. «Daher habe ich mich entschlossen, wieder bei Ihnen zu bestellen. Wenn Sie nach meinem Seitensprung noch bereit sind, mich zu beliefern!»

Ich streckte den Daumen der freien Hand in die Luft. «Aber natürlich! Sie waren nicht die Einzige, die uns verlassen hat, aber Sie sind die Erste, die wieder zurückkommt. Wir können nur hoffen, dass andere Kunden das auch bald tun.»

«Das wünsche ich Ihnen von ganzem Herzen», sagte Frau Klinger. «Sie bekommen noch heute meine Bestellung per Mail. Und den Lagenlook-Schrott schicke ich umgehend zurück.»

«Wunderbar! Wir machen uns dann gleich an die Arbeit!»

Als ich das Gespräch beendet hatte, kreischten wir um die Wette.

«Wer sagt's denn?!» Bärbel hakte sich bei mir unter und wirbelte mich herum. «Wenn sich des noch a weng rumspricht, werrn mir bald nimmer wissen, wo uns vor lauter Arbeit der Kopf steht. Aber des ist mir so was von wurscht!»

«Darauf stoß mer gleich amol an!» Rosi flitzte in die Küche und kam mit einer Flasche Prosecco und fünf Gläsern zurück. «Is zwar noch a weng früh, und des Britzlwasser is a bisserl lauwarm, aber heut derf des schon sei.»

«Des mein ich aber auch», sagte Claudia und verteilte die Gläser.

«Auf Zwiebellook!», rief Leni, als wir die Gläser hoben.

«Auf Zwiebellook!»

«Wenn die anderen tatsächlich nachziehen, werden wir aber viel zu tun kriegen», sagte ich.

«Werd scho ned so wild werrn», sagte Claudia. «Mir hamm ja immerzu weitergearbeitet. Die Bestellungen können kommen.»

«Ihr seid großartig», sagte ich gerührt. Ich trank mein Glas fast in einem Schluck leer und nahm mir vor, bald eine alkoholfreie Zeit einzulegen. Aber erst, wenn wir wirklich alle Katastrophen bewältigt hatten.

Nach diesem guten Anfang verging der Tag wie im Fluge. Frau Klinger schickte uns eine ordentliche Bestellung, und die Schnepfen jubelten, als ich sie ihnen auf den Tisch legte.

«Da soll sich die Gundi amol warm anziehen», kicherte Rosi. «So, wie mir drauf sind, wird des nachher a lustiges Kaffeedrinken.»

«Haben wir überhaupt ein Geschenk?» Ich hatte mir ein paar Gedanken darüber gemacht, aber dabei war es auch geblieben.»

«Mir hamm uns überlegt, dass mir ihr an Dandemmflug mit einem Gleidflieger schenken», sagte Leni.

«Einen was?»

«Ein Tan-demflug mit einem Gleit-flieger», übersetzte Bärbel. «So was wollt se immer scho mal machen.»

Ich war skeptisch. «Meint ihr, das geht mit ihrem Knie?» Gundi humpelte in letzter Zeit immer mehr.

«Da bassiert scho nix», sagte Claudia. «Vor anderthalb Jahren isse ja auch noch durch die Sahara gereist. Da is so a Sprung gar nix dagegen.»

Auch wieder wahr. «Und haben wir einen Gutschein? Oder soll ich noch schnell was basteln?»

«Alles in droggnen Tüchern!» Claudia wedelte mit einem bunten Umschlag. «In einer halben Stunde geh mer nüber.»

Punkt drei standen wir bei Gundi vor der Tür und gratulierten ihr der Reihe nach.

«Wundert euch fei ned», sagte sie leise. «Mei komische Cousine ist auch da. Ich hab se zwar ned eing'laden, aber des is der wurscht.»

«Mit uneingeladenen Gästen werrn mir schon ferddig», sagte Rosi fröhlich. «Mir sinn schon mit ganz anderen Sachen ferddich g'worden.»

Gundi strahlte. «Also dann rein in die gude Stube. Dei Dochder is auch scho da, Nina.»

Im Wohnzimmer saßen Gundis Cousine, Marie und Gustls Frau Steffi mit Sektgläsern in der Hand auf dem Sofa. Auf dem gedeckten Couchtisch stand eine riesige Himbeersahnetorte und in der Zimmerecke der große Kinderwagen mit Bob und Ross.

«Also doch zwei Herren?» Leni linste in den Wagen.

«Des is a Ausnahme!» Gundi schenkte uns auch jeder ein Glas ein. Wir stießen an, und Gundi schenkte nach. «Lasst's euch schmecken», sagte sie fröhlich. «So jung kommen mir nimmer zusammen.»

Nachdem wir die erste Flasche und einen Teil der Torte vernichtet hatten, griff Claudia in ihre Tasche und Marie zu ihrer Kamera. Ich wollte protestieren, aber Marie setzte sich empört durch: «Ich habe extra gewartet, bis alle mit dem Essen fertig waren!»

«Pssst!», machte Claudia. Sie überreichte Gundi den Umschlag. «Hier is a gleines G'schenk. Von uns, für dich!»

«Ah, des wär doch ned nödich g'wesen», sagte Gundi geschmeichelt und riss das Kuvert auf. Strahlend schaute sie in die Besucherrunde. «Des is amol was G'scheit's! Des wollt' ich doch immer scho amol machen!»

Sie zeigte den Gutschein herum.

«Ojee!», rief Steffi, als sie sah, was daraufstand. «Da werd mir fei scho schlecht, wenn ich bloß dran denk!»

«Dann hast noch amol Glück g'habt, dass ned du Geburtstag hast», sagte Gundi. «Aber für deine Buben wär's vielleicht später amol a schön's Geschenk!»

«Nur über meine Leich!», rief Steffi.

In diesem Moment klingelte es. Gundi ging aufmachen

und kam mit einem Blumenstrauß in der Hand und Gustl im Schlepptau wieder herein.

«Ich muss bloß amol kurz schau'n, wie's meinen Buben geht, gell?» Aber statt nach seinen Buben zu gucken, stierte er so lange auf die restliche Torte, bis Gundi Erbarmen hatte.

«Etzt setz dich schon hie. Da hast an Deller und an Seggt. Aber des b'hältst schee für dich, gell? Des hier is a reine Frauenveranstaldung!»

Kaum hatte Gustl sich gesetzt, klingelte es wieder.

«Na so was», sagte Bärbel amüsiert, als Gundi von der Tür zurückkam, diesmal mit noch mehr Blumen und gefolgt von den Schnepfenmännern Ernst, Kurt und Rudi. Ganz am Ende schlüpfte auch noch Mario in den Raum und ließ sich unauffällig neben der filmenden Marie nieder.

«Da simmer ja grad noch rechtzeitig kommen», murmelte Kurt mit einem Blick auf den mampfenden Gustl. Er verteilte ungefragt Teller und Gabeln, und dann verputzten die vier friedlich den Rest der Torte.

«So», sagte Gundi, nachdem sie die Blumen versorgt und uns allen noch einmal nachgeschenkt hatte. «Mir Frauen machen etzt a heideres Fragespiel.»

Sie öffnete eine kleine Schachtel voller Fragekärtchen und hielt sie mir hin. Ich zog eine Karte und las den Text vor.

«Wenn Sie beim Zirkus auftreten müssten, für welche Nummer würden Sie sich entscheiden?»

«Ich wär gern Clown, so a weißer mit Dräne im Gnopfloch», sagte Steffi. «Die find ich soo romandisch!»

«Ich wär des Nummerngirl», sagte Claudia. Ihr Mann grunzte.

«Ruhe auf den billichen Blätzen!», sagte Gundi. Sie grinste. «Ich würd als Dompdör auftreten.»

«Hädd'st du kei Angst, dass die Löwen dich fressen?», fragte ihre Cousine mit großen Augen.

«Wer red denn von Löwen? Ich würd dressierte Männer vorführen, die durch brennende Reifen springen. Des wär bestimmt a Bild für die Gödder!» Gundi schwang eine imaginäre Peitsche. In diesem Moment klopfte es an der Fensterscheibe, und Uwe spähte suchend herein.

Gundi seufzte. «Etzt is aa schon wurscht.» Sie stand schwankend auf und ging zur Tür. Ich schaute unauffällig unter den Tisch und zählte die leeren Flaschen. Alles klar. Mir selbst war ja auch schon ziemlich schwummerig.

Uwe strahlte über das ganze Gesicht, als er uns sah. Er stellte sich vor Gundi in Positur und deklamierte ein verrücktes Geburtstagsgedicht. Der Mann war auf jeden Fall für das Theaterspielen geboren. Nur Bob und Ross hatten für die Dichtkunst nichts übrig. Sie weinten, bis sie von Gustl mit Schnullern ruhiggestellt wurden.

Uwe quetschte sich zwischen Rosi und mich auf das Sofa, und sie lud ihm das allerletzte Stück Torte auf den Teller. «Des hab ich für dich geredded.»

Er gab Rosi einen Kuss. «Du bist ein Schatz. Ich glaube, ich komme jetzt öfter zum Geburtstag nach Wiestal. Das lohnt sich ja richtig.»

Mir reichte es allmählich mit all den zufriedenen Paaren um mich herum. Ich vermisste Christian. Was er wohl gerade machte? Hielt er Händchen mit Katja? Machten sie am Ende sogar schon Pläne, es noch mal miteinander zu versuchen? Bei dem Gedanken wurde mir ganz anders.

Und als Uwe Rosi wieder küsste, wurde es mir zu viel, und ich flüchtete auf die Toilette.

Beim Händewaschen ließ ich mir viel Zeit und schaute eine Weile aus dem Klofenster in den Garten. Bis Walter, schick gekleidet und mit einem großen Strauß Rosen in der Hand, von rechts nach links durchs Bild schlich.

Ich öffnete das Fenster. «Was machst du denn da?»

«Ich hab a weng a Überraschung für die Gundi.» Walter zeigte auf seine Blumen.

«Da wird sie sich sehr freuen. Die Torte ist aber alle.»

«Egal.» Er rüttelte an der verschlossenen Küchentür. «Kannst mir aufsperr'n?»

Ich ging in die Küche und ließ ihn herein.

«Dangge, sagt der Frangge. Und etzt geh wieder ins Wohnzimmer und lass dir nix anmerken. Ich komm gleich nach.»

Im Wohnzimmer war es ruhig. Sowohl das Geburtstagskind als auch die Gäste hingen mit leicht glasigen Augen in den Polstern und verdauten die Torte. Ich gab Marie ein Zeichen, dass sie die Kamera bereithalten sollte, und lauschte, ob sich im Flur etwas tat.

Im nächsten Moment schwang die Wohnzimmertür auf, und Walter trat herein.

«Alles Gude zum Geburtsdag!», rief er.

Gundi sah Walter erschrocken an. «Wie …?», stammelte sie. «Was soll'n …?»

Doch Walter ließ sich nicht beirren. Strahlend ging er auf Gundi zu, nahm sie bei den Händen und zog sie vom Sofa hoch.

«Liebe Gundi. Mir kennen uns etzt scho viele Jahre», begann er feierlich.

Gundis Gesichtsausdruck erinnerte kein bisschen an eine Männerdompteuse. So entsetzt hatte ich sie noch nie erlebt.

«Jahre, in denen mir uns recht nah gekommen sinn. Und da hab ich mir gedacht, dass heut der richdige Dag für a besondere Frage is» fuhr Walter fort. Dann rückte er seine Krawatte zurecht und ging vor Gundi auf die Knie. «Liebe Gundi! Ich möcht dich heut in aller Form bidd'n …»

«Ich glaub's ned.» Rosi griff sich ans Herz.

«… ob du mich bidde *ned* heiraden willst. Ned heut und in Zukunft auch ned.»

Es dauerte ein wenig, bis die Bedeutung von Walters Worten zu uns durchgedrungen war. Aber dann lachten wir, bis uns die Tränen über die Wangen liefen.

«Ich back's ned», heulte Leni. «Des is amol a richdig schöne Überraschung, gell, Gundi?»

Auch meine Nachbarin wischte sich die Tränen aus dem Gesicht. Sie tätschelte Walter den Arm. «Den Andrag nehm ich fei gern an», sagte sie. «Du verrüggder Kerl!»

«Darauf an Schnabbs!», rief Gundis Cousine, die viel netter war, als meine Nachbarin immer behauptete. Sie verschwand in der Küche und kam mit einer Flasche Himbeergeist und Gläsern zurück. «Auf die Nichtbraut!»

Es war fast sieben, als ich nach Hause ging. Immer wieder musste ich kichern, wenn ich an Gundis Gesicht dachte. Und an das freche Glitzern in Walters Augen.

Im unteren Stockwerk war alles dunkel, aber oben im

Arbeitszimmer brannte Licht, und ich hörte Marie lachen, die mit Mario schon vor der Schnapsorgie nach Hause gegangen war.

Neugierig stieg ich die Treppe hinauf und fand die beiden zusammen mit Patrick vor dem großen Rechner.

«Hi!», rief Marie ausgelassen. «Wir schneiden gerade unsere Ausbeute von heute Nachmittag. Schau mal!»

Während sie die Aufnahmen zurückspulte, rollte ich meinen Stuhl heran und setzte mich.

Sie hatten es tatsächlich geschafft, die ganze verrückte Geburtstagsparty so flott zu montieren, dass eine witzige, runde Geschichte daraus geworden war.

«Warte mal, bis wir die Soundeffekte daruntergelegt haben», sagte Mario. «Bu-bum!»

Genau im selben Augenblick erschien mein zerknittertes Gesicht groß auf dem Monitor.

«Das wolltest du löschen!», rief ich entsetzt. «Ich sehe aus wie Dracula, der aus der Gruft steigt!»

«Das machen wir schon noch», sagte Marie. «Wir verwenden es nur zu Übungszwecken.»

«Genau», sagte Patrick. «Da brauchst du dir gar keine Gedanken zu machen.» Er fuhr den Rechner herunter, stöpselte etwas Eckiges aus und packte seinen Rucksack. «Für heute machen wir auf jeden Fall Schluss. Meine Festplatte bringe ich euch morgen wieder mit.»

«Festplatte?»

«Eine externe, für die vielen Daten», erklärte Marie. «Sonst geht der Speicher in die Grätsche, verstehst du?»

«Ach so», sagte ich. «Dann kaufen wir aber selber so eine Festplatte.» Schließlich tat Patrick schon mehr als genug für uns.

«Bis ihr die habt, können wir gerne meine verwenden», sagte Patrick. «Also, bis morgen.»

«Das wird ein richtig geiler Film», sagte Mario. «Würde mich nicht wundern, wenn wir mit dem Streifen noch richtig berühmt werden!»

Ich brachte Patrick und Mario zur Tür und sperrte sorgfältig hinter ihnen ab. Marie hatte sich in ihr Zimmer verzogen. Es war ganz still im Haus. Nach all dem Trubel tat mir das sehr gut, aber mit der Stille kam auch die Sehnsucht nach Christian zurück. Vielleicht hatte er ja jetzt Zeit, mit mir zu reden? Allein seine Stimme zu hören, würde mir guttun.

Ich nahm mein Handy und wählte seine Nummer. Es klingelte lange in der Leitung, bis er dranging.

«Na? Was macht mein Lieblingsschreiner?», fragte ich, als er sich endlich meldete.

«Moment, ich gehe mal schnell raus», sagte er. Ich hörte ein kurzes Gemurmel, dann war er wieder da.

«Bist du noch im Krankenhaus?»

«Nein, Julian schläft schon, und wir sind bei unserem Italiener.»

Bei *unserem* Italiener? Es war, als hätte jemand mich unter eine kalte Dusche gestellt.

«Wenn alles nach Plan läuft, komme ich im Laufe der nächsten Woche wieder nach Hause», sagte Christian. «Es hängt davon ab, ob Julian noch einmal operiert werden muss. Katja ist enorm tapfer, aber ich möchte sie noch nicht alleine lassen.»

Das waren noch mindestens sechs Tage. Und währenddessen war er voll und ganz für Julian und seine weinerliche

Exfrau da und kein bisschen für mich. Am liebsten hätte ich ihn spüren lassen, wie sauer ich war. Aber so kleinmütig konnte und wollte ich nicht sein. Er tat schließlich sein Bestes, um die schwierige Situation zu bewältigen.

«Die Zeit zieht sich sicher wie Kaugummi, oder? Immerzu im Krankenhaus», sagte ich bemüht mitfühlend.

«Ach, das geht eigentlich», sagte Christian. «Zumal wir uns in den letzten Tagen viel unterhalten haben.»

«Über Julian?»

«Auch. Aber hauptsächlich über die Fehler, die wir in unserer Ehe gemacht haben. Jetzt haben wir den richtigen Abstand, uns das mal anzuschauen. Und haben festgestellt, dass wir in der Zwischenzeit viel dazugelernt haben.»

Ach was. Jetzt wurde ich richtig wütend. Während ich hier an allen Fronten kämpfte, saßen die beiden jeden Abend bei *ihrem* Italiener und arbeiteten ihre Ehe auf!

«Und wie ist es bei dir in Wiestal?», fragte Christian, als ich nicht antwortete.

Doch plötzlich hatte ich einfach keine Lust mehr dazu. Sollte er doch mit Katja reden, da gab es ja genug Gesprächsthema.

«Okay», sagte ich lahm. «Der übliche Wahnsinn halt.»

«Ach, ein Glück. Dann ist ja alles in Ordnung», sagte Christian. «Du, ich muss wieder rein. Katja wartet. Ich melde mich bald wieder.»

«Ist gut», sagte ich.

Aber es fühlte sich kein bisschen gut an.

Dreizehn

Die Vorhersage für Donnerstag, den 23. Oktober:
Nach Abzug eines Eifersuchtstiefs beruhigt sich die Stimmung. Im Laufe des Tages albern bis hysterisch.

Nachdem ich mich trotz (oder wegen?) meines Alkoholpegels die halbe Nacht gedanklich mit Katja gestritten und die restlichen Stunden darüber nachgegrübelt hatte, ob Christian und sie wohl wieder zusammenkommen würden, war der Tag bereits vor dem Aufstehen gelaufen.

Es ging auch nicht gut weiter. Kaum war Marie zur Schule gegangen, stürmte Rosi in die Küche.

«Mensch, Nina, du kannst dir gar ned vorstell'n, wie schön des mit dem Uwe ist!» Sie strahlte, als wäre sie an eine Steckdose angeschlossen.

«Das freut mich!» Ich hätte gerne etwas begeisterter reagiert, aber so viel Verliebtheit ertrug ich beim besten Willen nicht. Ganz besonders nicht heute.

«Er ist so a richdiger Draummann», schwärmte sie. «Aufmerksam, lustig, zärtlich.»

Ich nickte.

«Immer gut gelaunt.»

«Schön. Wann geht es denn mit den Proben los?», würgte ich das Thema ab.

«Heut gegen fünf. Der Uwe bringt die anderen drei mit. Die sinn fei auch total nett», plapperte Rosi fröhlich. «Natürlich sinn se ned so süß wie der Uwe, aber den gibt's ja ned in Serie, gell?»

Bevor die Uwe-Hymne in die nächste Strophe gehen konnte, kam mir mein Telefon zu Hilfe.

«Nina, es tut mir schrecklich leid, aber ich bin krank», sagte Patrick mit dünner Stimme.

«Oje, du Armer. Was fehlt dir denn?»

«Magen-Darm.»

«Dann kurier dich bloß richtig aus», sagte ich. «Brauchst du irgendwas?»

«Nein, geht schon», sagte er.

«Sonst meldest du dich sofort, ja? Gute Besserung!»

Rosi sah mich besorgt an. «Ist der Christian grank?»

«Nein, Patrick», sagte ich. «Aber nichts Schlimmes.»

«Der Uwe ist fei nie grank, hat er mir gesagt», ließ Rosi ihr Lieblingsthema wieder von der Leine. «Des find ich gut.» Sie sah mich verschwörerisch an. «Is doch nix schlimmer als a granker Mann, oder? Mein Ex lag beim ersten Niesen schon im Bett und hat gelidd'n.»

«Ja, da sind Männer sehr sensibel.»

«Also, sensibel is der Uwe scho auch», meinte Rosi. «Und so gefühlvoll, ich sag dir …»

Ich war kurz davor, loszuschreien.

Auch nach Rosis Abgang war an Arbeit gar nicht zu denken. Mir brummte der Kopf, und meine Gedanken landeten andauernd in Kassel. Ob die beiden sich schon zum Frühstück getroffen hatten? Oder hatten sie sich über Nacht erst gar nicht getrennt? Was, wenn es ihnen zusammen so gut gefiel, dass sie beschlossen, es noch mal miteinander zu versuchen? Und Katja mit Julian nach Hedelbach zog?

«Du siehst Gespenster, Nina!», sagte ich. «Fang jetzt an zu arbeiten.»

Aber ich wusste genau, dass es zwecklos war, solange ich in diesem Zustand war. Was war diese Katja eigentlich für einen Mensch? Würde sie sich Christian einfach wieder schnappen, oder kam so etwas für sie nicht in Frage?

Plötzlich fiel mir ein, wer mir zu diesen Fragen vielleicht Antworten liefern konnte, und ich machte mich gleich auf den Weg.

«Du schaust ja wüst aus», sagte Gundi. «Hock dich hie, ich wollt grad an Kaffee trinken.» Sie stellte Tassen auf den Tisch. «Es hat gestern übrigens noch a inderessande Wendung geben.»

«Walter will dich doch noch heiraten?»

«Naa, des Dhema is gegess'n!» Gundi kicherte. «Es hat was mit meiner Cousine zu dun. Die hat gestern wieder amol kei Ende g'funden. Aber dann kam Star Dregg, und ich hab den Fernseher ang'macht. Grad an meinem Geburtsdag will ich doch ned auf 'n Schang-Lük verzichten, gell? Und was stellt sich dann raus?»

«Keine Ahnung.»

«Dass die des auch immer schaut! Sie steht zwar mehr auf die Nummer eins, aber des is auch besser so. Dann kommen mir uns ned in die Quere, gell?»

«Nummer eins?» So gut wie Gundi kannte ich die Serie doch nicht.

«Na, der Reiker! Des ist dem Schang-Lük sei Stellvertreter.» Sie musterte mich. «Was ist denn eigentlich mit dir los? Der Schnabbs allein kann des ned g'wesen sein.»

Ich zögerte noch einen Moment, aber dann gab ich mir

einen Ruck. Schließlich war ich deswegen hergekommen. «Weißt du, was diese Katja für eine ist?»

«Welche Katja?»

«Die Ex von Christian.»

Natürlich hätte ich lieber gleich mit Christian Klartext reden sollen, aber am Telefon konnte so etwas fürchterlich schiefgehen. Und bis er wieder hier war, hielt ich es einfach nicht aus.

«Ah, daher weht der Wind …» Sie überlegte. «Ich sag's amol so: In der Schule war se eher Durchschnidd. Aber bei den Jungs hadde se immer *Sehr gut*. Wieso?»

«Vielleicht sehe ich ja nur Gespenster», sagte ich. «Aber gestern erzählte Christian, dass sie sich wieder gut verstehen und über ihre Ehe sprechen.»

«Und etzt geht dei Phandasie mit dir durch. Versteh ich.» Gundi trommelte mit den Fingern auf dem Tisch. «Die Katja war immer wie a gleines Kind: Die wollt immer des, was sie grade ned kriegen konnt. Aber wenn s'es dann amol hadde, war's bald uninderessant.»

Oha. «Und meinst du, dass sie die Masche jetzt auch bei Christian anwendet?» Ich dachte an ein Stickbild von Onkel Hubert: ***Gelegenheit macht Liebe!***

Gundi zuckte mit den Schultern. «An deiner Stell würde ich mir kein' Kopf machen. Der Christian ist a anständiger Kerl. An Einser mit Stern!»

«Danke, das beruhigt mich ein bisschen», seufzte ich. «Ich kriege allmählich schon Verfolgungswahn. Aber wenn sich herausstellt, dass Katja doch versucht, mir Christian wieder wegzuschnappen, sorge ich dafür, dass der Ernst Hackfleisch aus ihr macht.»

«Abbroboh Ernst.» Gundi ging ins Wohnzimmer und

kam mit einem Brief zurück. «Du weißt aa ned, was der im Schilde führt, oder?» Sie setzte ihre Lesebrille auf und las vor: «Liebe Gundi, ich würde dich heute gern nachträglich zum Geburtstag bekochen. Sei bitte pünktlich um halb eins im Gasthof. Dein Ernst.»

«Keine Ahnung», sagte ich grinsend. «Aber an deiner Stelle würde ich mir keinen Kopf machen. Der Ernst ist ein anständiger Koch. Ein Einser mit Stern!»

«Mach du nur Witze», brummte Gundi. «Aber wenn der mir heut so an exberimendell'n Schmarrn vorsetzt, kann er mich fei kennenlernen!»

Als ich kurz vor halb eins mit den Schnepfen in die Gaststube kam, staunten wir nicht schlecht: Von der Decke hingen Girlanden, auf den Tischen standen kleine Vasen mit Blumen, und an unserem Tisch war Gundis Platz festlich gedeckt.

«Das hast du aber schön gemacht», sagte ich zu Ernst, der mit hochrotem Kopf zwischen Gaststube und Küche hin- und herwirbelte. «Was gibt es denn?»

«Des wirst scho seh'n», schnaufte er. «Hinsetzen!»

Gundi kam pünktlich mit den Handwerkern. «Du guder Godd!», war ihr Kommentar. «Des wär fei ned nödig g'wesen!»

«Des lass amol meine Sach sein», wies Ernst sie zurecht. Er verteilte Suppenterrinen auf die Tische. «An Guden!»

«Lebergnödelsubbe!», rief Gundi beglückt. «Mei Lieblingssubbe!»

«Siehst.» Leni grinste. «So schlimm meint er's gar ned mit dir.»

«Ein Glück, dass er scho vergeben is», kicherte Rosi. «Sonst müsst mer uns noch Gedanken machen!»

«Müsst ihr aber ned», brummte Bärbel. «Der Ernst is mit mir verheiratet, und des bleibt er auch, gell?»

Nach diesem Statement waren nur noch klappernde Löffel zu hören.

Als der Hauptgang serviert wurde, hob Claudia vorsichtig den Deckel vom Topf. «Ist des a Gulasch?»

Auch Gundi linste neugierig hinein. Dann strahlte sie. «Sag bloß, du hast mir a Stifado gekocht, Ernst!»

«Ein was?» Ich hatte noch nie was von dem Gericht gehört.

«Ja, des is Stifado», sagte Ernst stolz. «Rindfleisch, mit Berlzwieberla und Domaden g'schmort. Du hast mir ja immer davon vorg'schwärmt, wie gern du des in Griechenland gegessen hast.»

«Griechenland?», staunte Rosi.

«Da hab ich früher oft Urlaub g'macht», sagte Gundi. «Des Essen dort is einfach a Draum. Ned so a Zeug wie mer's hier beim Griechen gricht.»

Auch die anderen ließen es sich schmecken. Nicht mal Lenis Mann Kurt vermisste seine heißgeliebten Knödel, sondern aß klaglos Reis.

«Ein Glück, dass du nicht jeden Tag Geburtstag hast», sagte ich, während ich den Knopf an meinem Hosenbund öffnete. «Sonst könnte man mich durch den Ort rollen.»

Als die Teller leer waren, kam Ernst aus der Küche und klatschte in die Hände. «Wenn ihr amol kurz still sein könnt?»

Die Gespräche verstummten, und Ernst räusperte sich. «Liebe Gundi, etzt dreibst hier scho seit fünfundsiebzig Jahren dei Unwesen und bist noch immer für a Überraschung gut. Wenn du a Wein wärst, würd ich dich so beschreiben:» Er faltete einen Zettel auseinander.

«G'wachsen in bester Lage, gereift im Wiestalfass. Du hast a unbeschreibliches Temmberament, des seinesgleichen sucht. Dei bezauberndes Bukée, a Mischung aus Aufmüpfichkeit, Lebensweisheit und drockenem Humor, entfaldet sich von Jahr zu Jahr besser und geht uns runder wie Öl.»

Wir lachten, und es gab Zwischenapplaus.

«Du bist zu jeder Jahreszeit belebend und hältst uns immer auf Drabb. Mit anderen Worten: Du bist a richdiger Gnaller, und ich hoff, dass mir uns noch recht lang streiten können!»

Unter Applaus und Johlen ging Ernst auf Gundi zu und überreichte ihr ein Päckchen. «Und damit uns der Stoff dazu ned ausgeht, hab ich dir meine Lieblingsrezebbte in a Büchle nei g'schrieben. Guden Abbedit!»

«Du bist doch ned ganz dicht!» Wie immer, wenn Gundi gerührt war, ließ sie ihren ganzen Charme raus. «Ich hab scho immer g'sagt, dass du a verrüggter Kerl bist. Aber dass du so verrüggt bist, hädd ich ned gedacht!»

«Da siehst es amol wieder», stänkerte Ernst zurück. «Hädd ich bloß den Satz, dass du immer alles besser weißt, ned gestrichen!» Er drohte ihr mit dem Zeigefinger. «Aber wennst etzt kei Ruh gibst, kannst fei lang auf dein Nachdisch wardd'n!»

Die gute Laune, die mir dieses Mittagessen gebracht hatte, entpuppte sich leider als kurzes Zwischenhoch. Als ich allein oben am Schreibtisch saß, wanderte meine Stimmung wieder in den Keller.

Irgendwie glich mein Leben einem Gebrauchtwagen: Von außen sah alles ganz ordentlich aus, aber es haperte an allen Ecken und Enden. Kaum hatte ich die Bremsbeläge erneuern lassen, brach der Auspuff ab. Hatte man den repariert, gaben die Scheibenwischer den Geist auf, und die Hupe funktionierte nicht.

«Und kaum ist beruflich ein dünner Silberstreifen am Horizont erkennbar, bröckelt es an der Beziehungsfront», sagte ich in die Stille hinein.

Plötzlich bemerkte ich, dass ich Patrick vermisste. Er war keine große Plaudertasche, aber der Austausch mit ihm tat mir gut. Und wenn er spürte, dass es mir nicht gut ging, baute er mich mit einem kleinen Witz wieder auf. Frei nach dem Motto «Lachen kostet nichts, ist aber viel wert.»

Apropos viel wert: Ich wollte den beiden Jungcineasten ja eine externe Festplatte bestellen, damit wir Patrick nicht auch noch damit belasteten. Da er mit seinem Gerät so zufrieden war, gab ich den Produktnamen ein, den ich gestern auf dem Kasten gelesen hatte, und hatte den Artikel im nächsten Moment auf dem Bildschirm. Zu meiner großen Freude gab es die Festplatten in verschiedenen Farben, und ich klickte auf die rote Version. Mist. Leider vergriffen. Auch blaue und graue waren im Augenblick nicht zu bekommen.

«Also gut, dann nehmen wir halt auch eine schwarze.» Ich klickte mich durch die Bestellung und schickte sie ab.

Anschließend nahm ich mir vor, mich endlich in jeglicher Hinsicht zusammenzureißen, und arbeitete tatsächlich wie ein Roboter meine To-do-Liste ab. Ich ließ mich durch nichts mehr ablenken, bis die Mail einer Münchner Boutique meine Lebensgeister wieder richtig in Schwung versetzte:

Sehr geehrte Frau Lindner, aufgrund innerbetrieblicher Probleme kommen wir erst jetzt dazu, unsere Bestellung bei Ihnen aufzugeben, und hoffen, dass wir bald mit der Lieferung rechnen können. Bitte schicken Sie uns eine Bestätigung mit dem Liefertermin.

Es folgte eine ansehnliche Liste.

«Innerbetriebliche Probleme, klar», sagte ich. «Wetten, dass ihr auch zuerst bei Lagenlook bestellt habt?»

Ich druckte die Bestellung aus und ging in die Schneiderei.

Die Stimmung war dort auch ohne meine Neuigkeit ausgelassen: Rosi las aus einer Nähanleitung vor, während Uwe den Text pantomimisch umsetzte. Die anderen drei Schnepfen standen drum herum und lachten sich scheckig.

«Den Stoff für Vorder- und Rückenteil rechts auf rechts zusammenlegen und die Seitennähte schließen», deklamierte Rosi.

Uwe klappte in der Hüfte um und zippte links und rechts imaginäre Reißverschlüsse zu, die jedoch arg zu klemmen schienen.

«Nahtzugaben flach umbügeln …»

Er humpelte, wie er war, zu einer Kiste mit Kleiderbügeln und hängte sie an jede mögliche und unmögliche

Stelle. Uwe kannte da keine Zurückhaltung, und die Schnepfen kriegten sich fast nicht mehr ein. Rosi konnte vor Lachen kaum noch vorlesen.

«… und jetzt füßchenbreit absteppen», brachte sie gerade noch heraus, was Uwe dazu veranlasste, als schepperndes Ungetüm den Quasimodo-Fred Astaire zu geben.

In der gebückten Haltung zu steppen, beförderte sein Tanztalent jedoch ziemlich schnell ins Abseits und damit war die Vorstellung auch zu Ende. Schnaufend kam er hoch und hakte die Drahtbügel aus den Ohren.

«Oje, ich hoffe, ich habe dich nicht bei der Arbeit gestört?», fragte er, als er mich an der Tür entdeckte.

«Nicht im Geringsten.» Ich wedelte mit dem Blatt.

«Hier ist eine frohe Botschaft, aber ich glaube nicht, dass sie die Darbietung von eben noch toppen kann.»

«Lass hören!», rief Bärbel.

«Die Boutique La Jolie hat bestellt!» Ich las die Mail vor, und die Schnepfen johlten.

«Wieder a dreulose Domade, die reumütig zu uns zurückkommt!», rief Claudia. «Des werrn noch mehr, wedd'n?»

«Allmählich glaube ich es auch», sagte ich. «Und dann geht hier die Post ab. Apropos: Legt ihr heute Abend schon richtig los, Uwe?»

«Die anderen wollen sich zuerst die Bühne anschauen, und dann werden wir eine Runde improvisieren.»

«Wieso denn imbrovisieren?», fragte Leni. «Spielt ihr keine richdigen Stügge?»

«Doch», sagte Uwe. «Aber jetzt stellen wir erst mal eine Impro-Show zusammen. Habt ihr Lust, heute Abend mitzuspinnen? Jeder ist willkommen.»

«Naa, lass stegg'n», sagte Leni. «Ich hab daheim schon einen spinnerten Mann. Des reicht mir.»

Auch Bärbel und Claudia schüttelten den Kopf, aber Rosi nickte begeistert. «Und was ist mit dir, Nina?»

«Ich mache mit», sagte ich. Wenn mein Gebrauchtwagen-Leben schon an allen Enden ächzte und krachte, würde ich mich wenigstens hemmungslos amüsieren.

Gegen sechs kamen Uwes Mitstreiter in den Saal, und er stellte sie mir der Reihe nach vor.

Fiona arbeitete im täglichen Leben in einer Arztpraxis, Olli war Ingenieur, und Meta hatte eine Stelle an der Uni. Sie brauchte das Theaterspielen, *um sich von den Idioten dort zu erholen*, wie sie mir anvertraute. «Und ich meine nicht die Studenten.» Sie betrachtete das sauber geordnete Chaos der Schneiderei, die großen Arbeitstische mit den Nähmaschinen, die halb fertigen Entwürfe an den Schneiderpuppen und die Regale, in denen Garne, Stoffballen und all der andere Kleinkram lagerte, den die Schnepfen bei der Arbeit brauchten. «Stören wir auch wirklich nicht, wenn wir hier proben?»

Ich schüttelte den Kopf. «Kein bisschen. Wir sagen Bescheid, falls es zu viel wird.»

«Dann schau ich mir mal die Bühne näher an.» Während sie das sagte, zog sie schon mit Olli und Fiona den schweren Samtvorhang zur Seite.

«Das sieht ja toll aus!», rief Fiona. «Sag bloß, du hast das selber gemalt.» Sie zeigte auf das Bühnenbild, das Gustl damals für unsere erste Modenschau gemalt hatte: Es war ein sonnenbeschienenes Wiestal vor sanften Hügeln und grünen Wiesen – auf denen aus unerfindlichen Gründen Massen von bunten Ostereiern lagen.

«Irre, oder?», rief Uwe. «Das war Gustl, Ninas Nachbar.» Er zeigte auf die Bilder, die im Saal an den Wänden hingen. «Die gehen auch alle auf sein Konto.»

«Hammer!» Olli sprang von der Bühne und besah sich die bunten Schinken näher. «Ob der auch für uns ein Bühnenbild malen würde?»

«Frag ihn halt», sagte ich. «Aber zuerst muss das Stofflager im Kabuff geparkt werden, aber da …»

… muss erst noch geputzt werden, wollte ich hinzufügen, aber in diesem Moment klingelte mein Telefon, und Christians Name erschien auf dem Display. Katja brauchte ihn wohl gerade nicht. *Aus, Nina, sei nicht so boshaft!*

Ich riss mich zusammen und meldete mich, so freundlich ich konnte. «Hallo du! Wie geht's?»

In diesem Moment sah ich, wie sich Uwe und Olli mit den ersten unserer wertvollen Stoffballen auf den Weg in die Staubhöhle machten.

«Uwe, warte!», rief ich ihm hinterher.

«Ich dachte, dein Assistent heißt Patrick?», sagte Christian leicht pikiert.

«Uwe ist auch nicht mein Assistent», sagte ich.

«Ach. Und der soll auf dich warten?»

«Ja, unbedingt. Du, es ist gerade ganz schlecht, ich melde mich später, okay?»

Alles, was ich dann hörte, war ein «tüt-tüt-tüt!» Na toll.

Meine Stimmung machte sich umgehend auf den Weg in tiefste Katakomben, aber ich schaffte es, sie aufzuhalten. Das ging ja schon mal gar nicht. Ich hatte wohl das

Recht, meine Freizeit zu verbringen, wie ich wollte, und das würde ich mir jetzt nicht von einem eingeschnappten Mann verderben lassen. Sollte er doch alles mit Katja besprechen! Am besten bei ihrem Italiener.

Ich steckte mein Telefon in die Hosentasche und ging zu den anderen zurück. «Also, wo waren wir gerade stehengeblieben?»

Als das Kabuff gründlich entstaubt und geputzt war, packten wir die Stoffe in die Regale.

«Des is viel übersichtlicher wie vorher», freute sich Rosi und strich zärtlich mit der Hand über unsere Schätze, bevor wir die Tür hinter uns zumachten.

Auf der Bühne diskutierten Uwe und seine Freunde. Sie meinten es mit einem neuen Bühnenbild tatsächlich ernst.

«Wo wohnt denn dieser Gustl?», wollte Olli wissen.

Rosi zeigte zum Nachbarhaus. «Geh doch grad rüber und hol ihn her, Nina.»

Ich zögerte, denn ich dachte an den feindseligen Blick, mit dem Steffi mich gestern bei Gundi bedacht hatte, als Gustl beim Schnapstrinken mit mir angestoßen hatte.

«Ach geh», sagte Rosi. «Die Steffi hat die Sach von damals doch längst vergessen.»

«Da wäre ich mir nicht so sicher.»

«Jetzt wollen wir aber Details hören», sagte Uwe. «Am Ende ist es der entscheidende Kick für das irre Krippenspiel, mit dem wir nicht weiterkommen!»

Mit irre lag er schon mal gar nicht so falsch.

«Der Gustl war amol in die Nina vergnallt», erzählte Rosi. «Und die Steffi, mit der er auch a weng was laufen g'habt hat, war deswegen rasend eifersüchtig. Und wie er dann midd'n auf der Bühne vor der halbnaggerten Nina auf die Gnie gegangen ist …»

«Während der Saal schon voll war mit Besuchern für die Modenschau!», warf ich ein.

«… is die Steffi dazukommen, hat dem Gustl die Blumen aus der Hand gerupft und ihm den Strauß links und rechts um die Ohren geglatscht. A Bild für die Gödder war des.» Rosi kicherte.

«Jaja, sehr lustig. Seitdem kann die Steffi mich jedenfalls nicht mehr leiden», schloss ich die Geschichte ab. «Obwohl ich an diesem Abend mit Christian zusammengekommen bin.»

«Und du warst echt halb nackt?», fragte Uwe. Er grinste von Ohr zu Ohr. «Alles klar, dann gehe ich doch lieber selbst rüber. Und danke für die Inspiration.»

«Warte nur ab», erwiderte ich. «Wenn du lange genug in Wiestal bleibst, wirst du irgendwann inspiriert, bis dir die Sicherungen durchbrennen.»

Zehn Minuten später war Uwe mit Gustl, Bob und Ross wieder da.

«Grüß Godd, ich bin der Gustl!» Mein Nachbar, der seinen Karopullunder wie immer direkt auf der haarigen Haut trug, schüttelte Uwes Mitstreitern die Hand und freute sich sichtlich über die Aufmerksamkeit.

«Du hast also dieses interessante Bild gemalt?» Olli musterte Gustl wie ein Anthropologe, der eine neue Spezies Mensch entdeckt hatte.

Gustl nickte stolz. «Ich hab auch scho amol in Berlin ausg'stellt.»

«Das ist toll», sagte Fiona. «Aber hast du denn überhaupt Zeit für einen Auftrag? So als frischgebackener Vater von Zwillingen?» Sie schaute verliebt in den Wagen, und mir wurde klar, dass sie an das verrückte Krippenspiel dachte und die beiden am liebsten unter Vertrag genommen hätte.

«Meine Buben stört des gar ned», sagte Gustl. «Die soll'n ruhig amol a weng Dheaderluft schnubbern.»

«Ihr Stil gefällt uns so gut», sagte Uwe. «Aber im Augenblick wissen wir noch nicht genau, wo unser Stück spielen soll, im Schnee oder unter Palmen ...» Er schaute zweifelnd drein.

«Kei Dhema», befand Gustl. «Ich kann alles.»

«Aber jetzt stärken wir uns erst mal in der Küche mit Käse, Brot und Wein», sagte ich. «Sonst breche ich noch vor Hunger zusammen.»

«Der Typ ist ja abgefahren», flüsterte Meta und machte eine Kopfbewegung in Richtung Gustl. «Kann der von seiner Malerei leben?»

«Braucht er nicht», erwiderte ich. «Gustl hat mehr Geld als wir alle zusammen, seit er seine Ackerflächen zu Höchstpreisen verkauft hat. Und er hat ein Herz aus Gold.»

«Das glaube ich sofort», sagte Meta. Sie stellte Teller, Besteck und Gläser auf den Tisch, und ich machte mich im Kühlschrank auf die Suche nach den versprochenen Naturalien.

Olli nahm den Korkenzieher und machte ein paar Flaschen Wein auf. Er sah sich in der Küche um. «Dieses Gebäude hat so eine tolle Atmosphäre! Am liebsten käme ich zum Proben immer hierher.»

«Ihr seid jederzeit willkommen», sagte ich. «Ein bisschen Chaos mehr oder weniger macht das Kraut auch nicht mehr fett.»

Brot und Käse überlebten keine zwanzig Minuten, dann war alles bis auf den letzten Krümel verschwunden.

«Das Leben auf dem Land gefällt mir», sagte Uwe und strich sich zufrieden über den Bauch. «Es schmeckt alles einfach besser.»

«Dann setzen wir dich mal lieber auf Diät.» Fiona schmunzelte. «Nicht, dass du zu faul wirst.» Sie klopfte ihm freundschaftlich auf den Bauch.

«Ja, wir sollten rübergehen und loslegen», sagte er. «Schau es dir einfach mal an, Gustl. Ich bin gespannt, was du dazu sagst.»

«Soll ich etwas zum Impro-Theater erzählen?», fragte Meta, aber Uwe winkte ab.

«Das kommt am besten rüber, wenn man es sich anschaut.» Er trank einen Schluck Wein und stand auf. «Dann wollen wir mal!»

Rosi, Gustl und ich schauten fasziniert zu, was die vier auf die Bühne brachten. Nach einer kleinen Aufwärmrunde, in der sie ein Bügeleisen auf jede erdenkliche Art zweckentfremdeten, ging es mit einer Gromolo-Nummer weiter, wie Uwe und Gundi sie im Lokal gespielt hatten. Fiona und Meta spielten eine Szene beim Friseur, bei der Olli den jeweiligen Wechsel der Sprache mit der Trillerpfeife bestimmte.

«Des ist fei subber!», rief Gustl lachend. «Erst hab ich gedacht, des wär bloß a Schmarrn, aber des g'fällt mir echt gut.»

Seine Söhne waren allerdings weniger angetan. Als die

Spieler mit der nächsten Szene weitermachen wollten, begann Bob (oder Ross?) zu weinen, und der Bruder stimmte umgehend in das Heulkonzert mit ein.

«Könnt mer a weng a Pause machen?», fragte Gustl. «Die Buben brauchen was zum Fuddern, und ich möcht nix verbass'n.»

«Na klar!», sagte Uwe. Er sprang von der Bühne und hatte im nächsten Moment eins der Babys im Arm.

«So, und du grichst den Ross.» Gustl hielt Fiona das zweite Kind hin. Dann nahm er zwei volle Babyfläschchen und ging in die Küche, um sie warm zu machen. «Ned fallen lassen, gell? Ich bin gleich wieder da!»

Wir setzten uns mit den Babys auf den Bühnenrand.

«Ist das nicht wahnsinnig anstrengend, so zu spielen?», fragte ich. «Man weiß ja nie im Voraus, wie die Szene sich entwickeln wird.»

«Genau das ist doch das Tolle», sagte Olli. «Im Leben ist schon so vieles vorbestimmt. Man geht in die Schule, macht den Abschluss, dann kommt eine Ausbildung oder das Studium, Arbeit, Arbeit, Arbeit, und irgendwann fällt man in die Kiste, und das Leben ist vorbei.»

«Es ist total spannend zu sehen, was passiert, wenn man seine Phantasie von der Leine lässt. Und was die Kollegen daraus machen», meinte Meta.

«Und es gibt nichts Schöneres als den begeisterten Applaus nach einen Abend auf der Bühne», schloss Uwe, während er für Bob wilde Grimassen schnitt.

«Ihr seid ned nur brima Dheaderspieler, ihr seid auch gude Babysidder», sagte Gustl, als er aus der Küche zurückkam. Er drückte Fiona und Uwe je eine Flasche in die Hand. «Etzt schön in die Armbeuge legen und schau'n, dasse ned zu schnell trinken.» Dann setzte er sich mit einem Block neben mich. «Ich muss amol schnell a baar Skizzen machen. Ich hab schon Ideen!»

Während die Zwillinge zufrieden nuckelten, schaute Rosi Uwe mit zärtlichem Blick an. «Fei schad, dass mir uns so spät kenneng'lernt hamm», sagte sie leise zu mir. «Ich glaub, der wär a guder Vadder g'wesen.»

Als gegen zehn Uhr alle verschwunden waren, spürte ich plötzlich, wie müde ich war. Ich räumte die letzten Teller in die Spülmaschine und warf sie an.

Jetzt würde ich noch ein paar Takte mit Christian plaudern und dann hoffentlich wie ein Stein ins Bett sinken. Doch mein Plan ging nicht auf.

«Dies ist die Mailbox von Christian Lodes», teilte Christians Stimme mit. «Hinterlassen Sie bitte eine Nachricht, ich rufe Sie umgehend zurück!»

Ungläubig starrte ich auf mein Handy. Seit wann schaltete er sein Handy schon um diese Zeit aus?

Seit er wieder mit Katja zusammen ist, ätzte eine Stimme in meinem Kopf. Erst waren sie bei ihrem Italiener und dann sind sie zu einer Beschäftigung übergegangen, bei der sie nicht gestört werden wollen.

Da jetzt auch schon alles egal war, sah ich auf der Homepage von Lagenlook nach, ob inzwischen noch mehr unserer unveröffentlichten Modelle angeboten wurden, konnte aber keine neuen Katastrophen entdecken. Was auch logisch war, denn der Trachtenhutspion war ja auch erst vor sechs Tagen zum zweiten Mal bei uns eingebrochen. So schnell konnte man die geklauten Entwürfe nicht kopieren. Was würde ich dafür geben, diesen Mann zu erwischen. Dann könnten wir der Sache sofort einen Riegel vorschieben, anstatt mit dieser Unterlassungsforderung eine weiche Welle zu fahren.

Ich schloss die Augen und versuchte mir das Gesicht des Mannes vor Augen zu holen. Zweimal hatte ich ihn gesehen: zuerst in der Gaststube und später, als ich mit Patrick in mein Arbeitszimmer hinaufgehen wollte, auf der Treppe. Doch es gelang mir nicht. Einzig das Bild seines Smartphones kam mir in den Sinn. Und wie er sich mit dem Daumen durch die Bilder scrollte.

«Überall Aufnahmen machen, aber sich selber nicht filmen lassen wollen», sagte ich wütend.

Moment mal!

Wo waren die Aufnahmen, die Marie und Mario an diesem Tag gemacht hatten?!

Vierzehn

Die Vorhersage für Freitag, den 25. Oktober:
Örtlich Kommunikationsprobleme. Insgesamt ist die Lage angespannt bis gereizt.

Kaum hatte ich mich an diesem Morgen mit einer großen Tasse Kaffee an den Schreibtisch gesetzt, ging die Tür auf, und Patrick kam herein.

«Einen wunderschönen guten Morgen!»

«Selber guten Morgen!» Dafür, dass er gestern mit einer Magen-Darm-Grippe im Bett gelegen hatte, sah er erstaunlich frisch aus. Das war wohl das Privileg der Jugend. «Schon wieder auf dem Damm?»

«Aber hallo!» Er setzte sich und packte seine Sachen aus. «Ich habe mich ins Bett gepackt und bis heute früh um fünf geschlafen. Dann war ich wieder fit und hatte eine supergute Idee für unsere Homepage.»

«Das ist schön, aber erst mal habe ich eine ganz andere Bitte: Ich habe gestern den ganzen Computer durchforstet, aber alles, was Marie und Mario bisher an Filmaufnahmen gemacht haben, scheint sich auf deiner Festplatte zu befinden.»

«Hier ist sie», sagte Patrick und zog das Teil schwungvoll aus dem Rucksack.

Ich atmete auf. «Ein Glück! Such doch bitte die Aufnahmen, die die beiden an deinem ersten Tag in der Gaststube gemacht haben. Dort wirst du jemanden finden, den du in den letzten Tagen wie die Stecknadel im Heuhaufen gesucht hast.»

Patrick machte große Augen. «Dass mir das nicht selbst eingefallen ist!», rief er.

Zehn Minuten später hatten wir ihn auf dem Bildschirm, den Finsterling mit dem Trachtenhut. Im wahrsten Sinne, denn er hatte sich den Hut vors Gesicht gehalten, sobald Mario die Kamera auf ihn gerichtet hatte. Lediglich seine Frau und seine Tochter waren gut im Bild. Und wir hatten natürlich die Stimmen.

«Ob uns das allein weiterhilft?», fragte ich zweifelnd.

«Aber klar!», rief Patrick. «Wozu gibt es Gesichtserkennung? Wenn die Frau auf Facebook ist, haben wir sie im Nu!»

Patricks sofortige Suche war zwar vergebens, doch er ließ sich nicht entmutigen. Er entwickelte ein richtiges Jagdfieber, und ich fand es rührend, wie er sich für unsere Sache einsetzte.

«Dann schaue ich eben, ob ich sie sonst im Netz entdecke. Das wird aber dauern, ich muss mich erst einarbeiten.»

«Nimm dir so viel Zeit, wie du brauchst. Und sollten wir den Typen mit deiner Hilfe dingfest machen und Lagenlook verklagen können, kannst du mit einem superfetten Bonus rechnen, so viel steht fest.»

Während Patrick im Netz auf Gangsterjagd ging, widmete ich mich unserem nächsten Newsletter. Denn auch wenn die Chance, die Konkurrenz auszuschalten, nun greifbar nah war, würde ich in Sachen Eigenwerbung nicht mehr lockerlassen und weiterhin auf das Thema «Qualität und Handwerk» setzen.

Ich nahm mir das Foto eines unserer Wickelröcke. Der Schnitt hatte ein paar Spezialnähte, die das Teil in eine leichte Glockenform brachten, die nie verrutschte. Man das Bild könnte so bearbeiten, dass die entscheidenden Details per Mausklick vergrößert werden können, überlegte ich. Dann sähe die Kundin wie mit einer Lupe die sorgfältige Verarbeitung. Das würde zusätzliches Vertrauen in unsere Produkte schaffen und den Preis rechtfertigen.

So könnte man in jeder Newsletter-Ausgabe eine anderes Kleidungsstück vorstellen. Ich vertiefte mich gerade in einen Ordner mit Fotos, um weitere Kandidaten herauszusuchen, als plötzlich mein Handy und das Festnetztelefon im Duett klingelten. Ein Blick auf die Displays brachte mich in Teufels Küche: Christian auf dem Handy und eine Düsseldorfer Kundin auf der anderen Leitung.

«Geh doch bitte kurz ran», bat ich Patrick, während ich mit dem Handy hinausging.

«He du, kann ich dich gleich zurückrufen?», fragte ich Christian. «Eine wichtige Kundin ist auf der anderen Leitung, und Patrick hält sie solange hin.»

«Ich denke, der Typ heißt Uwe?»

Ich holte tief Luft. «Ich erkläre es dir gleich. Jetzt muss ich mich aber um diese Frau kümmern, denn wir brauchen jede Bestellung. Bis gleich!»

Ich ging wieder hinein und stellte fest, dass Patrick seine Aufgabe als Telefonist mit viel Charme erledigte:

«Ich kann mir lebhaft vorstellen, wie sehr Sie sich nach einem ruhigen Tag sehnen. Ja, wem geht das nicht so? Aber wissen Sie was? Ich sehe gerade, dass Frau Lindner nun für Sie da ist», sagte er. «Viel Erfolg beim Umbau, Frau Hertel. Wiederhören!»

Er drückte mir das Telefon in die Hand und kritzelte etwas auf die Schreibtischunterlage: Handwerkerärger, Nerven am Ende, Angestellte dauerkrank.

«Guten Morgen, Frau Hertel», sagte ich munter. «Scheint die Sonne bei Ihnen in Düsseldorf auch so schön wie bei uns in Wiestal?»

Tat sie leider nicht. Dafür erzählte mir Frau Hertel vom Umbau ihres Ladens.

«Haben Sie denn gute Handwerker, die Ihnen zuverlässig zur Seite stehen?», sagte ich mit einem Blick auf die Notizen. «Wenn ich an die Renovierungsarbeiten des Hauses hier denke, wird mir heute noch schlecht. An manchen Tagen ging es nur drunter und drüber.»

Damit hatte ich das richtige Stichwort gegeben. Frau Hertel schüttete mir ihr Herz aus über die Unpünktlichkeit und schlechte Leistungen der Baufirma und das fehlende Pflichtbewusstsein ihrer Verkäuferin.

«Zum Glück stehen wir Ihnen verlässlich zur Seite», leitete ich zehn Minuten später zu einem wichtigeren Thema über. Und hatte bald eine umfangreiche Bestellung notiert.

Guten Mutes lehnte ich mich zurück und ließ mir die Sonne aufs Gesicht scheinen. Wir würden es schaffen! Davon war ich immer mehr überzeugt.

Neben mir fing der Drucker zu rattern an.

«Im Netz komme ich einfach nicht weiter», sagte Patrick. «Ich würde gern mit ein paar Standbildern, auf denen die Frau und die Tochter gut zu sehen sind, noch einmal zu den Pensionen gehen, die ich letzte Woche aufgesucht habe. Vielleicht erinnert sich ja jetzt jemand an diese Gäste.»

«Du hast absolut freie Hand», sagte ich. «Und danke, dass du dich so reinhängst.»

«Kei Dhema», grinste mein junger Assistent. «Die Suche macht mir sogar Spaß. Vielleicht sattle ich um und werde Privatdetektiv.»

Er schnappte sich die Fotos und seinen Rucksack und war verschwunden.

Jetzt war aber endlich Christian dran. Und ich hoffte, dass dieses Telefonat zur Abwechslung mal erfreulich verlief.

«Das hat ganz schön lange gedauert», meldete er sich. «Jetzt habe ich keine Zeit mehr zum Telefonieren.»

Hallo?! Jetzt hatte *ich* aber mal genug!

«Es ging nicht anders. Du fertigst doch wichtige Kunden auch nicht im Eiltempo ab, oder?!» *Tief durchatmen, Nina.* Wir sind alle im Augenblick etwas gereizt. Alles wird gut.

«Das habe ich nicht behauptet», brummte Christian. «Aber bei dir gibt es neuerdings immer einen Uwe oder einen Patrick oder wen auch immer, der wichtiger ist als ich.»

Es lag mir auf der Zunge, Katja zu erwähnen, aber ich riss mich zusammen. Ich hasste es, solche Streitereien am Telefon zu klären. Also schwieg ich, während es in mir wie in einem Hexenkessel brodelte.

Christian schwieg ebenfalls. Nach einer Weile wurde es mir zu blöd. «Machen wir es doch so», sagte ich bemüht ruhig und sehr, sehr freundlich. «Du meldest dich, wenn du Zeit hast, und dann reden wir in Ruhe über alles.»

Ich legte mein Handy auf den Tisch und stellte mich

ans Fenster. Die Sonne schien, aber ich konnte mich nicht darüber freuen.

War es wirklich zu viel verlangt, dass Christian sich trotz des Kummers mit Julian auch mal in meine Situation hineinversetzte? Nein, war es nicht, fand ich. Ich erging mich noch eine Weile in Selbstmitleid, dann gab ich mir einen Ruck und ging hinunter in die Schneiderei. Auf dem Weg kam ich an einer Reihe von Onkel Huberts Stickereien vorbei.

Wenn Trübsal einkehrt, nicht verzage, es kommen wieder bess're Tage, hatte er in Kreuzstich festgehalten.

Bei den Schnepfen drehte sich alles ums Improvisieren, und es wurde heiß diskutiert.

«So a Schmarrn!», rief Claudia. «Mer kann doch ned einfach auf die Bühne geh'n, ohne dass mer weiß, was mer dort machen oder sagen soll.»

«So frei isses etzt auch wieder ned», sagte Rosi. «Es gibt ganz verschiedene Spiele, verstehst? Und a jedes hat seine eigenen Regeln.»

«Und wie sprechen die sich dann ab, über welches Dhema se rumkaschbern woll'n?», wollte Leni wissen.

«Des ist die Rolle vom Bublikum. Die werrn nach Dhemen g'fragt und dürfen oft auch bestimmen, wo des Ganze spielen soll», sagte Rosi. «Wieso kommt ihr ned morgen amol zu den Broben? Des ist fei richdig lustig. Oder, Nina?»

«Kann ich nur empfehlen», sagte ich. «Und hier ist fei noch was Schönes. Eine fette Bestellung von Frau Hertel aus Düsseldorf!» Schwungvoll legte ich das Blatt auf Claudias Tisch. «Könnt ihr mal schauen, wann wir liefern können? Ich habe versprochen, es ihr bald zu sagen, damit sie planen kann. Sie ist mit den Nerven ziemlich am Ende.»

«Dann simmer scho zu zweit», brummte Bärbel neben mir.

«Wieso? Was ist los?» Bärbel war in der Regel die Ausgeglichenste der vier Schnepfen.

«Der Ernst glaubt, dass er grank wird.»

«Uuuh, anstrengend.»

«Naa, un-er-dräg-lich», verbesserte Bärbel mich. «Er vermudet nämlich was ganz Schlimmes.»

Ich grinste. «Schnupfen? Das kann bei Männern einen tödlichen Verlauf nehmen!»

Bärbel sah mich an wie ein Blutvergießer. «Wenn's dödlich verlaufen sollt, kannst mir die Schuld geben. Der hat mir den ganzen Weg hierher vorg'jammert, dasser wegen seiner Grankheit beim Einkaufen was ganz Wichtiges vergessen hat.» Sie seufzte tief. «Ich könnt wahnsinnig werrn!»

«Da kann ich helfen. Beim Einkaufen, meine ich. Das hatte ich heute nämlich sowieso auf dem Zettel», sagte ich.

Ernst ließ sich, sobald er mich sah, auf die Eckbank sinken und verzog stöhnend das Gesicht. «Mir geht's fei gar ned gut.»

«Du Armer.» Ich setzte mich zu ihm. «Was fehlt dir denn?»

Aus der Zeit meiner Ehe wusste ich, dass es besser war, einfühlsam auf das jeweilige Männerleiden einzugehen. Ein saloppes Jetzt hab dich nicht so, das wird schon wieder konnte zu sofortiger Bettlägerigkeit führen, während Anteilnahme das Elend um Stunden, wenn nicht um Tage verkürzte.

«Ich hab da so a ganz komisches Bitzeln in der Nas», sagte Ernst theatralisch. «Und in den Ohren brummt's.»

«Das klingt ja furchtbar. Hast du dich vielleicht verkühlt?» Ich legte mein ganzes Mitgefühl in die Worte.

«Kann gut sein», seufzte unser Koch. «Ich bin ziemlich empfindlich, weißt?»

Welcher Mann war das nicht? Sogar Christian, der sonst hart im Nehmen war, wurde quengelig, wenn er nur das Gefühl hatte, einen Schnupfen zu bekommen.

«Hast du denn sonst noch Beschwerden?», fragte ich. «Vielleicht kann ich dir ein homöopathisches Mittel geben.»

«Ob des bei mir hilft … Mir is insgesamt so komisch. Im Rücken zieht's mir runter bis zum Gesäß.»

So genau wollte ich es nun auch nicht wissen.

«Weißt du was? Du machst heute einfach mal einen freien Tag», sagte ich. «Ich hole beim Metzger Leberkäse und Kraut, und dazu gibt es frische Brötchen. Das schmeckt allen und geht ganz schnell. Ich muss sowieso fürs Wochenende einkaufen.»

«Naa, des geht ned!» Ernst war sofort wieder auf den Beinen. «Es gibt heut Lasagne! Die Soß ist scho fast ferdig.»

«Kann ich dir denn trotzdem irgendwie behilflich sein?»

«Ich hab vergessen, Lasagnenudeln zu kaufen», gestand er kleinlaut. «Könntest du mir die mitbringen?»

«Welch' Drama, wenn man das vergisst, was für die Lasagne am wichtigsten ist», sagte ich feierlich.

«Ist des ein Spruch vom Hubert?», fragte Ernst misstrauisch.

«Nein, der ist von mir. Bis später!»

Normalerweise ging ich am frühen Nachmittag in den Supermarkt. Dann waren die Leute, die fürs Mittagessen einkauften, bereits verschwunden und diejenigen, die abends kochten, noch nicht unterwegs.

Da es aber wenig Sinn machte, die Nudeln nach dem Mittagessen abzuliefern, stürzte ich mich todesmutig in die erste Schicht und verfluchte Ernsts Vergesslichkeit bereits nach wenigen Metern.

Heute war allem Anschein nach «Tag des Großeinkaufs» sowie «Tag des Supermarktbummels für ältere Paare». Doch damit nicht genug: Seit ich vor einer Woche hier war, hatten sämtliche Artikel einen neuen Regalplatz. Die Umräumaktion war am Eingang mit einem Plakat angekündigt: «Sie sind uns wichtig. Jetzt noch übersichtlicher.»

Das Mehl hatte mit den Sauerkonserven getauscht, die Marmelade stand nun dort, wo sonst die Eier lagen, und anstelle von Spaghetti & Co fand ich alles für den Hund. Nach einigem Suchen befürchtete ich, dass die Nudeln ganz aus dem Sortiment geflogen waren, denn ich konnte sie nirgends entdecken.

«Die Lasagneblätter …» Die Verkäuferin runzelte die Stirn. «Früher waren die da, wo …»

«Wo jetzt das Hundefutter liegt», kürzte ich die Nummer ab. «Aber wo sind sie jetzt?»

«Keine Ahnung», gestand die Frau. «Mir sinn selber kurz

vorm Durchdreh'n. Frau Hufnagel! Weißt du, wo die Nudeln g'landet sinn?»

«Da drüben!» Die Kollegin, die Zucker ins Regal räumte, wies in die Richtung, wo sonst die Gewürze waren. «Dridder Gang links!»

«Dangge», sagte ich. «Gab es denn einen Grund, alles umzustellen?»

Die Angestellte zuckte die Schultern. «Des bassiert immer amol, dass so a Anweisung von oben kommt. Die sagen, dasses übersichtlich sein soll, aber wenn's mich fragen, ich weiß fei ned.»

In diesem Moment fiel mir die Erklärung selber ein: Wahrscheinlich fühlte einer der Herren da oben so ein Bitzeln in der Nase. Vielleicht hatte er sogar so ein seltsames Brummen in den Ohren. Da kam man schon mal auf dumme Ideen ...

Dank Frau Hufnagel fand ich die Nudeln, und während ich überlegte, wie viele Packungen wir brauchen würden, schoben zwei Frauen ihre Einkaufswägen an mir vorbei.

«Hastes scho g'hört?», sagte die eine. «Die Kathi und der Chrissi sinn fei wieder zusammen.»

Mein Magen verknotete sich zu einem Klumpen.

«Is ned wahr!» Ihre Freundin kam aus dem Staunen nicht heraus. «Jetzt erzähl! Wie is denn des bassiert?»

«Sie wundern sich ja selber», sagte die Blonde und nahm eine Dose Tomaten aus dem Regal. «Das war so ...» Erzählend schob sie den Wagen durch den Gang, und ich nahm die Verfolgung auf.

«Die hamm sich zufällig wieder gedroff'n und festg'stellt, dasse sich eigentlich richtig gut versteh'n. So mit a baar Jahren Abstand, verstehst?»

«Ja, und dann?»

«Dann hamm se beschloss'n, dasses noch einmal miteinander versuchen. Ich freu mich so für die zwaa.»

Mehr Einzelheiten ertrug ich nicht. Ich fuhr meinen Wagen in Windeseile in Richtung Kasse. Aber dort bereute ich sofort, dass ich geflüchtet war. Was, wenn es sich wirklich um meinen Chrissi handelte! Das wäre zwar schrecklich, aber wenigstens wüsste ich dann Bescheid. Ich sauste zurück, aber die beiden Frauen hatten inzwischen das Gesprächsthema gewechselt.

Wie ferngesteuert zahlte ich und schob die Einkäufe über den Parkplatz zum Auto.

Ich kam erst wieder zu mir, als jemand hinter mir auf die Hupe drückte. Ich sprang zur Seite und sah den Wagen hinterher. Ein Golf, der hinten einen großen Aufkleber hatte: **I ♥ NUDELN**.

Verdammt. Ich hatte die Lasagne vergessen.

Fünfzehn

Die Vorhersage für Sonntag, den 27. Oktober:

Am Morgen Aufzug befremdlicher Perspektiven. Im Bühnenbereich kommt es zu wechselnder Hängung in unterschiedlichen Höhen. Insgesamt wirr.

«Das ist nicht dein Ernst, oder?»

«Nein, Mama, das ist Gundi. Von Ernst haben wir erst ein paar kurze Szenen, aber er steht ganz oben auf unserer Liste für die Herbstferien. Dann erwischen wir ihn endlich mal beim Kochen.» Marie grinste breit. «Jetzt mach doch nicht so ein Gesicht.»

«Wenn ich ganz ehrlich bin, mir gefällt das alles gar nicht», sagte ich, während ich verfolgte, wie Marie das gefilmte Material auf die neue Festplatte überspielte.

«Das ist nur zum Üben», sagte Marie. «Ich zeige dir das mal.» Sie öffnete ein Programm und wählte eine Datei aus. «Schau, das ist der Tag an dem Ernst dieses schreckliche Gericht gekocht hat.» Die Szene zeigte, wie Claudia vorsichtig von der Soße probierte und dann angewidert das Gesicht verzog.

«So. Und daran kann ich verschiedene Effekte ausprobieren.» Marie drückte ein paar Tasten, und Claudias Grimasse wiederholte sich vor- und rückwärts, vor- und rückwärts. Wider Willen musste ich lachen.

«Genau deshalb heben wir den Quatsch auf.» Marie wählte eine weitere Szene aus. Sie zeigte, wie Leni eine

Schneiderpuppe anzog und zum Schluss ihren Allerwertesten direkt in die Kamera hielt.

«Hier bietet sich Folgendes an.» Marie ließ das Ankleiden der Schneiderpuppe zuerst vor- und zurücklaufen. «Und jetzt: BUM!» Lenis Hintern wurde herangezoomt. Er füllte den ganzen Bildschirm aus.

Ich kicherte. «Wenn sie das jemals zu Gesicht bekommt, bringt sie dich um. Das weißt du schon, oder?»

Marie zuckte lässig die Schultern. «Keine Bange, das bleibt in der Familie und wird gelöscht, sobald wir den Dreh raushaben.»

Ich rollte mit meinem Stuhl näher an den Bildschirm. «Und was ist das hier?»

«Das sind Verfremdungseffekte. Den Bogen haben wir jetzt auch schon raus, schau.» Marie klickte auf eine Datei.

Zuerst sah man, wie Gundi mit entsetztem Gesicht den Mund auf- und zumachte und nach unten schaute. Dann machte die Kamera einen Schwenk zu Ernst, der auf dem Boden kniete und Gundi den Rosenstrauß entgegenstreckte.

«Das sieht fast aus wie in einem alten Stummfilm», sagte ich. «Fehlt nur noch das Klaviergeklimper.»

«Ja! Und Texttafeln zwischen den Einzelszenen!» Marie strahlte. «Das ist eine super Idee. Das versuche ich gleich mal.»

Während Marie sich weiter voller Elan dem Filmexperiment widmete, räumte ich meinen Schreibtisch auf. Bis sie einen begeisterten Schrei losließ.

«Schau mal, das ging ganz einfach!» Stolz ließ sie die geänderte Gundi-Walter-Szene in Schwarzweiß ablaufen. Das Ergebnis konnte sich wirklich sehen lassen.

«Ich habe sogar Filter gefunden, mit denen man Effekte von alten Kameras erzeugen kann», sagte sie entzückt. «Dadurch wechselt die Bildschärfe, und die Belichtung flackert. Siehst du? Und man kann Kratzer und Staub über die Szene legen. Das klappt zwar noch nicht so richtig, aber da frage ich Patrick morgen gleich mal.»

Plötzlich verdüsterte sich ihre Miene. «Julian würde das auch Spaß machen. Armer kleiner Pirat. Hat Christian schon gesagt, wann er aus dem Krankenhaus entlassen wird?»

«Das scheint ziemlich kompliziert zu sein», sagte ich. So wie das Verhältnis zwischen Christian und mir.

«Ob wir Julian mal anrufen können?»

«Das wird auf der Kinderabteilung nicht gern gesehen. Schon gar nicht an Sonntagen.» Und von Telefonaten mit Christian hatte ich auch die Nase voll. Nach dem ätzenden Gespräch von vorgestern hatten wir keinen Kontakt mehr gehabt. Und obwohl mir die Sache wie ein Wackerstein im Magen lag, dachte ich nicht daran, mich bei ihm zu melden. Ich hatte nicht das geringste Bedürfnis, mich noch mal so dumm anreden zu lassen.

«Aber wir könnten ihm ein Päckchen schicken», sagte Marie. «Mir hat jemand von einem lustigen Kinderbuch für Jungs erzählt. Da geht es um zwei Freunde, die zusammen einen Zeichentrickfilm machen möchten.»

Ein paar Klicks später hatte sie es im Netz gefunden: «Locker bleiben, Leute» von Dagmar Geisler. Wir bestellten das Buch gleich online bei unserer Buchhandlung.

«So, und jetzt führe ich dir noch das Intro vor, das wir für den Werbefilm gemacht haben.»

Das gelbe Ortsschild von Wiestal erschien auf dem Monitor, dann die sonnige Hauptstraße, hübsche Fachwerkhäuser und gepflegte Gärten. Aufnahmen einer heilen Welt, ganz ohne Riesenhintern und Grimassen schneidende Leute.

«Siehst du?», sagte Marie stolz. «Wir können auch anders.»

Normalerweise konnte ich grauen, stürmischen Herbsttagen durchaus etwas abgewinnen. Ich liebte den Geruch von nassem Laub, konnte Stunden damit verbringen, Pilze zu sammeln, und genoss es, mich anschließend mit einem spannenden Buch auf der Couch zusammenzurollen.

Doch so, wie die Dinge mit Christian standen, drückte dieser regnerische Tag gewaltig auf meine Stimmung, und ich war heilfroh, als die Theatergruppe Punkt fünf vor der Tür stand.

«Heute legen wir richtig los», verkündete Uwe.

«Wunderbar», sagte ich. «Es haben sich nämlich Zuschauer angesagt.»

«Wie viele Busse voll?»

Ich schmunzelte. «Nur Rosis Kolleginnen und Gundi und Walter. Und es kann sein, dass Gustl vorbeikommt.»

«Auch wunderbar», sagte Meta und umarmte mich herzlich. «Ich hoffe, du bist ebenfalls mit von der Partie?»

«Das kannst du aber glauben. Ich werde mich mit einem gepflegten Rotwein dazusetzen und mich amüsieren, bis der Arzt kommt.»

«Apropos Rotwein: Wir haben Nachschub dabei.» Meta

zeigte auf Fiona und Olli, die Weinkartons in die Küche trugen. «Und zwar einen, der genau zu dir passt.»

Sie hielt mir eine der Flaschen hin: Es war ein Douro aus Portugal.

Ich sah sie gerührt an. «Ihr seid ja verrückt.»

«Auch nicht verrückter als ihr Wiestaler», sagte Meta grinsend. «Aber du bist wie dieser Wein, ob du es glaubst oder nicht.»

Auf dem wunderschön mit Reimen und Illustrationen von Wilhelm Busch gestalteten Etikett stand *Fabelhaft*.

Zum Anlass unserer ersten Modenschau hatten wir eine Menge Klappstühle gekauft, und als die Schnepfen eingelaufen waren, holten wir einige davon aus dem Schuppen.

«Ihr könnt sie ruhig näher an die Bühne rücken», sagte Uwe.

«Aber nur, wenn ihr ned mit Wasser spritzt oder andere Scherze vorhabt», sagte Leni. «Ich war fei gestern beim Friseur!»

«Bei uns spritzt nur der Witz», sagte Fiona. «Und wenn wir gut sind, die Lachtränen.»

«Da bin ich etzt amol g'spannt …» Claudia traute dem Ganzen immer noch nicht. «Wenn's mir ned g'fällt, geh ich fei wieder heim, gell!»

«Wir nehmen keine Geiseln», versprach Olli. «Und weinen auch nicht, wenn du uns doof findest.»

«Des ist a guder Ansatz», fand Gundi, die inzwischen mit Walter, Marie und Mario den Saal betreten hatte. «Dann zeigt amol, was ihr könnt!»

Als alle saßen, dimmte ich das Licht im Saal. Uwe trat auf die hell erleuchtete Bühne.

«Herzlich willkommen zum neuen Programm der Theatergruppe Rampensau, meine Damen und Herren. Es ist unfassbar, wie viele Leute heute Abend den Weg nach Wiestal gefunden haben.» Er spähte in den fast leeren Saal. «Kein Platz mehr frei. Dann wollen wir Sie nicht länger warten lassen. Bitte begrüßen Sie unsere Spieler mit einem donnernden Applaus!»

Wir klatschten begeistert, als Olli, Fiona und Meta auf die Bühne sprangen, sich an die Hände fassten und verbeugten.

«Für das erste Stück, den Werbeblock, hätten wir gern Stichworte von euch», sagte Meta. «Für mich bitte ein Nahrungsmittel oder ein Gericht.»

«Lasagne!», rief Bärbel. Wir lachten.

«Saure Zipfel!», rief ich.

«Das nehme ich», sagte Meta und stellte sich wieder zu den anderen.

Nun trat Olli einen Schritt vor. «Ich hätte gerne ein wildes Tier.»

«Ein Löwe!», rief Gundi.

«Wildschwein», sagte Marie.

«Ein Wildschwein. Perfekt», sagte Olli und ließ Uwe den Vortritt.

«Ich brauche ein Geschenk, das ihr schon mal zum Geburtstag bekommen habt.»

«Ein Gutschein», sagte Rosi.

«Blumen», sagte Claudia.

«Stützstrümpfe», schlug Bärbel vor.

«Im Ernst?» Rosi sah sie mit großen Augen an.

«Naa, ned vom Ernst», kicherte Bärbel. «Von meiner Schwiegermudder!»

«Stützstrümpfe finde ich gut», sagte Olli.

«Und ihr habt mir ein wunderbares Stichwort gegeben», sagte Fiona. «Ich brauche etwas, das ihr der Schwiegermutter schon immer mal schenken wolltet! Na? Was wäre das?»

«Einen Besuch beim Friseur», rief ich, weil ich an die zotteligen Haare meiner Exschwiegermutter dachte.

«Gute Laune!», schlug Leni vor. Wieder lachten alle, und Fiona schnippte mit den Fingern. «Gebongt!»

«Wir zählen ein!», rief Rosi, die schon einige Proben miterlebt hatte.

«Fünf, vier, drei, zwei, eins, LOS!», riefen wir.

Meta machte den Anfang und trat einen Schritt vor: «Willkommen bei der Firma Saure Zipfel und Co KG. Bei uns bekommen Sie jede erdenkliche Art von Zipfeln. Denn wie Sie sicherlich wissen, meine Damen und Herren, sauer ist nicht gleich sauer. Gerade …»

«Gerade bei Schwiegermüttern kann der Säuregrad enorm variieren», unterbrach Fiona. «Daher bieten wir unsere *Gute Laune* in verschiedenen Stärken an, beginnend mit dem Modell Mini, das sich …

«… hervorragend für Wildschweine im Frühling eignet», machte Olli weiter. «Zu dieser Jahreszeit liegt das Tier depressiv in seiner Kuhle …»

«… und die Thrombosegefahr steigt stündlich», rief Uwe. «Da ist es wichtig, dem Racker ein paar gut gearbeitete Stützstrümpfe für seine haarigen Haxen zu verpassen. Es gibt reizende Modelle für jede Sau! Vielleicht kommt …»

«… auf diese Weise ja auch der Appetit zurück», sagte

Meta. «Unsere sauren Zipfel sind der Stimmungsaufheller für die Wildsau im Frühling. Denn sauer macht lustig! Ein bis zwei Zipfel täglich bewirken …»

«… auch bei Ihrer Schwiegermutter wahre Wunder! Aber die Geschichte der guten Laune ist eine Geschichte voller Missverständnisse! Führen Sie zusätzlich *Gute Laune Super Plus* ein …», Fiona legte zwei Finger in die Handfläche der anderen Hand und schloss sie sanft «… damit die Alte sauber und diskret aufläuft.»

Claudia machte ein schockiertes Gesicht, während wir anderen uns vor Lachen die Bäuche hielten.

«Aber Vorsicht: Bei unsachgemäßer Anwendung steigert sich die gute Laune ins Unerträgliche. Dann kommt unser Einzelstrumpf *Klappe halten* zum Zuge», sagte Uwe mit todernster Miene. «Er wird der Betroffenen über den Kopf gezogen, und schon …»

«… hat auch das Wildschwein Sendepause und kann in aller Ruhe seine Depressionen pflegen.» Olli ließ sich in grotesker Pose zu Boden gleiten und röchelte.

«Aufhören!», rief Leni. «Ich kann nimmer!» Sie wischte sich die Tränen vom Gesicht. «Könnt ihr ned amol bei meiner Schwiegermudder auftreten?»

«Nur, wenn sie als Wildsau verkleidet vor ihrer Haustür herumliegt», sagte Olli mit ernster Miene.

«Und wir stützgestrümpfte saure Zipfel serviert bekommen», kicherte Meta.

«Des is vielleicht a Schmarrn!», moserte Claudia.

Leni stieß sie in die Rippen. «Aber es macht doch auch a weng Spaß, oder?»

«Ihr seid ein tolles Publikum», sagte Uwe. «Wollt ihr noch mehr?»

«Jaaa!»

«Okay. Für die nächste Szene brauchen wir wieder eure Hilfe.»

«Hilfe bräucht ich auch!» Gustl schob den breiten Zwillingswagen in den Saal. Doch heute diente er nicht als Transportmittel für Bob und Ross, sondern war voller Bilderrahmen.

«Was ist denn passiert?» Meine erste Sorge war, dass Steffi ihn vor die Tür gesetzt hatte.

«Die Steffi hat für morgen die Maler bestellt», seufzte Gustl. «Und etzt weiß ich ned, wo ich mit meine Bilder hiesoll.»

«Du könntest sie in das Zimmer legen, wo die Bestellungen hängen», sagte ich.

«Aber da sieht se ja keiner!»

«Wie, sieht sie keiner? Wenn die Maler fertig sind, hängst du sie doch wieder auf, oder?»

«Des ist ja das Broblem», sagte Gustl. «Die Steffi möcht lieber ihre Clownsbilder aufhängen …»

«Guder Gott!» Gundi sprach aus, was ich dachte. Als Steffi zu Gustl gezogen war, hatte sie klar Schiff gemacht. Als Erstes war die umfangreiche Porzellanpferdchensammlung seiner Mutter von Clowns in allen erdenklichen Varianten ersetzt worden: Es gab welche aus Porzellan, Stoff und Plastik. Es gab Puppen, Marionetten, Nippesfiguren und, am gruseligsten, eine lebensgroße Wachsfigur. Lachend, weinend, schmollend und musizierend bevölkerten sie jeden Raum. Stephen King hätte sicher seine Freude daran gehabt.

«Heißt das, sie will deine Bilder gar nicht mehr aufhängen?»

«Im Augenblick eher ned.» Er schaute betrübt in den Kinderwagen. «Und des da ist fei ned amol die Hälft.»

«Zeig doch mal!» Fiona sprang von der Bühne und nahm eines der Bilder aus dem Wagen: Steffi vor schneebedeckten Bergen.

«Interessant», sagte Fiona und nahm nun auch die anderen heraus. «Gibt es da auch noch größere?» Sie zeigte auf die Wände im Saal. «So in der Art?»

Gustl nickte. «Aber die hamm ned in den Wagen gebasst.»

«Ich glaube, ich habe die Lösung.» Fiona stellte sich vor die Bühne und sagte dann: «Russische Hängung!»

«Bidde keine Leichen!», rief Bärbel. «Mir reicht der granke Ernst fei voll und ganz!»

«Keine Bange. Es handelt sich dabei nicht um eine fiese Todesart.» Fiona schmunzelte. «Russische Hängung bedeutet, dass man viele Bilder ganz nah auf einer Wand zusammenhängt. Das war vor der Revolution in Russland Mode. Daher der Name.»

«Dann haben wir doch gleich ein tolles Bühnenbild», sagte Olli. «Mir würde das gefallen.

Gustls Miene hellte sich auf. «Des wär a gude Sach. Ideen für euer Bühnenbild hab ich nämlich noch keine.»

Damit waren die Würfel gefallen und die Probe zu Ende. Während Uwe und Olli mit Gustl nach Hause gingen, um die großformatigen Werke zu holen, organisierten wir Nägel und Hämmer.

Zwei Stunden und drei Umhängungen später hatten wir es geschafft und begutachteten zufrieden unser Werk.

«Sieht fei gut aus, so a Russische Mischung», fand Leni. «Mir sollten beim Arbeiten den Vorhang offen lassen.»

«Wisst ihr, was ich so toll finde bei euch in Wiestal?» Uwe legte Rosi seinen Arm um die Schultern und zog sie zu sich heran. «Dass ihr für jedes Problem eine unkonventionelle Lösung findet.»

Rosi sah ihn verliebt an. «Des ist doch ganz einfach. Wenn mer zusammenhält, ist das Leben leichter.»

Ich nahm einen tiefen Schluck «Fabelhaft» und dachte an Christian. Ob auch wir einen Ausweg aus der Misere finden würden?

Sechzehn

Die Vorhersage für Dienstag, den 29. Oktober:
Nach einem gereizten Start allmähliche Entspannung der Gemüter. Gegen Abend zieht unerwartet Erotik auf.

Während bei Christian und mir der Haussegen weiterhin schief hing – auch in den letzten zwei Tagen hatten wir nicht telefoniert –, erholte sich Zwiebellook zügig. Wieder hatten einige Boutiquen angerufen, die gemerkt hatten, dass Lagenlook nichts taugte. Unser Auftragsbuch war prall gefüllt, und die Schnepfen nähten, bis die Nadeln glühten. Wir konnten bereits die ersten Pakete verschicken.

Am Dienstagmorgen kam ich gegen neun von der Post zurück, als ich schon unten im Flur Stimmen aus dem Büro hörte. Aggressive Stimmen. Ich rannte die Treppe hinauf.

«Entschuldigen Sie, aber ich glaube nicht, dass Sie an diesem Schreibtisch etwas verloren haben.» Patricks Ton war ätzend.

«Und ich glaube, dass Sie sich zu viel herausnehmen!» Christians Bass.

O nein! Ich hastete in den Raum und landete direkt zwischen den Fronten.

«Wie ich sehe, habt ihr euch schon kennengelernt!», rief ich munter. «Christian, das ist Patrick, mein neuer Assistent. Und Patrick, das ist Christian, mein Lebensgefährte.» Hoffte ich jedenfalls.

Patrick sah mich erschrocken an. «Oh … Aber er hat sich nicht vorgestellt, und da dachte ich, er kommt vielleicht auch von Lagenlook.»

«Was ist das denn für ein Blödsinn», sagte Christian wütend. «Anscheinend hat sich hier einiges verändert …»

«Das klären wir später!», sagte ich, während ich auf Christian zuging. «Ich freue mich jedenfalls riesig, dass du wieder da bist.»

Mir war klar, dass Christian mit Patrick noch lange nicht fertig war, aber ich hatte überhaupt keine Lust auf dieses Alpha-Männchen-Gehabe.

«Wieso hast du nicht angerufen?», fragte ich. «Wenn ich gewusst hätte, dass du kommst, wäre ich erst später zur Post gegangen.»

Patrick räusperte sich. «Ich klappere noch ein paar Pensionen ab.» Er ging hinaus und machte die Tür hinter sich zu.

Nun entspannte sich Christian etwas. «Tut mir leid», murmelte er. «Der Typ hat mich auf dem falschen Fuß erwischt.»

«Ihr seid euch nie begegnet, bis du vor zwei Wochen so plötzlich weg musstest, oder? Das hatte ich gar nicht mehr auf dem Schirm. Patrick ist aber wirklich ein netter Kerl. Er setzt sich sehr für Zwiebellook ein, wahrscheinlich hat er deshalb etwas überreagiert. Du hättest aber auch nicht gleich so ausflippen müssen.»

Christian sagte nichts. Ich nahm seine Hand. «Ich glaube, eine Portion Frischluft würde uns beiden ganz guttun. Was hältst du von einem Spaziergang?»

Wir verließen das Dorf auf der kürzesten Strecke und schlugen den Weg durchs Tal ein.

«Wie geht's Julian?», fragte ich, nachdem wir ein paar Minuten schweigend nebeneinander hergelaufen waren.

«Muss er noch mal operiert werden?»

Christian schüttelte den Kopf.

«Wird er bald entlassen?»

Christian nickte.

Aha. So genau hatte ich es gar nicht wissen wollen. Ich holte tief Luft. Ich wusste zwar, dass es wenig Sinn hatte, ein Gespräch mit ihm zu forcieren, aber jetzt hatte ich die Nase endgültig gestrichen voll. Ich blieb stehen.

«Könntest du mir vielleicht mal sagen, was in Kassel los war? Und warum du ganz überraschend auftauchst und jetzt den Unnahbaren gibst?»

Christian drehte sich verdutzt um. «Warum ich hier aufgetaucht bin?», fragte er. «Weil ich Sehnsucht nach dir hatte!»

«Ich will ja nichts sagen, aber Sehnsucht sieht für mich anders aus», sagte ich. «Du läufst störrisch neben mir her und kriegst den Mund nicht auf!»

Christian betrachtete ausgiebig seine Schuhspitzen.

«Bist du sauer, weil Patrick dich so angepflaumt hat? Oder ...» Ich musste diese Frage stellen, denn meine Unsicherheit hielt ich keine Sekunde länger aus. «Oder traust du mir nicht zu sagen, dass du wieder mit Katja zusammen bist?»

Bäng! Jetzt war es raus.

Christian sah mich mit aufgerissenen Augen an. «Was?»

«Weil du mich am Telefon nur angenölt hast. Oder gar nicht erreichbar warst. Aber mit ihr bist du immer zu eurem Italiener gegangen!» Ich holte tief Luft. Meine Stimme zitterte. «Da macht man sich schon mal so seine Gedanken!»

«Aber Nina! Wie kommst du nur auf so eine Idee?», sagte Christian. Er kam auf mich zu und fasste mich an den Armen. «Ich hatte schreckliche Sehnsucht nach dir. Aber du warst immer mit diesem Patrick zugange, oder deine Arbeit war gerade wichtiger als ich. Und dann gab es plötzlich noch diesen Uwe.»

«He! Ich hatte Stress bis o-ben-hin!», rief ich. «Es gibt eine Konkurrenzfirma, die unsere Kollektionen kopiert und im Internet zu Schleuderpreisen verkauft. Jemand ist zweimal in unser Archiv eingedrungen und hat die neuesten Modelle fotografiert, von denen dann einige plötzlich von der Konkurrenz angeboten wurden. Da kann man schon mal die Nerven verlieren, wenn eine Absage nach der anderen kommt. Und wenn ich diesen Patrick nicht gehabt hätte, wäre ich wahrscheinlich verrückt geworden!»

«Deine Kollektionen werden kopiert und von anderen verkauft? Und ihr hattet einen Industriespion im Haus?!»

«So ist es. Und bisher konnte ich weder diese andere Firma stoppen, noch haben wir den Spion enttarnt. Zum Glück scheint sich inzwischen herumzusprechen, dass die Konkurrenz schlecht arbeitet. Aber anfangs ist uns ein Kunde nach dem anderen weggebrochen, ohne dass ich überhaupt wusste, was los war. Das war kein Spaß.»

«Warum hast du mir das nicht erzählt?»

«Weil dein Kind im Krankenhaus lag und ich dich nicht auch noch mit diesen Problemen belasten wollte.» Ich blickte in sein bekümmertes Gesicht.

«Das tut mir schrecklich leid …»

«Ich erzähle dir später mehr davon. Jetzt sieht ja alles schon wieder viel besser aus», sagte ich. «Aber lass uns Uwe auch noch eben abhandeln: Er ist nicht meine neue Liebe, sondern die von Rosi. Uwe hat eine Theatertruppe, der momentan kein Proberaum zur Verfügung steht. Ich habe ihm nur unsere Bühne angeboten, damit ihr Programm nicht auch noch den Bach runtergeht. Das ist alles.»

Einen Augenblick standen wir uns wortlos gegenüber. Jeder mit seiner Version der letzten Wochen, die wir nun aber wieder zögerlich miteinander teilten. Dann fielen wir uns in die Arme und küssten uns.

«Ich bin ein Riesentrottel», sagte Christian in einer Pause. «Kannst du mir verzeihen?»

Ich nickte. «Und du mir?»

Die Antwort fiel nonverbal aus. Aber genau so, wie ich es mochte. Lang, heiß und leidenschaftlich.

Als wir uns so ausgesöhnt hatten, wie es auf einem Wanderweg möglich war, liefen wir Hand in Hand nach Wiestal zurück.

«Und ihr habt keine Ahnung, wer hinter dieser Lagenlook-Sache stecken könnte?», fragte Christian besorgt.

Ich schüttelte den Kopf. «Ich habe sogar Martin zu Rate gezogen. Aber er meint, dass es keinen Sinn hat, gerichtlich gegen die Firma vorzugehen. Lagenlook kopiert zwar, aber haarscharf zu wenig, als dass wir sie dafür belangen könnten.»

«Und was wirst du nun tun?»

«Zum Glück arbeitet die Firma schlampig, und unsere

Kunden kehren allmählich zurück. Ich bin dabei, unsere Internetpräsenz auszubauen. Und Patrick ist im Moment hauptsächlich mit der Suche nach diesem Eindringling beschäftigt. Er kümmert sich vorbildlich darum.»

«Du scheinst ihm ja völlig zu vertrauen», brummte Christian. «Wer sagt dir denn, dass nicht er hinter der Sache steckt?»

«Undenkbar! Patrick kam über Umwege zu uns, er hatte sich eigentlich bei Jeanette in Berlin beworben. Außerdem ist er Feuer und Flamme für Zwiebellook! Ich muss dir mal unsere neue Facebook-Seite zeigen. Die ist großartig geworden.»

«Wie auch immer, mir gefällt der kleine Schnösel nicht. Dafür habe ich an dir einen Narren gefressen ...» Er nahm mich in die Arme und knabberte an meinem Ohrläppchen. «Schau mal, da vorne steht eine Bank. Was hältst du von einer kleinen Pause?»

Obwohl die Bretter der alten Bank feucht und klamm waren, setzen wir uns und knutschten wie verliebte Teenager. Ich musste mich regelrecht zusammenreißen, ihm nicht hier und jetzt an die Wäsche zu gehen.

Ein Knacken beförderte uns zurück in die Realität.

«Was war das denn?» Christian spähte ins Gebüsch. «Ein Reh?»

Ich hörte ein bekanntes Kichern und wusste, dass wir es mit einer sehr speziellen Tiersorte zu tun hatten. «Filmende Wildschweine», sagte ich.

Christian sah mich an, als wäre ich nicht ganz dicht.

Ich stand auf. «Raus mit euch!», rief ich. «Oder ich streiche euch Computer und Festplatte!»

In Christians Blick erschien ein großes Fragezeichen.

Daran änderte sich auch nichts, als Marie und Mario mit ihrer Kamera aus dem Gebüsch kamen.

«He! Schön, dass du wieder da bist!», rief Marie und umarmte Christian. Auch Mario begrüßte ihn.

«Wir machen einen Werbefilm für Zwiebellook», erzählte Marie.

«Im Unterholz?»

Mario grinste. «Wir wollten von hier eigentlich ein paar Aufnahmen vom Tal machen. Damit man sieht, wie unberührt die Natur hier ist.»

«Aber dann habt ihr euch direkt vor die Linse gesetzt und die Szene gesprengt.» Marie zwinkerte uns zu. «Unberührt hatten wir uns jedoch anders vorgestellt …»

«Du freches Kind!» Ich jagte Marie über die Wiese und fing sie schließlich ein, alles unter dem filmenden Auge von Mario.

«Und das soll Werbung werden?» Christian schüttelte den Kopf. «Ich weiß nicht …»

«Warte mal das Ergebnis ab», sagte Mario selbstsicher. «Du wirst noch staunen!»

Nachdem Christian mir hoch und heilig versprochen hatte, gegen Abend wiederzukommen, und wir uns im Garten mehrfach verabschiedet hatten, ging ich ins Haus.

Gerade rechtzeitig, um das nächste Kapitel des Filmdramas mitzuerleben: Marie und Mario standen einem Zwiebeln schneidenden Ernst gegenüber und versuchten, ihn zum Thema Zwiebellook zu interviewen.

«Wenn ihr mich ned sofort in Ruhe lasst mit dem

Schmarrn, könnt ihr euer vechedarisches Middagessen ab sofort selber kochen!», rief Ernst mit tränenden Augen in die Kamera. «Und etzt raus aus meiner Küche!» Er fuchtelte derart wild mit dem Messer herum, dass ich mich nach den Zeiten des Dogma-Films zurücksehnte. Da waren Mord und Totschlag wenigstens verboten.

«Dann kommst du eben nicht in den Film!», sagte Marie.

«Des möcht ich fei schwer hoff'n!», rief Ernst aufgebracht. «Was ihr da macht, verstößt gegen die Bersönlichkeitsrechte!»

«Das ist doch zum größten Teil nur Übungsmaterial», beruhigte ich ihn, als die beiden in den Garten verschwunden waren. «Das meiste wird wieder gelöscht, verstehst du?»

«Ich versteh im Augenblick bloß eins», sagte Ernst. «Wenn ich die noch mal mit ihrer Kamera in meiner Küch erwisch, tret ich in einen unbefristeten Streik! Dann schält ihr eure Zwiebeln gefälligst selber.»

Der restliche Tag verging wie im Fluge. Wie ich mir vorgenommen hatte, bearbeitete ich Fotos einiger unserer Modelle so, dass Produktdetails vergrößert werden konnten, und kam trotz einiger technischer Schwierigkeiten gut voran. Patrick schien den Zusammenstoß mit Christian gut weggesteckt zu haben, denn als er gegen fünf noch einmal ins Büro kam, verlor er kein Wort darüber und war ebenfalls bester Laune.

«Es könnte sein, dass ich eine Spur gefunden habe.»

«Waaas? Ist denn heute Weihnachten und Ostern gleichzeitig?»

Patrick setzte sich an den Rechner und rief die Website

eines brandenburgischen Obst- und Gartenbauvereins auf. Er scrollte nach unten bis zu der Stelle, wo der Vorstand vorgestellt wurde, und zeigte auf das Foto der Kassenwartin. Ich ging mit der Nase näher an den Bildschirm, dann weiter weg.

«Das ist sie?»

«Aber ja! Schau doch nur, unverkennbar!» Er hielt eines Fotos daneben, die er gestern ausgedruckt hatte. Eine gewisse Ähnlichkeit bestand, das musste ich zugeben. Aber mehr auch nicht.

«Wir müssen da auf jeden Fall sehr behutsam vorgehen», sagte ich. «Wenn wir die falsche Familie beschuldigen, haben wir am Ende noch selbst eine Anzeige am Hals.»

«Kein Problem», sagte Patrick. «Ich kriege schon heraus, ob das wirklich Frau Trachtenhutspion ist, bevor du etwas unternimmst.»

«Daran habe ich keine Zweifel», sagte ich lächelnd. «Aber jetzt genießt du erst einmal deinen Feierabend.»

Als Patrick gegangen war, setzte ich mich vor den Bildschirm und klickte noch einmal durch meine Arbeit vom Nachmittag. Der Kunde konnte nun bei den entsprechenden Modellen genau sehen, wie die Ware verarbeitet war, und besonders schöne Einzelheiten ließen sich hervorheben.

«Das wird Lagenlook endgültig Beine machen», murmelte ich. «Morgen erledige ich den Rest.»

Jetzt hatte mir dafür keine Zeit mehr, ich musste nämlich ins Bad. Ich düste einmal durch das große Programm der Waschstraße mit Unterbodenwäsche, Heißwachs und Glanzpolitur und hatte mich gerade in mein verführerischstes Outfit geworfen, als ich auch schon hörte, wie Christian nach mir rief. Ich schlüpfte in hochhackige Schuhe und ging mit so viel Hüftschwung, wie ich hinbekam, die Treppe hinunter. Da stand er, der schärfste Schreiner, seit es Holz gibt, in der einen Hand einen Rosenstrauß, in der anderen eine Flasche mit edlem Massageöl.

«Habe ich dir schon gesagt, wie sehr ich dich vermisst habe?», fragte ich und schmiegte mich an ihn. Ich wollte ihn gerade küssen, als die Haustür aufflog und die Theatertruppe hereinstürmte, angeführt von Uwe und Rosi. Uwe starrte mich einen Moment verdutzt an.

«Ja hallo!», rief er dann. «Ist die Wahl zur Miss Universum schon gelaufen?»

Obwohl mir die Störung gar nicht passte, musste ich lachen. «Christian, das ist Uwe. Uwe: Christian.»

Die Männer schüttelten sich die Hand. Rosi stellte die anderen drei Theaterleute vor.

«Bin ich froh, dass du wieder da bist», sagte sie herzlich. «Und ich hoff, deinem Buben geht's wieder gut.»

Ich versorgte die Blumen, und dann setzten Christian und ich uns vor die Bühne und schauten ein wenig beim Proben zu. Nachdem er sich davon hatte überzeugen können, dass Uwe nur Augen für Rosi hatte, entspannte Christian sich endgültig. Er war begeistert von der Schlagfertigkeit der Truppe und hatte sichtlich Spaß. Doch nach einer Weile legte er mir einen Arm um die Schultern und zog mich zu sich heran.

«Wenn ich das so sehe, muss ich immer daran denken, dass wir beide schon lange nicht mehr improvisiert haben», flüsterte er. «Was meinst du, sollten wir mal versuchen, ob wir das noch hinkriegen?»

«Aber nicht hier», sagte ich leise. «Ich kenne da so eine hübsche kleine Bühne, gerade groß genug für zwei. Komm mit!»

Siebzehn

Die Vorhersage für Mittwoch, den 30. Oktober:
Ein Stimmungshoch am Morgen macht im Laufe des Tages Platz für Depressionen. Unwetterwarnung!

Als der Wecker am nächsten Morgen klingelte, fühlte ich mich gleichzeitig erfrischt und gerädert. Unser Auftritt auf der Zweierbühne war ein großer Erfolg gewesen, und wir hatten mehrere Zugaben gegeben.

«Vielleicht sollten wir einfach liegen bleiben und so tun, als wären wir gar nicht da», sagte ich, während ich mich näher an Christian schmiegte. «Dann könnten wir diese eine Szene noch etwas vertiefen …» Meine Hand glitt zu seinem Bauch herunter. «Wie heißt es beim Impro-Theater? Fünf – vier – drei …» Weiter kam ich nicht, denn Marie klopfte auf die Schlafzimmertür und rief laut «Frühstück!»

«Kunstbanausen.» Christian küsste mich zärtlich, dann schwang er seine langen Beine aus dem Bett. «Aber etwas zu essen ist auch nicht zu verachten. Wir geben heute Abend wieder eine Vorstellung, okay?»

Als wir in die Küche kamen, saßen Marie und Mario schon am gedeckten Frühstückstisch.

«Seit wann steht ihr in den Herbstferien so früh auf?» Ich ließ mich neben meine Tochter auf die Eckbank fallen und angelte mir ein Brötchen aus dem Korb.

«Weil Patrick uns gleich zeigt, wie man das Licht für

einen Schwarzweißfilm besser setzt», sagte Mario mit vollem Mund. «Wir wollen das für den Werbefilm nutzen, um den Gegensatz Damals und Heute besser herauszuarbeiten.»

Christians Gesicht bewölkte sich bei der Erwähnung von Patrick. «Ich weiß, dass ihr jemand anderen im Verdacht habt. Aber seid trotzdem vorsichtig mit dem Typen», brummte er. «Eigentlich wisst ihr gar nichts über ihn.»

«Das stimmt aber nicht!», sagte Marie. «Wir wissen eine ganze Menge: Er kommt aus Berlin, genau wie wir. Er hat eine Schwester …»

«… und einen Bruder. Der hat ihm den tollen alten Käfer geschenkt. Mit dem hat er mich schon mal fahren lassen», ergänzte Mario.

«Oha, das verrätst du deiner Mutter lieber nicht», sagte ich. Claudia würde ausflippen, wenn sie es wüsste. «Patrick wohnt bei einem Freund in Bayreuth, solange er hier ist, und fährt oft am Wochenende nach Hause zu seiner Familie. Er macht richtig gute Arbeit …»

«… und teilt beim Filmen sein ganzes Wissen mit uns», übernahm Marie. «Den kannst du alles fragen. Meiner Meinung nach kommt das Wort ‹Geheimnis› in seinem Wortschatz gar nicht vor.»

Mario und ich nickten wie die Wackeldackel, aber Christian schaute skeptisch.

«Wie ihr meint», sagte er.

Als ich eine Stunde später mit meinem Kaffee ins Büro kam, saßen die drei jungen Leute vor dem großen Bildschirm.

«Das musst du dir unbedingt anschauen, Mama!», rief Marie. Sie überließ mir ihren Stuhl und zeigte auf den Monitor. «Hammer!»

Patrick drückte die Starttaste, und im nächsten Moment lief das Intro für unseren Werbefilm. Die ersten Bilder waren farblich verfremdet und wirkten wie eine Postkarte aus den siebziger Jahren: Das idyllische Tal, die Hauptstraße, die Fachwerkhäuser. Durch eine geschickte Überblende wechselte die Szene zum Gasthof, der in einer Totalen in seiner ganzen Pracht zu sehen war. Die Farben wurden natürlicher, und dann kamen die Schnepfen die Straße entlang. Vor der Tür winkten sie kurz und gingen hinein. Die Kamera zoomte auf die geschlossene Eingangstür, auf der der Titel erschien: Zwiebellook – ein Modemärchen.

«Echt irre», sagte ich. «Wann habt ihr das gemacht?»

«Gerade eben», sagte Patrick. «Marie hatte ja schon super vorgearbeitet.»

«Super, oder?» Meine Tochter strahlte über das ganze Gesicht.

«Absolut», sagte ich. «Ich freue mich wirklich auf den fertigen Film.»

Marie und Mario überspielten das fertige Intro auf ihre Festplatte und zogen gut gelaunt mit ihrer Kamera los.

«Leider habe ich auch eine nicht so gute Nachricht», sagte Patrick, als die beiden aus der Tür waren. «Frau Gartenbauverein ist doch nicht Frau Trachtenhut.»

In diesem Moment klingelte das Telefon.

«O Gott», sagte ich, als ich die Hamburger Nummer sah. Mein Herz setzte ein paar Takte aus. Dann holte ich tief Luft und meldete mich.

«Sehr schön, dass ich Sie gleich persönlich erwische»,

sagte Frau Wittmann. «Haben Sie gerade Zeit? Ich würde meine Bestellung gerne mit Ihnen persönlich durchgehen. Es eilt nämlich, und Sie können mir sicher gleich sagen, wann Sie welche Teile liefern können.»

Kein Wort der Entschuldigung, kein Wort der Erklärung. Frau Wittmann tat, als wäre es vollkommen normal, dass sie erst jetzt bestellte. Ich beschloss, das Spiel mitzuspielen.

«Ich habe alle Zeit der Welt für Sie, Frau Wittmann», sagte ich freundlich und zeigte Patrick pantomimisch, dass ich über den Anruf begeistert war.

Er streckte einen Daumen hoch.

«Möchten Sie mir die Bestellnummern sagen, oder wollen wir nach Modellen vorgehen?»

Frau Wittmann war auf Bestellnummern geeicht. Eine umfangreiche Liste später war klar, dass sie ihren Status als beste Kundin wiedererlangt hatte. Ich versprach ihr, mich noch heute bei ihr zu melden und die genauen Liefertermine zu nennen.

«Das wäre reizend», sagte sie. «Ich möchte im Dezember einen Zwiebellook-Aktionstag machen, und da sollten die Modelle natürlich vorrätig sein.»

«Wir werden alles geben, damit es ein Erfolg wird», versprach ich.

Kaum hatte sie aufgelegt, ließ ich einen lauten Schrei los. «Juhuuu!!!» Ich sprang von meinem Stuhl auf und hüpfte wie ein Flummi durch das Zimmer.

«Frau Wittmann macht einen Aktionstag extra für Zwiebellook!»

Patrick, der das Gespräch von seinem Schreibtisch aus verfolgt hatte, stand ebenfalls auf. «Wahnsinn!»

«Ich kann dir gar nicht sagen, wie ich mich fühle», sagte ich und umarmte ihn spontan. «Nach diesen schrecklichen Wochen sehe ich endlich wieder Land!»

«Ja, endlich!», sagte er lachend. «Und damit das so bleibt, kümmere ich mich weiter um die Suche nach dem Trachtenhutmann.»

Nach diesem Telefonat hatte ich endgültig das Gefühl, zu schweben: Die Konflikte mit Christian waren ausgeräumt, und auch beruflich ging es wieder bergauf. Summend ordnete ich Frau Wittmanns umfangreiche Bestellung und tänzelte dann die Treppe hinunter.

Denk nicht daran, wie's morgen ist, wenn du heute glücklich bist, besagte ein Stickbild an der Treppe.

«So ist es, lieber Hubert.» Ich sandte meinem verstorbenen Onkel einen liebevollen Gedanken und betrat die Schneiderei. Dort herrschte eine ungewohnte Stille.

«Was ist denn hier los?», fragte ich verdutzt.

«Psssst! Wir filmen!»

Ich blieb auf der Schwelle stehen und sah zu, wie Marie und Mario mit Kamera und Mikrophon um die Schnepfen kreisten. Rosi stand mit abgespreizten Armen in der Mitte. Sie trug eine halbfertige Bluse aus der kommenden Kollektion, an der Claudia Brustabnäher absteckte, während Bärbel mit dem Maßband das Rückenteil überprüfte und Leni mit einem Gesichtsausdruck, der ihre Worte Lügen strafte, immer wieder «Das sieht ja super aus» sagte.

«Leni!», rief Mario. «Kannst du das vielleicht mit ein bisschen mehr Enthusiasmus sagen?»

Das war mein Stichwort! «Vielleicht gibt dir diese Liste

den nötigen Schwung dafür», sagte ich und hielt die Bestellung in die Höhe. Der Tross kam zu mir herüber, die Schnepfen reckten die Hälse.

«Von Frau Wittmann!», sagte ich stolz.

Leni lachte. «Des schaut ja subber aus!», rief sie.

«Jaa, das ist es, gib's mir, Baby», kam von Mario, aber Claudia verpasste ihrem Sohn einen Klaps auf den Hinterkopf.

«Was sinn denn des für Ausdrücke?», sagte sie empört. Mario ließ das Mikrophon sinken und rieb sich beleidigt das Haupt, während Leni und Bärbel nur noch Augen für die Liste hatten.

«Könnten wir uns vielleicht mal ansatzweise ans Storyboard halten?», rief Marie. «Ich kann so nicht arbeiten!»

«Mir auch ned», erklärte Rosi entschlossen. «Ihr backt's etzt amol eure Sachen zusammen. Es wird höchste Zeit, dass mir mit der Broduktion weidermachen.»

Und damit war der Drehtermin beendet.

Patrick war schon zum Essen hinuntergegangen, und ich hatte Frau Wittmann noch schnell unseren Liefertermin gemailt, als die verhinderten Werbefilmer mit einem Teller Käsebrötchen ins Büro kamen.

«Was wird das denn?», fragte ich, als Mario sich an Patricks Schreibtisch setzte.

«Wir überspielen die Aufnahmen aus der Schneiderei, während ihr beim Essen seid», sagte Marie.

«Sind die denn überhaupt verwendbar?»

«Mal sehen», murmelte meine Tochter. «Wegwerfen werden wir jedenfalls nichts, bis der Film geschnitten ist.»

«Solange wir einfach nur draufgehalten haben, war alles kein Problem», sagte Mario. «Aber kaum sagt man den Leuten, was sie machen sollen, mutieren sie zu Robotern.»

«Ein Regissör hat's nun mal schwör», sagte ich. «Aber wenn es euch zu anstrengend wird, könnt ihr das Werbefilmprojekt auch gerne seinlassen. Mit Zwiebellook geht es ja schon wieder bergauf.»

«Willst du nicht mehr, dass wir den Film machen?» Marie sah mich mit großen Augen an.

«Natürlich könnt ihr filmen», sagte ich. «Der wird bestimmt toll! Ich dachte nur, dass ihr vielleicht ...»

«Wir wollen unbedingt weitermachen. Oder, Mario?»

«Na klar! Hauptsache, du glaubst an uns!»

Ich schluckte. Und nickte.

Die beiden erhielten am Nachmittag wieder Zutritt zur Schneiderei, unter der Bedingung, dass sie sich wie die Mäuschen verhielten und nur Arbeitsabläufe filmten, die sowieso auf dem Programm standen. Als ich gegen Abend zu Marie ins Zimmer schaute, saßen sie vor ihrem Storyboard und überlegten, wie sie die neuen Aufnahmen in ihre Dramaturgie einbauen konnten.

«Wir stellen jetzt so eine Art Collage aus den verschiedenen Tätigkeiten zusammen», erklärte Marie. «Dadurch bekommt der Film mehr Schwung.»

«Gefällt mir», sagte ich. «Falls ihr Hunger bekommt, es ist noch Gemüsereis im Kühlschrank. Ich gehe heute Abend mit Christian essen.»

Bis es so weit war, beantwortete ich ein paar Mails. Es waren noch Anfragen von Neukunden hereingekommen, und die wollte ich nicht warten lassen.

Eine halbe Stunde später steckte Christian den Kopf durch die Tür. «Na, schöne Frau? Bereit, dich von deinem Prinzen entführen zu lassen?»

«Und ob!» Ich stand auf und küsste ihn. «Ich schreibe nur noch schnell diese Bestätigung zu Ende, dann reiten wir los.»

«Was macht das Filmprojekt?», fragte Christian, während er sich auf Patricks Stuhl niederließ.

«Da gab es heute einen kleinen Rückschlag, aber nun scheinen sie die Kurve gekriegt zu haben. Ich zeige dir gleich mal das Intro, das ist wirklich toll geworden. Da wirkt Wiestal richtig idyllisch.»

Als ich die Mail abgeschickt hatte, nahm ich Maries Festplatte und schloss ich sie an. «Du wirst staunen», sagte ich, während ich sie öffnete. Doch ich war diejenige, die staunte.

«Komisch, da stimmt was nicht. Das sind ja ganz andere Dateien.» Ich klickte auf einen der Ordner, und zu meiner großen Verblüffung kamen Nahaufnahmen unserer Kollektion zum Vorschein. Aber Aufnahmen, die mit sehr detaillierten Beschreibungen und einer Nähanleitung versehen waren. Diese Dateien hatten auf keiner externen Festplatte etwas zu suchen. Die fand man auch in meinem Computer nur, wenn man das Passwort kannte. «Ich verstehe das nicht.»

«Nach Wiestal sieht es jedenfalls nicht aus», sagte Christian fröhlich.

Plötzlich wurde mir schlecht. Sehr schlecht. «Ich glaube, die Festplatten sind vertauscht worden», sagte ich leise. «Diese hier gehört Patrick.»

«Und er hat die von Marie?»

Ich nickte. «Ich wollte Marie eine andersfarbige kaufen, aber es gab sie nur noch in Schwarz. Und da wir sie dringend brauchten …»

«… hast du eine gekauft, die identisch aussieht», schloss Christian. «Dann tauscht ihr einfach wieder, und du zeigst mir das Intro morgen.»

«Ich fürchte, so einfach ist es nicht.» Der schreckliche Verdacht, der mich beschlichen hatte, wurde bestätigt, als ich eine weitere Datei öffnete: Sie enthielt eingescannte Originalschnittmuster der neuesten Modelle. Mich überlief es eiskalt.

«Schneidert der etwa in seiner Freizeit?», fragte Christian. Doch im nächsten Augenblick kannte auch er die Antwort. «Sag bloß …»

«Patrick ist der Spion.»

«Also lag ich mit meinem Gefühl doch richtig», sagte Christian grimmig. «Von wegen Feuer und Flamme für die Firma. Einen verdammten Brandstifter hast du dir da ins Haus geholt!»

Ich hörte zwar, was Christian sagte, aber ich war in meinen eigenen Gedanken gefangen. Ja klar, Patrick war der Einzige, der den Trachtenhutmann noch einmal gesehen haben wollte. Und nun führte er mich schon seit über einer Woche mit einer Suche an der Nase herum, bei der nie etwas herauskam. Dieser niederträchtige, gemeine …

Plötzlich hörte ich ein typisches Motorengeräusch. Patricks Käfer! Ich schaute aus dem Fenster und sah, wie er mit Karacho die Hauptstraße entlangkam.

«Bin gleich wieder da!» Ich sprang die Treppe hinter, rannte durch den Flur und riss die Eingangstür auf.

Patrick war soeben ausgestiegen, er stand noch in der offenen Fahrertür und hielt unsere Festplatte hoch. «Hallo Nina, die habe ich heute aus Versehen vertauscht!»

«Allerdings! Du elendes Schwein», schrie ich. «Du mieser Verräter!»

Patrick starrte mich erschrocken an, dann begriff er, was passiert war. Er sprang in den Wagen und brauste mit quietschenden Reifen davon.

Ich schaffte es gerade noch, die Tür zu schließen und mich auf einen der Stühle im Gastraum zu setzen. Dann war der Adrenalinstoß verpufft, und ich sackte in mich zusammen.

Warum war ich nur so blauäugig gewesen? Nur, weil er auf Empfehlung von Jeanette gekommen war, hatte ich ihm blind vertraut, nie die vielen Daten kontrolliert, zu denen er Zugang hatte. Warum nur? Warum? Warum? Ich hatte mich noch nie in einem Menschen so getäuscht.

Die Stimmen in meinem Kopf überschlugen sich, und ich fühlte mich nichtig, dumm und verraten.

«Nina?» Ich hörte, wie Christian hereinkam. Er setzte sich neben mich, nahm mich in die Arme und streichelte mir über das Haar. «Entschuldige, dass ich so dumm dahergeredet habe», sagte er leise. «Der Typ war wohl ziemlich raffiniert, da konntest du seine wahren Absichten beim besten Willen nicht erkennen. Wer denkt auch schon an so was, hm?»

Er wiegte mich sanft, bis ich in Tränen ausbrach. Die vielen Sorgen und Ängste der letzten Wochen brachen hervor, und es gab kein Halten mehr.

Als keine Tränen mehr übrig waren, ging es mir etwas besser. Ich wischte mir über die Augen und schnäuzte mich ausgiebig.

«Was wir jetzt brauchen, ist ein guter Plan», sagte ich mit brüchiger Stimme. «Er soll ja nicht glauben, dass ich ihn einfach davonkommen lasse!»

Als ich nach einem Telefonat mit Martin in die Küche zurückkam, sahen mich sechs Augen erwartungsvoll an.

«Und?» Christian hatte den Gemüsereis warm gemacht und stellte die Pfanne auf den Tisch.

«Es ist alles gar nicht so einfach», sagte ich. «Bei dem Gespräch ist mir erst klargeworden, dass ich nur eine Handynummer von Patrick habe. Ich muss Jeannette anrufen. Vielleicht kann die mir sagen, über welche Empfehlung er damals zu ihr gekommen ist.

«Und was ist mit Lagenlook?», fragte Marie.

Ich zuckte die Schultern. «Die können einfach abstreiten, dass er für sie arbeitet. Wenn es ganz dumm kommt, tauchen unsere Modelle noch bei einer anderen Firma auf.» Bei diesem Gedanken stiegen mir erneut Tränen in die Augen. «Verdammt!»

«He! Du kannst doch nichts dafür», sagte Marie leise. «Wir mochten ihn alle. Niemand wäre auf die Idee gekommen, dass Patrick uns schaden will.»

Ich nickte. «Wahrscheinlich ist ihm die Idee mit dem Trachtenhutspion gekommen, weil er dabei war, als der Mann mit seiner Tochter von oben kam. Den hat er erfunden, damit er selbst zu keiner Zeit verdächtigt wird. Und das ist ihm ja auch verdammt gut gelungen.» Ich schnäuzte mich ausgiebig. «Zu allem Überfluss hat der Arsch auch noch eure Festplatte. Das Filmmaterial seht ihr nie wieder.»

Ich sah, wie sich Maries Blick kurz verdunkelte. Dann riss sie sich zusammen und lächelte tapfer. «Ach weißt du, wenn die Aufnahmen für einen Oscar nominiert gewesen wären, hätten wir einen echten Grund, uns zu ärgern. Aber so haben wir die Chance, alles noch einmal besser zu machen. Und was er uns beigebracht hat, kann er uns schließlich nicht mehr nehmen.»

Mario nickte. Ich hätte sie beide knutschen können.

Achtzehn

Die Vorhersage für Donnerstag, 31. Oktober:
Ein Ohnmachtstief bestimmt die Gefühle. Schreikrämpfe sind nicht auszuschließen.

«Russische Hängung!», schrie Leni mit sich überschlagender Stimme. «Russische Hängung! Mir woll'n se leiden sehen!» Nun stimmten auch die anderen, die sich vor dem Gasthof versammelt hatten, in den Sprechchor ein.

«Tja … Mitgefangen, mitgehangen!» Patrick, der neben mir auf einem wackligen Podest stand, sah mich grinsend an. Ich wollte ihm antworten, aber es kam kein einziger Ton aus meinem Mund.

Der skandierende Mob schob sich immer näher an meine Hinrichtungsstätte heran, und ich machte einen Schritt zurück.

«Ich kann nichts dafür!», rief ich nach Kräften, aber das Krächzen, das aus meinem Mund kam, ging im Tumult unter. Verzweifelt wich ich einen Schritt zurück, und noch einen. Ich spürte, wie mein Fuß ins Nichts trat, und schrie und schlug verzweifelt um mich. Bis ich mich plötzlich gar nicht mehr rühren konnte.

«Ganz ruhig.» Christian drückte mich fest an sich. «Das war nur ein böser Traum.»

«Die wollen mich umbringen», schluchzte ich. «Zusammen mit Patrick wollen sie mich hängen!»

«Aber nein», sagte Christian besänftigend. «Es ist alles in

bester Ordnung. Der Laden läuft wieder, die Kunden sind zurück, und du hast keinen Grund, dir Vorwürfe zu machen. Nur dieser Knabe wird für das, was er dir angetan hat, noch büßen. Darauf kannst du dich verlassen!»

Als die Schnepfen eingetrudelt waren, machte ich mich mit bleiernen Füßen auf den Weg in die Schneiderei.

«Morgen, Nina!», rief Bärbel gutgelaunt. Dann sah sie mein Gesicht und stutzte. «Nina? Ist was passiert?»

«Kann man so sagen.»

Nun hatte ich die ungeteilte Aufmerksamkeit der Schnepfen.

«Es ist niemandem etwas zugestoßen», sagte ich vorsorglich. «Aber ich weiß jetzt, wie Lagenlook an unsere Informationen gekommen ist. Durch Patrick.»

«Der Patrick hat den Spion g'funden?», rief Claudia begeistert.

«Nein! Patrick *ist* der Spion.»

Diese Neuigkeit schlug ein wie eine Bombe. Es war völlig still im Raum.

Leni fand als Erste ihre Stimme wieder. «Ich glaub's ned.»

Auch Claudia schüttelte den Kopf. «Des kann einfach ned sein!»

«Wie hast'n denn entlarvt?», fragte Bärbel. «Er wird's dir ja kaum selber verraten haben.»

«Das war purer Zufall. Wenn Christian nicht nach dem Film gefragt hätte …» Ich erzählte ihnen von den vertauschten Festplatten.

«Des dud mir ja leid für die Marie und'n Mario», sagte Rosi. «Andererseits … wenn ich an den Schmarrn denk, den die zwei da zusammengefilmt hamm.»

«So schlimm war es auch wieder nicht», verteidigte ich unsere Jungfilmer. «Sie haben viel Zeit und Engagement in die Sache gesteckt, und der Anfang sah schon sehr vielversprechend aus.»

«Na ja, weg is weg», sagte Leni. «Und du mach dir bloß keinen Kopf, Nina. Niemand von uns wäre auf die Idee gekommen, dass der Patrick a Spion ist.»

Die anderen brummten zustimmend.

«Immerhin gibt es auch noch eine gute Nachricht», sagte ich, erleichtert darüber, dass sie mich nicht für alles verantwortlich machten. «Wir haben drei neue Kunden. Daher schlage ich vor, dass wir uns gleich mal zusammensetzen und einen Plan machen, wann was verschickt werden kann.»

Wir waren mit der Besprechung fast durch, als mein Handy den Eingang einer SMS meldete. Ich schaute auf das Display und schluckte.

«Schlechte Nachrichten?», fragte Rosi besorgt.

«Merkwürdige», sagte ich.

> Liebe Nina, vielen Dank für die gute Zusammenarbeit. Und weil es in Wiestal so schön war, habe ich mir ein kleines Abschiedsgeschenk für euch ausgedacht. Wo ihr es euch anschauen könnt, kannst du in meiner Mail nachlesen. Mit den besten Wünschen, Patrick

Minuten später saßen wir in meinem Büro, und ich öffnete Patricks Mail. Sie bestand lediglich aus einem Link.

«Etzt mach scho», drängelte Claudia. Ihr neugieriger

Gesichtsausdruck ließ darauf schließen, dass sie trotz meiner Enthüllungen etwas Positives erwartete.

Mir dagegen klopfte das Herz bis zum Hals, als sich die YouTube-Seite aufbaute. Und es klopfte noch ein bisschen heftiger, als ich feststellte, dass bereits 659 Leute den Beitrag angeschaut hatten.

Zuerst sahen wir eine schwarze Bildfläche, durchzogen von Streifen und Staubkörnern. Das Rattern eines alten Vorführprojektors war zu hören. Dann setzte schrummeliges Klaviergeklimper ein, wie man es von alten Stummfilmen kennt, und eine Tafel mit dem Titel wurde eingeblendet:

– Zwiebellook –
Ein Modemärchen

Mir schwante Übles. Als Nächstes sahen wir eine Fernaufnahme von Wiestal, dann zoomte die Kamera näher heran.

Dies ist das Modemekka
von Deutschland.

Das Ortsschild kam ins Bild und die Einstellung mit der Dorfstraße. Patrick hatte Maries Stummfilmidee aufgegriffen. Alles war in Schwarzweiß umgewandelt und so geschnitten, dass die Abfolge der Bilder schnell und holprig war.

Hier entsteht die Mode von morgen,
gemacht von Frauen von gestern.

Wie im Zeitraffer liefen die Schnepfen auf den Gasthof zu, winkten fröhlich in die Kamera und verschwanden durch die Tür. Fehlte nur noch ein tänzelnder Charlie Chaplin, der ihnen hinterherwackelte.

Der Arbeitsstress ist mörderisch!

verriet uns der nächste Text. Wir sahen, wie die Schnepfen schnatternd Kaffee tranken und Neuigkeiten austauschten. Dann kam Ernst ins Bild und stellte den gutgelaunten Frauen einen Teller mit Kuchen hin.

Nur die Chefin schläft noch!

Ich schloss die Augen, denn ich wusste genau, was nun kam: Ich. Als Vogelscheuche. Beim Aufwachen.

«Also, werglich!», zischte Leni. «Des kann der doch ned einfach so machen!»

«Wie du siehst, schon.» Ich öffnete die Augen und musste sehen, wie ich noch drei Mal in die Kissen sank und wieder hochschreckte. Die Musik klimperte einen fröhlichen Ragtime dazu. Endlich erlöste mich die nächste Tafel von dem schrecklichen Anblick.

Sie hat wieder
bis spät in die Nacht gearbeitet.

verriet uns der nächste Text. Eine Ringblende zog auf und enthüllte ein halbvolles Weinglas und eine leere Weinflasche – auf meinem Schreibtisch. Umschnitt auf die Schnepfen in der Schneiderei.

Jetzt wird aber in die Hände gespuckt!

Es folgte ein wilder Zusammenschnitt von ratternden Nähmaschinen, Händen, die Stoff zuschnitten und nackten Schneiderpuppen. Dann machte die Kamera einen Schwenk, und wir sahen Rosi in der halbfertigen Bluse. Durch den Zeitraffer sah es so aus, als ob Claudia an Rosis Brüsten herumfummelte, während Bärbel völlig blödsinnig mit dem Maßband fuchtelte und Leni mit Leichenbittermiene zum Himmel zu flehen schien. Zwischendurch hatte man eine gute Sicht auf Rosis BH, und zwar dank Patricks Wiederholungstechnik gleich mehrmals.

«So a miese Sau», flüsterte Rosi. Sie wollte noch etwas hinzufügen, doch es ging bereits weiter:

Ja, wo ist denn der Kuchen geblieben?

Die Kamera zeigte den Kuchenteller, der auf einem der Tische stand und bis auf wenige Krümel leer war.

Ah, hier ist der Kuchen!

Lenis Allerwertester kam ins Bild und wurde auf volle Bildgröße herangezoomt. Die Klaviermusik wurde kurz für einen Gongschlag unterbrochen, dann ging es klimpernd weiter:

Und da!

Diesmal erwischte es Steffi. In ihrem Zwei-Mann-Hochzeitszelt winkte sie fröhlich in die Kamera.

Ich hielt den Film an. «Wollen wir uns das wirklich antun?» Zum ersten Mal im Leben wünschte ich mir das Mittelalter zurück. Ohne Technik, ohne Internet. Und eine Tochter, die sittsam vor dem Fenster saß und Stickereien anfertigte. Und schönsten Foltermethoden für Patrick.

«O doch, des woll'n mir!» Claudia schnaufte wie ein wütender Stier. «Ich möcht ganz genau wiss'n, was die miese Dreckschleuder uns da eingebrockt hat.»

«Und dann möcht ich den Kerl hängen seh'n!» Zu meinem Erstaunen kam diese Forderung von Bärbel. «Für Außenstehende is des vielleicht lustig, aber für uns isses die reine Kaddastrofe!»

«Was für a Kaddastrofe?» Gundi schaute neugierig ins Zimmer. «Schaut ihr euch a weng an Schund an?»

«Der Patrick hat uns a G'schenk dag'lassen», brummte Rosi.

«Wieso dag'lassen? Isser weg?»

Die Schnepfen nickten unisono, und ich erklärte Gundi, was vorgefallen war.

«Des möcht ich auch sehen!» Sie holte sich einen Hocker. Dann ließ ich den Film weiterlaufen.

**Ob Sie es glauben oder nicht:
Diese Mode steigert die Libido!**

Gundi war genau rechtzeitig gekommen, um Walters Nichtantrag noch einmal mitzuerleben.

«Du guder Godd», staunte sie. «Da schau ich ja aus wie a alde Schachdel aus'm letzten Jahrhundert!»

«Immerhin bist du voll angezogen, und es is ned als Einziges dei Hindern im Bild», sagte Leni. «Des ist viel wert.» Nachdem Gundi Walter im Film erleichtert umarmt hatte, war Folgendes zu lesen:

Da macht auch die Chefin Überstunden:

Und schon sah man Christian und mich heftig knutschend auf der Bank im Tal hängen.

«Holla!», rief Gundi. «Ich hab gar ned g'wusst, dass der Christian so rangeht.»

«Und jetzt weiß es jeder», stöhnte ich. Ich wollte nur noch sterben. Aber darauf nahm Patrick keine Rücksicht. Nach dem Satz

Das Ergebnis ist bei allen dasselbe:

zeigte er zusammengeschnittene Aufnahmen von den Zwillingen. Mal sah man Bob – oder Ross – bei mir auf dem Arm, dann bei Gundi und dann bei Gustl, Steffi, Rosi, Uwe und noch ein paar anderen Leuten, die das Glück gehabt hatten, mit den Babys auf dem Arm gefilmt zu werden.

Ich sah, dass der Balken am unteren Bildrand sich dem rechten Ende näherte. Noch dreizehn Sekunden, die unser Spion mit den Worten

Wenn es nicht so lustig wäre,
wäre es zum Heulen.

einläutete. Dazu gab es Bilder eines Zwiebeln schneidenden Ernsts, der dicke Tränen weinte und mit dem Messer umherfuchtelte.

Zwiebellook
Da weiß man, was man hat!

Zum Schluss wurde unser Logo eingeblendet, und der Spuk war vorbei.

Für einen Augenblick war es ganz still in meinem Büro. Bärbel fand als Erste die Sprache wieder.

«Kann mer des nur auf der Seite da seh'n?», wollte sie wissen. Ich scrollte.

«Der Arsch hat den Clip zu unserer Facebook-Seite verlinkt!» Ich rief sie auf und sah, dass der Film auch dort für große Begeisterung sorgte.

Die Kommentare, bisher waren es zweiundsiebzig, reichten von **Wie geil ist das denn?** über **Superlustig!** bis **Kreisch! Das muss ich unbedingt teilen!**

«Wenn die den Film teilen, heißt des dann, dass er kürzer wird?», fragte Claudia naiv.

«Im Gegenteil», sagte ich. «Das bedeutet, dass sie ihn auf die eigene Seite stellen, damit ihre Freunde ihn sehen können. So bekommt der Film eine immer größere Reichweite.» Ich zeigte auf die Angabe rechts unter dem Film. «Das haben bereits nunundfünfzig Leute getan.»

«Des heißt also, dass es gar nix bringt, wenn du den bei uns weglöscht?», folgerte Bärbel.

«Wahrscheinlich nicht, aber ich werde es trotzdem machen.» Im nächsten Moment war Patricks Beitrag verschwunden. Trotzdem war mir nach Heulen zumute.

«Wenn des so weidergeht, sinn mir fei bald so berühmt wie Star Dregg», staunte Gundi. «Schau amol, da isser scho wieder!»

Eine gewissen Katha Rina hatte den Film gerade auf unsere Timeline gepostet. «Den müsst ihr euch unbedingt anschauen, voll lustig!», lautete ihr Kommentar.

«Den Patrick müssen mir verklagen!», rief Rosi. «Den möcht ich im Gefängnis sehen!»

«Wegen Betriebsspionage und übler Nachrede oder was man da sagt», sagte ich.

«Wo sinn eigendlich die Marie und der Mario?», fragte Leni.

«Die sind mit Christian nach Bayreuth gefahren», sagte ich. «Sie wollten mal schauen, ob es diese WG am Luitpoldplatz wirklich gibt, wo er angeblich wohnt. Er hat ja hier und da mal Andeutungen gemacht. Aber ich fürchte, das war alles genauso erstunken und erlogen wie der Rest.» Ich stützte meinen Kopf in beide Hände. «Ich habe heute Nachmittag einen Termin bei Martin. Er wird Patricks Festplatte einem Experten übergeben in der Hoffnung, dass der weitere Einzelheiten ans Licht bringt. Bei der Gelegenheit werde ich ihm auch von dem Clip berichten.»

Doch die Mühe konnte ich mir sparen, denn Martin rief von sich aus an. «Hast du heute schon einen Blick auf eure Facebook-Seite geworfen?» Ich hörte, dass er sich das Lachen nur mühsam verbeißen konnte.

«Patrick war zufällig so frei, mich darauf aufmerksam zu machen», sagte ich. «Und wie hast du so schnell davon erfahren?»

Er räusperte sich. «Von dem Kollegen, der mich bei eurer Plagiatsgeschichte beraten hat.» Wieder hörte ich, wie er um Fassung rang. «Ich verstehe, dass ihr nicht begeistert seid, aber der Clip ist wirklich gut gemacht.»

«Patrick macht alles, was er anpackt, wirklich gut», sagte ich. «Hast du eine Ahnung, wie man diesen Horrorfilm aus dem Netz entfernen kann?»

«Kannst du vergessen», sagte Martin. «So oft, wie das schon geteilt worden ist, kann man es nicht mehr aufhalten. Sehen wir uns heute Nachmittag?»

«Wenn ich bis dahin nicht in der Klapsmühle gelandet bin, stehe ich um drei bei dir vor dir Tür.»

Frei nach Huberts Spruch ***Wenn nichts mehr geht, geht auch nichts mehr schief*** beschlossen wir, einfach weiterzumachen, als wäre nichts passiert. Schließlich lagen neue Aufträge auf dem Tisch, und besonders die Lieferung von Frau Wittmann sollte pünktlich aus dem Haus.

«Aber eins is klar», sagte Bärbel. «Wenn mir heute Middag was auf'm Teller hamm woll'n, sollten mir den Ernst erst nach'm Essen aufklären. Der flibbt aus, wenn er hört, was bassiert ist.»

«Ach, dem sagen mir einfach gar nix», schlug Gundi vor. «Was er ned weiß, macht ihn ned heiß.»

«Und ich darf's dann ausbaden, wenn er's von allein rausgricht, oder was?» Bärbel schüttelte entschieden den Kopf. «Nach dem Middagessen is Showdown. Du bist herzlich eing'laden.»

Und wie ich Gundi kannte, würde sie sich dieses Ereignis unter keinen Umständen entgehen lassen.

Nachdem die Frauen aus meinem Büro verschwunden waren, versuchte ich, mich auf die Arbeit zu konzentrieren. Aber ich musste bald feststellen, dass das heute ein hoffnungsloses Unterfangen war.

Sowohl die Facebook- als auch die YouTube-Seite übten eine unwiderstehliche Anziehungskraft auf mich aus. Nachdem ich etwa eine Stunde lang die Erfahrung machen durfte, dass der Clip immer gleich wieder neu gepostet wurde, wenn ich ihn von unserer Seite gelöscht hatte, sparte ich mir die Energie und beobachtete stattdessen nur noch, wie die Zuschauerzahlen in die Höhe schnellten. Dabei kam ich mir vor wie ein Gaffer auf der Autobahn, der langsam an einem Verkehrsunfall vorbeifährt: entsetzt und fasziniert zugleich.

Auch den Administratoren von Herrn Zuckerberg blieb unsere Blitzkarriere nicht verborgen. Geschmückt mit einem Stern, kam die Meldung ‹dieser Beitrag ist um 7385 % erfolgreicher als andere› in mein E-Mail-Fach gerauscht und sorgte dafür, dass meine Mordgelüste an Patrick um ziemlich genau 7385 % stärker wurden. Wenn das überhaupt noch möglich war.

Als ich gegen Mittag in die Gaststube kam, waren die Schnepfen schon da. Auch Gundi saß am Tisch, und sie hatte Walter mitgebracht: «Der Baddrigg isst ja ned mit, wär doch schad um die Bortion, oder?»

Die anwesenden Handwerker schienen einen anstrengenden Vormittag hinter sich zu haben. Sie hatten offensichtlich noch nichts von Patricks Vermächtnis gehört. Zufrieden setzten sie sich an ihre Tische.

Auch Ernst war guter Laune und servierte uns saftige Frikadellen, Bratkartoffeln und Salat. «Lasst's euch schmegg'n!» Er wollte gerade in die Küche zurückgehen, als Mario und Marie hereinkamen.

«Für euch hab ich Grünkernküchla g'macht», sagte unser Koch fröhlich.

Ich machte hinter seinem Rücken wilde Zeichen, aber Marie interpretierte sie falsch. «Ich bin so froh, dass du nicht böse auf uns bist», sagte sie. «Wir konnten ja nicht wissen, dass Patrick den Film ins Netz stellen würde.»

«Film?» Ernst blieb in der Küchentür stehen. Dann kam er langsam an unseren Tisch zurück. «Was für a Film?»

Mario sah verwundert in die Runde. «Weiß Ernst noch gar nichts davon?»

«Naa, der Ernst weiß von gar nix», sagte unser Koch mit einem bedrohlichen Unterton, als er die bedrückten Gesichter sah. «Aber es wär bestimmt besser, wenn er bald wissen däd, was Sache is.» Er musterte uns der Reihe nach. «Also?»

Plötzlich war es mucksmäuschenstill in der Gaststube. Der Showdown war da. Ich stand auf und stellte mich Ernst gegenüber. Eigentlich fehlten uns nur die Colts. Und mir der Sheriffstern.

«Wir haben herausgefunden, dass Patrick derjenige ist, der unsere Kollektion ausspioniert hat», begann ich. «Und zwar, weil er seine Festplatte mit der von Marie und Mario vertauscht hat. Nur war da blöderweise das Filmmaterial von Marie und Mario drauf.»

«Und?», fragte Ernst.

«Und jetzt hat er aus unseren Versuchsszenen einen kleinen Film zusammengeschnitten und ins Internet gestellt. Nichts Dramatisches, nur …»

«… nur dass mir alle ziemlich beglobbt rüberkommen», krähte Gundi dazwischen.

Das war ein Schuss in den Rücken. Aber noch ging ich nicht zu Boden!

«Morgen interessiert sich bestimmt kein Mensch mehr dafür! Wir müssen einfach ein wenig abwarten», rief ich tapfer. `Dann beruhigt sich die Lage von ganz allein, hatte ich noch hinzufügen wollen, aber gegen den aufbrausenden Tumult kam ich nicht mehr an.

«Des müss' mer seh'n!» Die Männer von Rudi Haas zückten ihre Smartphones, und es dauerte nicht lang, bis Klaviergeklimper und ausgelassenes Johlen die Gaststube füllten.

«Schau dir des an, Kurt», rief Claudias Mann. «Dei Frau macht a richdig gude Figur!»

Nur Ernst starrte mit gerötetem Gesicht und schwer atmend auf das kleine Display. Er sagte keinen Ton, bis er die letzte Szene gesehen hatte, aber dann brüllte er los!

«Und ich koch euch noch jeden Middag a vechedarisches Essen, ich Depp!» Drohend baute er sich vor Marie und Mario auf. «Ihr, ihr … Selleriederroristen!»

«Jetzt wirst du aber persönlich, Ernst!», rief ich. «Schließlich können die beiden gar nichts dafür, dass …»

«Da können die nix dafür?! Wer hat denn den verdammten Schmarrn g'filmt? Hä?» Er nahm die Schale mit den Grünkernbratlingen vom Tisch und pfefferte sie auf den Boden. «Ich streik!»

Dann warf er die Küchentür mit Wucht hinter sich zu. Der Rahmen mit dem Spruch *Alle Tage fröhlich lachen, kann dein Leben glücklich machen* löste sich von der Wand und zerbrach auf den Fliesen.

«Scherben bringen Glück», brummte Gundi.

Wie viel Geschirr Ernst in der Küche zerdepperte, konnte ich nicht abschätzen, aber es klang nach einer ganzen Menge. Daher kam auch niemand auf die Idee, nachzufragen, ob es noch Nachtisch gab. Wir stellten unsere Teller ordentlich auf die Schankanlage und verließen leise den Gastraum.

Ich überlegte im Stillen, einen Kummerkasten aufzuhängen. Einen großen. Denn mir war klar, dass der Wahnsinn hier noch lange nicht vorbei war.

«Bis heut Abend hadder sich schon wieder g'fangen», sagte Bärbel zuversichtlich. «Hauptsach, mir erwähnen den Film nimmer.»

«Der Ernst kommt bei der ganzen Sache doch gar ned so schlecht weg», wunderte sich Gundi. «Flennende Männer liegen voll im Drend!»

«Vielleicht in deiner Galaxie», brummte Rosi. «In Ernst seinem Sternsystem schaut's anders aus, wie mer sieht.»

Ich zog mich in meinen eigenen Kosmos zurück und schloss die Tür. Alles sah aus wie immer. Aber nichts war mehr so, wie es gewesen war.

Ich setzte mich auf meinen Schreibtischstuhl und drehte mich zu Patricks ehemaligem Arbeitsplatz. Ich rief mir in Erinnerung, wie er dort vor dem Bildschirm gebrütet und unseren Online-Katalog entwickelt hatte. Holte mir sein Gesicht vor Augen, wenn er glaubte, eine gute Idee zu haben. Dachte an seine Begeisterung, wenn er mir etwas Neues präsentieren konnte.

Sein Verständnis für meinen Kummer, seine Freude, nach dem befreienden Telefonat mit der Wittmann, die Flasche Wein, die Blumen …

Alles nur ein Spiel, alles nur vorgetäuscht. Zum ersten Mal konnte ich nachvollziehen, wie Frauen sich fühlten, nachdem Fremde ihre Wäsche durchwühlt hatten. Auch ich fühlte mich benutzt und verletzt.

Ich fuhr den Computer hoch, an dem er gearbeitet hatte. Alles sah so aus, als wäre er nie da gewesen. Er hatte ja immer mit der eigenen Festplatte gearbeitet.

Dennoch beschloss ich, alle Virenprogramme, die ich hatte, auf das System loszulassen. Ich konnte mir zwar nicht vorstellen, dass er mir weitere Geschenke hinterlassen hatte, aber sicher war sicher.

Während der Check lief, rief ich die YouTube- und Facebook-Seiten auf in der Hoffnung, dass etwas Ruhe eingekehrt war. Aber diese Hoffnung fiel in sich zusammen, sobald ich die Zahlen sah. Patricks Clip wurde ununterbrochen angeklickt, begeistert kommentiert und geteilt. Kurz dachte ich darüber nach, die Administrationsseite aufzurufen, aber ich ließ es bleiben. Ich wollte gar nicht wissen, wie die Kurven dort nach oben schnellten und woher die Besucher der Seite kamen. Außerdem war es höchste Zeit, zu Martin zu fahren und ihm bei der Jagd auf Patrick behilflich zu sein.

«And the Oscar goes to: Zwiebellook!», begrüßte Martin mich in seiner Kanzlei.

«Darauf könnten wir gut verzichten!» Ich überreichte ihm Patricks Festplatte. «Schade, dass gute Feen nur in Büchern vorkommen. Wenn eine vorbeischwirren würde, hätte ich nur einen Wunsch: Dass dieser Patrick mir nie über den Weg gelaufen wäre.»

«Aber nun ist es, wie es ist», sagte der Anwalt. Seine

Stimme verriet Anteilnahme. Mit seinen flapsigen Worten wollte er mich wohl aufmuntern. Das Kind war ja auch tatsächlich in den Brunnen gefallen, nun mussten wir sehen, wie wir es da wieder herausholten. «Tragen wir doch mal zusammen, was wir haben.» Er legte sich einen Notizblock bereit und sah mich erwartungsvoll an.

«Eigentlich habe ich nur seine Handynummer», gab ich kleinlaut zu. «Und eine Kontonummer.»

«Hast du schon versucht, ihn zu erreichen?»

«Ja klar. Aber die SIM-Karte liegt wahrscheinlich in irgendeiner Mülltonne. Jedenfalls ist unter der Nummer tote Hose.»

«Und das Konto?»

«Ich habe ihm zweimal Geld überwiesen und das hat wohl geklappt.» Ich gab ihm einen Zettel mit der Nummer. «Seine Steuernummer wollte er mir noch mitteilen, aber er hat es bisher immer *vergessen.*»

Martin machte sich ein paar Notizen. «Hast du Jeannette schon angerufen? Schließlich ist der Kontakt über sie zustande gekommen, oder?»

«Das habe ich schon versucht, bin aber bis jetzt noch nicht zu ihr durchgedrungen.» Ich angelte mein Handy aus der Tasche. «Ich versuche das gleich noch mal, okay?»

Zum Glück erwischte ich sie sofort. «O Gott, das ist ja schrecklich!», rief Jeannette, nachdem ich ihr eine Kurzversion des Dramas erzählte hatte. «Das tut mir so leid! Aber ich habe keine Ahnung, wie er damals auf mich gekommen ist. Ich weiß nur noch, dass ich mich gewundert habe, als er in meinem Atelier auftauchte. Vielleicht war das ja von langer Hand eingefädelt. Ob er ursprünglich meine Accessoire-Entwürfe kopieren wollte? Oder er wollte über mich zu dir, beziehungsweise speziell an eure Modelle ran? Ich fühle mich ganz schuldig. Ohne mich hättest du ihn nie eingestellt.»

«Mach du dir keinen Kopf», sagte ich. «Eingestellt habe ich ihn schon ganz allein. Aber sollte dir noch was einfallen, ruf mich bitte gleich an!»

Ich legte mein Handy auf den Tisch und sah Martin an. «Fehlanzeige.»

«Was ist mit seinem Auto?», fragte er. «Hat einer von euch sich zufällig das Kennzeichen gemerkt?»

«Er hat einen schönen alten VW-Käfer. Wir wissen aber nur, dass der Wagen in Berlin zugelassen war. Christian ist extra mit Marie und Mario nach Bayreuth gefahren in der Hoffnung, dort irgendeine Spur von Patrick zu finden. Aber sie hatten kein Glück. Patricks angebliche Adresse dort existiert nicht einmal. Und alles, was er uns sonst noch erzählt hat, war sicher auch gelogen.»

«Dann können wir nur hoffen, dass wir auf der Festplatte irgendwelche Infos finden», sagte Martin. Er ging um seinen Schreibtisch herum und legte mir den Arm um die Schultern. «Lass den Kopf nicht hängen, Nina. Du erstattest jetzt erst einmal Anzeige, und dann renkt sich schon alles wieder ein, du wirst sehen.»

Neunzehn

Die Vorhersage für Montag, den 4. November:
Stark verzweifelte Abschnitte mit Blitzgewitter. Gegen Abend Euphorie.

An diesem Montag zog der Herbst alle Register: Der Himmel war grau in grau, und es stürmte.

«Ich stehe heute nicht auf.» Um meinen Vorsatz zu unterstreichen, zog ich die Bettdecke über den Kopf und stellte mich tot.

Die vergangenen vier Tage waren furchtbar gewesen. Leute, von denen ich seit Jahren nichts mehr gehört hatte, hatten sich gackernd am Telefon gemeldet und mir zu diesem lustigen Film gratuliert.

Am Sonntagvormittag hatte sogar mein Ex-Mann Volker angerufen. Normalerweise richtete er mir alles über Marie aus, aber in diesem Fall ließ er sich die Chance nicht nehmen, mir ganz persönlich ins Ohr zu lachen.

Das einzige Gekicher, über das ich mich gefreut hatte, war kurz darauf das von Julian gewesen. Er war seit ein paar Tagen wieder zu Hause in Nürnberg und freute sich schon auf seinen nächsten Besuch in Wiestal.

«Kann ich dann mit Marie auch so einen lustigen Film machen?», hatte er gefragt.

«Ich glaube, die hat im Augenblick keine Zeit für lustige Filme. Aber das kannst du ja mit ihr selber besprechen.» Dann hatte ich Marie den Hörer in die Hand gedrückt und war zu Christian nach Hedelbach geflüchtet. Dort klingelte das Telefon zwar auch, aber bei weitem nicht so oft wie im Gasthof.

Als wir abends wieder im Gasthof angekommen waren, hatte ich es dann doch gewagt, einen Blick auf die Facebook-Statistik zu werfen. Und das hätte ich lieber seinlassen sollen. Die Klickzahlen waren geradezu explodiert, und auf YouTube waren die ersten Parodien auf die Zwiebellook-Parodie zu finden.

Nur die Albträume, die mich die ganze Nacht verfolgten, waren noch schlimmer gewesen.

«Natürlich stehst du auf.» Christian stand vor dem Bett, die Arme in die Seiten gestützt. «Sonst passiert genau das, was Patrick mit seiner Aktion bezweckt hat: dass du verzweifelst. Lass nicht zu, dass er Macht über dich bekommt!»

Ich warf müde die Decke zur Seite. «Du hast ja recht. Aber ich kann dir nicht versprechen, dass ich diesen Wahnsinn noch lange durchhalte.»

Er küsste mich. «Ich verstehe, wie dir zumute ist, aber du bist nicht alleine, Nina. Das darfst du niemals vergessen!»

Nein, wir waren nicht allein. Auch Marie saß bedröppelt am Frühstückstisch, und wir bekamen sogar noch Verstärkung: Die Tür flog auf, und Gundi wehte herein.

«Desissarawahnsinn!» Sie legte die Tageszeitung mitten auf den Tisch. «Mir sinn auf der Diddelseide! Des hat bisher ned amol die Feuerwehr beim Jubiläum g'schafft!»

Unter der Überschrift «WIESTAL: Ein kleiner Ort wird über Nacht berühmt!», hatte die Zeitung ein Szenenfoto aus dem Film abgebildet: Gundi und Walter beim Nichtantrag.

«Es tut mir leid, dass es euch erwischt hat», sagte ich, doch meine Nachbarin machte eine lässige Handbewegung.

«Mir is des doch wurscht», sagte sie cool. «Simmer froh, dasse ned den Hintern von der Leni g'nommen hamm. Ich find's lustig, und der Walder kann sicher auch damit leben.»

Ich las den Text unter dem Bild vor. «Ein witziger Stummfilm macht es möglich: Das im kleinen Wiestal ansässige Modelabel Zwiebellook ist in aller Munde. Ein Werbegag geht um die Welt! Unseren ausführlichen Bericht lesen Sie in der morgigen Ausgabe.»

«O Gott! Soll das heißen …»

«Dass es jetzt erst richtig losgeht», vervollständigte Christian meinen Satz.

«Aber wo haben die denn davon erfahren?» Ich konnte es einfach nicht fassen.

«Mama, der Clip ist am Wochenende sogar im Fernsehen gezeigt worden», sagte Marie.

«Ach ja? In der Tagesschau?»

«Bei TV Fatal. Das schauen sich viele Leute an.» Sie legte mir einen Arm um die Schultern. «Der Film ist jetzt Kult, verstehst du? Da können wir nichts mehr dagegen machen.»

«Gut, dass die Ferien heute vorbei sind», seufzte ich. «Da du nicht im Bild warst, fällt in der Schule hoffentlich keiner über dich und Mario her, und hier seid ihr aus der Schusslinie.»

«Ich fahre dich zur Schule», sagte Christian. «Mario holen wir auch ab. Und du, Nina, versuchst nicht durchzudrehen. Wenn was ist, ruf mich an, verstanden?»

«Auf mich kannst auch zählen», sagte Gundi. «Ich steh hinter dir wie ein Mann!»

Ich musste trotz meines Kummers lachen. «Das habe ich befürchtet.»

Sie sah mich einen Moment misstrauisch an, dann verschwand sie. Zusammen mit der Zeitung.

Als Christian und Marie aus dem Haus waren, machte ich eine Kanne Kaffee und trug sie zusammen mit einer großen Packung Waffeln in die Schneiderei. Wir mussten uns auf alle Fälle stärken, schon allein wegen der vielen Bestellungen, und für die Stimmung war etwas Süßes immer sehr hilfreich.

Kurz darauf liefen die Schnepfen ein. Schlechtgelaunte Schnepfen, die mir ausführlich erzählten, wer sie in den vergangenen Tagen angerufen, angesprochen oder angeschrieben hatte.

«Und etzt noch des mit der Zeidung! Däd mich ned wundern, wenn die bei uns aufgreuzen.» Claudia schnaufte. «Aber ich sag euch amol was: Wenn mich so a Bressefuzzi anspricht, mach ich den rund.»

«Jetzt bewahren wir erst mal Ruhe», sagte ich. «Schließlich wird nichts so heiß gegessen, wie es gekocht wird.»

«Abbroboh!» Bärbel zeigte in Richtung Küche. «Der Ernst hat sich fei nach langer Disgussion bereit erklärt zu kochen. Aber die Sach ist delikat. Des Wort Film sollten mir lieber ned in den Mund nehmen, sonst is von deinem G`schirr nachher nix mehr übrig. Ich wollt's bloß g'sagt hamm.»

Bis elf schafften wir es, zu arbeiten. Doch als ich aus dem Schuppen kam, wo ich ein paar Kartons für die Sendung an Frau Wittmann geholt hatte, winkte Gustl über die Hecke zu mir herüber.

«Ich hab fei grad a Interview geben!», rief er aufgeregt. «Fürs Fernseh'n!»

O Gott, jetzt war der Feind schon im Dorf. Einen Moment lang überlegte ich, mich selber in den Karton zu packen und nach Hamburg schicken zu lassen. Aber das würde das Problem nicht lösen.

«Ich würde mich an deiner Stelle nicht filmen lassen», sagte ich.

«Was is denn da dabei, wenn mer a weng in der Öffentlichkeit steht?» Gustl verstand die Welt nicht mehr. «Warum regt's ihr euch alle so auf? Ich find's glasse.»

«Dann tu mir doch bitte einen Gefallen: Geh raus auf die Straße und schau, dass dieser Typ bei uns vor der Tür bleibt.»

Wieder staunte Gustl. «Da ist ned bloß einer. Da sinn ganz viele! An deiner Stell däd ich was draus machen!»

Klar. Ich konnte mir vor laufender Kamera die Kugel geben.

«Glaub mir, die wollen uns nur lächerlich machen», sagte ich. «Könntest du bitte, bitte versuchen, sie aufzuhalten?»

«Wie du magst. Dann nehm ich am besten den Bob und den Ross mit, die werrn se schon a Weile beschäftigen.»

Ich überlegte kurz, ob ich ein schlechtes Gewissen haben musste, wenn statt meiner die unschuldigen Buben vor die Kamera gezerrt wurden, aber da hörte ich plötzlich Claudia drinnen schreien. Ich ließ die Kartons fallen und rannte in die Schneiderei.

Dort filmte ein Kameramann alles, was ihm vor die Linse kam, während ein glatzköpfiger Journalist Claudia ein Mikrophon unter die Nase hielt. «Haben die Dreharbeiten zu Modemärchen Ihnen Spaß gemacht?»

«Ich zeig dir gleich, was mir Spaß macht», brüllte sie. «Und wenn ich dafür a baar Jahre in' Gnast geh'n muss, is mir des fei kom-bledd egal!»

Der Mann wusste zwar nicht, was Claudia heute in puncto Presse geschworen hatte, doch als sie nach ihrer Stoffschere griff und auf ihn losging, fiel der Groschen sofort. Rosi und Leni gingen dazwischen und hielten sie zurück. Erschrocken wich der Mann ein paar Schritte zurück und trat dabei Bärbel auf den Fuß.

«Au! Etzt haut's scho ab!», rief die. «Ich weiß ned, wie lang mir die noch zurückhalten können!» Sie zeigte auf Claudia, die noch immer versuchte, sich aus Lenis und Rosis Umklammerung loszumachen, und dabei unverständliches Zeug brüllte.

Der Reporter wurde blass. Dann verschwand er samt Kameramann, woraufhin die Schnepfen sich entspannten. Claudia zupfte ihre Frisur zurecht. «Ich hab gar ned g'wusst, dass ich so aus mir rausgeh'n kann», sagte sie zufrieden. «Des Imbro-Dheader war doch für was gut.»

«Ja, die erste Runde geht an uns», sagte ich. «Aber so schnell werden wir die nicht los. Schaut mal raus.» Wir stellten uns hinter den Vorhang und beobachteten, was auf der Hauptstraße los war.

Vor dem Gasthof wimmelte es nur so von Leuten, die gerade dem Bericht des schockierten Reporterteams lauschten. Viele lachten, abgeschreckt wirkten sie aber nicht. Ich reckte den Hals. Wo blieb nur Gustl mit seinen Buben?

Auf die Antwort brauchte ich nicht lange zu warten, denn in diesem Moment wurde die Tür aufgerissen, und er schob den Zwillingswagen herein.

«Ich will ja nix sagen», rief er. «Aber ihr seid echt blöd, wenn ihr euch hier drin versteckt. Die Reporter hamm doch kabbiert, dass der Film a Bersiflaasch is. Geht amol raus und redet mit denen. So an Haufen kostenlose Werbung gricht ihr nie wieder!»

Wir sahen uns an. Leni und Rosi zuckten mit den Schultern, Bärbel machte ein zweifelndes Gesicht, und Claudia grübelte.

Ich wandte mich wieder an Gustl. «Und du bist dir wirklich sicher, dass die uns nicht nur bloßstellen wollen?», bohrte ich nach.

«Red ich spanisch oder was?», rief Gustl. «Zeigt's denen endlich, dass ihr a weng mehr im Kopf habt als Kuchen und gnutschen.»

«Etzt machst aber amol an Bunkt!», rief Leni. «Seit wann …»

Ich unterbrach sie. Ich hatte nachgedacht. «Gustl hat recht. Das ist zwar zweischneidiges Schwert, aber wir müssen die Chance nutzen. Sonst interviewen sie jeden Deppen, der nicht bei drei auf den Bäumen ist.»

«Wie bidde?!» Gustl sah mich beleidigt an.

«Ich meine doch nicht dich, Gustl! Jedenfalls haben wir nur so selbst in der Hand, was sie berichten.» Hoffte ich jedenfalls.

«Und was erzählen mir denen?», fragte Bärbel.

«Ganz einfach!» Rosi grinste. «Mir machen's wie beim Imbro-Dheader», sagte Rosi. «Stellt's euch einfach vor, mir sinn alle ganz subbersymbathische Powerfrauen.»

Gustl lachte. «Genau! Und etzt raus mit euch! Fünf – vier – drei – zwei – eins – LOS!!!»

Wir holten noch einmal tief Luft, dann traten wir vor die Presse.

Wir waren sofort von Leuten umringt, die uns mit Fragen bombardierten. Leni klatschte in die Hände. «Einer nach'm anderen, bidde», rief sie. «Sonst kommen mir ned weiter.»

«War es schwer, ihr Team für diese doch sehr ungewöhnliche Werbeidee zu gewinnen?», fragte eine Blonde von einschüchternder Größe und hielt mir ihr Mikrophon unter die Nase.

Ich hätte mich am liebsten sofort wieder versteckt, aber ich riss mich zusammen. Du bist eine subbersymbathische Powerfrau, Nina! Du kannst das!

«Keineswegs!», sagte ich liebenswürdig. «Als ich unseren Mitarbeitern das Konzept vorgestellt habe, waren sie sofort Feuer und Flamme. Und gerade die Tatsache, dass wir uns selbst auf die Schippe nehmen, ist sehr gut angekommen. Wir haben nämlich viel Humor hier in Wiestal!»

«Aber der Clip wird von einigen ganz schön durch den Kakao gezogen!», rief ein anderer Journalist.

Ich lächelte. «Wir stehen hundertprozentig hinter der Sache», antwortete ich. «Außerdem ist der Film unglaublich erfolgreich. Ist das nicht die schönste Bestätigung, die man sich vorstellen kann?»

Zustimmendes Gemurmel wogte durch die Reihen.

«Du machst des subber», flüsterte Rosi, die neben mir stand. Auch Leni, Claudia und Bärbel machten fröhliche Gesichter.

Die nächsten Fragen beantworteten die Schnepfen und übertrieben dabei ohne Ende. Als Leni vormachte, wie sie am Tag nach den vielen Aufnahmen ihres Hinterns vor Rückenschmerzen kaum noch laufen konnte, war die Stimmung fröhlich und gelöst.

«Aber die Männer haben es bei Ihnen so schlecht, dass sie weinen müssen!», rief ein Reporter.

«Hamm Sie scho amol Zwiebelsubbe für a große Mannschaft g'macht?», rief Bärbel. «Wenn Sie des ohne Tränen schaffen, können's morgen bei uns anfangen!» Dann erzählte sie von Ernsts Wagemut bei seinen fränkisch-asiatischen Rezepten, und die Reporter lachten sich scheckig.

Ich verspürte ein Hochgefühl wie schon lange nicht mehr. Wir hatten es geschafft, den Spieß umzudrehen. Patrick konnte sich eingraben lassen und Lagenlook gleich mit!

Eine Frau in meinem Alter, die neben mir stand, zupfte mich am Ärmel. «Ich bin Tanja Tschöke von der Vorabendsendung *Brühwarm*», sagte sie. «Wären Sie einverstanden, wenn wir eine kurze Reportage über Ihren Betrieb machen? Es wäre doch schön, wenn sich die Zuschauer ein Bild von Ihrer außergewöhnlichen Firma machen könnten.»

«Ich denke, das ließe sich einrichten, oder?» Die Schnepfen nickten gnädig. «Aber nur a baar Bilder», sagte Rosi. «Sie wissen ja: Betriebsspionage is heutzutage weit verbreidet.»

Nachdem wir diesem einen Team Zutritt gewährt hatten, wollten natürlich alle mit hereinkommen. Wir setzten die anderen Journalisten in die Gaststube. Ernst, den Bärbel hinter den Kulissen davon überzeugt hatte, dass der Film nun Kult und er ein Star war, versorgte sie mit Kaffee, Tee und Mousse au Chocolat à l'Orange. «A weng a Strafe muss sein», flüsterte er mir zu, als er mit dem ersten Tablett voller Schälchen an mir vorbeiging. «Des wär eigentlich der Nachdisch für euch g'wesen.»

Aber das war mir ganz egal. Ich sah zu, wie Gustl die Presseleute unterhielt, indem er vorführte, dass es Bob und Ross nur einmal gab. Mittendrin erschien Gundi. Sie hatte Walter im Schlepptau, und die beiden ließen umgehend eine Live-Aufführung des umgekehrten Heiratsantrages vom Stapel. Die Stimmung war auf dem Höhepunkt, als Marie und Mario aus der Schule kamen. Ich fing sie im Flur ab.

«Was ist denn hier los?», wollte Marie wissen.

«Das werdet ihr gleich sehen.» Ich schob sie in die Gaststube.

«Darf ich vorstellen», rief ich. «Das hier sind die talentierten Jungfilmer, die den ganzen Film erst möglich gemacht haben!»

Alle Köpfe wandten sich uns zu. Marie machte einen Schritt rückwärts. Aber da stand ich. «Kneifen ist nicht», flüsterte ich. «Lass lieber deinen Charme spielen. Vielleicht springt dabei ein Praktikumsplatz für euch heraus.»

Während die beiden von Gustl, der sich zunehmend zum Moderator der Veranstaltung mauserte, in die Mitte geholt wurden, konnte ich in die Schneiderei hinübergehen, wo Reporterin Tanja dabei war, letzte Vorbereitungen für den Dreh zu treffen.

Sie erklärte uns gerade, wie sie sich den Ablauf vorstellte, als ihr plötzlich der Schweiß auf der Stirn stand.

«Diese verdammten Wechseljahre!» Sie sah uns verzweifelt an. «Es tut mir schrecklich leid. Könnte ich mal kurz Ihr Bad benutzen, um mich frisch zu machen? So kann ich unmöglich vor die Kamera treten.»

«Aber natürlich.» Ich scannte sie kurz. «Welche Größe haben Sie denn? Vierzig, schätze ich, oder?»

Sie nickte.

«Dann kommen Sie mal mit.»

Wir gingen die Treppe hinauf, und ich öffnete die Badezimmertür. «Handtücher liegen im Regal.»

Als gegen vier endlich Ruhe eingekehrt war, setzten wir uns müde in die Gaststube.

«Wollt ihr einen Kaffee?» Ernst kam mit einer großen Thermoskanne aus der Küche. «Ich hab vorhin frischen gekocht.»

«An Schnabbs wär mir lieber», sagte Gundi, während sie das rechte Bein auf einen Stuhl legte. «Mei Gnie schreit nach Himbeergeist.»

Ernst inspizierte die Flaschen, die auf der Theke standen. «Himbeer ist aus. Aber an Willi hab ich noch im Brogramm.»

«Her damit!», rief Leni. «Oder von mir aus gleich zwei.»

Nachdem Ernst die Gläser verteilt hatte – Marie und Mario bekamen Limonade –, stand Rosi auf. «Ich kann zwar immer noch ned so recht glauben, was grad bassiert is, aber ich glaub, mir hamm des Ruder rumg'rissen. Und zwar ziemlich elegant.» Sie hob das Glas. «Auf Zwiebellook!»

«Auf Zwiebellook!», riefen wir.

Der Birnenschnaps brannte in der Kehle.

«Ich bin gespannt, wie der Beitrag bei Brühwarm ausfällt», sagte ich. «Aber ich habe ein gutes Gefühl.»

«Wird's dir echt ned zu viel?», fragte Bärbel ihren Mann. «Es hamm sich fei einige Leute ang'sagt.»

«Ich hab schon a weng was delegiert», sagte Ernst lässig. «Und der Mario und die Marie helfen ja auch. Gegen den Stress der letzten Dage wird des a Spaziergang!»

Ab halb sechs trafen die Gäste ein. Sie brachten ihren Beitrag für die Public-Viewing-Party in die Küche und suchten sich dann im Saal einen Platz vor der Bühne.

Am Bühnenvorhang war ein großes Laken befestigt, und Marie und Mario standen am Beamer bereit. Die Spannung stieg von Minute zu Minute.

Endlich wurde es sechs. Die Sendung begann, aber wir waren noch nicht dran. Zuerst zeigten sie einen Beitrag über eine hochbegabte Zweijährige, dann ging es um ein Hundedrama auf der Autobahn, bei dem der Zoll dreiundzwanzig Welpen in einem Kofferraum gefunden hatte.

«Süüüß!», rief Rosi, aber Gundi schimpfte.

«Wie lang dauert des denn noch?», rief sie. «Für die Köder interessiert sich doch kei Sau!»

«Kinner und Diere sinn ganz beliebte Dhemen», sagte Rosi. Und je mehr Leute zuschau'n, umso mehr erfahren von Zwiebellook.»

Nach siebzehn langen Minuten war es endlich so weit: Die erste Texttafel des Stummfilms wurde eingeblendet.

«Sicher haben auch Sie sich auch schon gefragt, was es mit dem lustigen kleinen Film auf sich hat, der seit einigen Tagen durch das Netz und die Medien geistert», sagte die Moderatorin. «Und damit sind Sie nicht allein. Unsere

Reporterin Tanja Tschöke hat sich vor Ort für Sie umgeschaut.»

Unsere Hauptstraße kam ins Bild, dann zoomte die Kamera auf den Gasthof, bis schließlich Reporterin Tanja zu sehen war. Gekleidet in Zwiebellook!

«Der umwerfend komische Werbefilm «Zwiebellook, ein Modemärchen» ist das jüngste Beispiel dafür, wie man mit einer originellen Idee die Öffentlichkeit erreicht, und das ganz ohne großen Aufwand. Dass das Kalkül der Unternehmerinnen der Firma Zwiebellook aufgegangen ist, freut nicht zuletzt mich ganz besonders. Denn bei Zwiebellook schneidert man Mode für Frauen im besten Alter.» Mit der linken Hand öffnete sie eine Seite der gemusterten Jacke, die ich ihr für den Dreh überlassen hatte, und gab so den Blick frei auf ein jadegrünes Seidenshirt aus der Frühjahrskollektion. «Mode, die sich sehen lassen kann! Und dies sind die Macherinnen.»

Nun sah man die Schnepfen bei der Arbeit in der Schneiderei und danach mich am Zeichentisch. Tanja hatte ein kleines Interview mit mir aufgenommen.

«Viele Frauen haben ab einem gewissen Alter einfach keine Lust mehr, sich dem gängigen Modediktat zu unterwerfen. Es sind Frauen, die mit beiden Beinen im Leben stehen. Die Idee zu Zwiebellook ist entstanden, weil meine Geschäftspartnerinnen und ich den Wunsch nach Kleidung hatten, die sich dem Körper anpasst und nicht umgekehrt. Und weil es die einfach nicht gab, schneidern wir nun selbst Hosen, Röcke, Blusen und Kleider.»

«Und das mit großem Erfolg», kommentierte Tanja aus dem Off. «Denn Zwiebellook macht Mode für Frauen, nicht gegen sie!»

Es gab ersten Zwischenapplaus, und ich machte mir eine geistige Notiz, diese Reporterin für das Bundesverdienstkreuz vorzuschlagen. Wenn nicht gar für den Nobelpreis, sollte jemals die Kategorie «Subbersymbadischste Frau der Welt» ins Leben gerufen werden.

«Aber nicht nur die Mode hier ist einzigartig», plauderte Tanja locker weiter. «Die ganze Firmenstruktur ist etwas Besonderes. Der Ehemann einer der Inhaberinnen hat im Ruhestand noch einmal so richtig Gas gegeben und betreibt nun die Betriebskantine.»

Wir sahen, wie Ernst in seiner besten Schürze durch die Küche wirbelte.

«Das ist der Vorteil, wenn man eine Schneiderei in einem ehemaligen Gasthof betreibt. Denn hier werden nicht nur die Damen verköstigt. Auch deren Männer kommen mit ihren Angestellten mittags zum Essen her», kommentierte Tanja, die nun wieder in ihrer Zwiebellook-Kombination ins Bild kam. «Womit also klargestellt wäre: Dieser Mann ist kein Fall für das Männerhaus …» Ernst grinste selbstbewusst in die Kamera. «… und er weint nur, wenn er Zwiebelsuppe zubereitet.» Ernst schnitt Zwiebeln und heulte theatralisch.

Im richtigen Leben schauten sich Bärbel und Ernst, die neben mir saßen, glücklich an. Ich drückte vor Freude Christians Hand.

Nun kam unser Logo groß ins Bild, gefolgt von einem bunten Potpourri von Farbkarten, Modellen, Stoffbahnen und Kleidungsdetails. Dann hörten wir Lenis berühmt gewordenen Po-Gong, und der Beitrag endete mit der letzten Schrifttafel der Schwarzweiß-Version: Zwiebellook, da weiß man, was man hat!»

Was die Moderatorin zu dem nun folgenden Promibeitrag zu sagen hatte, ging an den Leuten im Saal völlig vorüber. Alle sprangen von ihren Sitzen auf und jubelten.

Mir war, als könnte ich einfach abheben und davonfliegen, so leicht war mir ums Herz.

«Jetzt bist du aber nicht mehr sauer auf uns, oder?», fragte Marie Ernst, als es etwas ruhiger wurde.

«Naa, ganz bestimmt ned!» Ernst hakte die beiden Jungfilmer unter und zog sie in die Gaststube. «Etzt wird gefeiert!»

Zwanzig

Die Vorhersage für Dienstag, den 31. Dezember:
Örtlich Verschiebungen, gebietsweise Irritationen. Insgesamt freundlich und trocken, am Abend wild romantisch.

«Du setzt dich jetzt erst mal hin und frühstückst!» Elke, die gestern aus Berlin gekommen war, bugsierte mich auf die Eckbank in der Küche. «Und dann machen wir in Ruhe einen Plan!» Sie schenkte mir Kaffee ein und schnappte sich Papier und Stift aus der Schublade im Tisch. «Also, wer hat welche Aufgabe übernommen, und was muss noch erledigt werden?»

Ich stützte meinen Kopf auf beide Hände und versuchte einen klaren Gedanken zu fassen. Ich war so unendlich müde!

Die Hochzeit im September, als Elke zuletzt hier gewesen war, schien Jahre zurückzuliegen, obwohl es nicht einmal vier Monate waren. Ein Glück, dass ich damals nicht schon gewusst hatte, was alles auf mich zukommen würde.

Das Arbeitspensum, das mir damals solchen Stress bereitet hatte, war Pipifax gewesen gegen die Auftragswelle, die uns in den folgenden Wochen nach dem Fernsehbericht überrollte.

Durch die Reportage und die Artikel, die in Zeitungen und Zeitschriften erschienen, kamen fast täglich neue

Kundinnen hinzu. Ich ertrank förmlich in Arbeit. Doch einen Assistenten stellte ich nicht ein.

Das tat stattdessen Ernst. Er suchte sich eine Küchenhilfe und half mir an den Nachmittagen beim stetig wachsenden Papierkrieg. Als ehemaliger Buchhalter war er eine echte Unterstützung.

Die Proben von Rampensau wurden ein fester Bestandteil unseres Lebens. Nachdem die Theaterleute erfahren hatten, dass ihnen die Bühne in Bayreuth endgültig nicht mehr zur Verfügung stehen würde, probten sie mehrmals die Woche auf unserer. Und sie hatten zwei neue Mitglieder: Gundi und Rosi. Häufig liefen uns beim Zusehen die Lachtränen über die Wangen. Aber nicht nur uns! Nachdem sich herumgesprochen hatte, wie lustig sie waren, probten die Rampensäue nur selten ohne Publikum.

«Ich weiß fei ned, wie lang mir die Näherei noch allein bewältigen können. Hast du scho amol drüber nachgedacht, a baar Leude für die Schneiderei einzustell'n?», fragte Bärbel eines Abends, als wir nach einem langen Arbeitstag müde vor der Bühne saßen.

«Schon oft», sagte ich. «Aber ich scheue mich davor, die Sachen außer Haus und damit auch aus der Hand zu geben. Und hier haben wir nicht genug Platz, um zusätzliche Arbeitsplätze einzurichten.»

«Da hädd mer inderessante Neuigkeiten für dich», sagte Leni, die zu meiner Linken saß.

Ach, daher wehte der Wind. Dieses Gespräch war strategisch vorbereitet.

«Du hast bestimmt mitgegricht, dass die Brauerei in Hedelbach vor a baar Monaten neu gebaut hat», fuhr Leni fort.

«Und was hat das mit uns zu tun?»

«Der Kurt hat dort die Wasser- und Sanitärarbeiten g'macht und meint, es wär a richdiges Juwel.»

«Des alte Gebäude is nämlich von so einem windigen Investor ziemlich schick herg'richtet worden. Der hat dort Büroräume vermieten woll'n», sagte Bärbel.

«Wer braucht denn Büroräume in Hedelbach?»

«Kei Sau», bestätigte Leni. «Deswegen is der Dübb jetzt auch bleide und des Gebäude g'hört der Sparkasse. »

Mir dämmerte, worauf meine Schnepfen hinauswollten. Und tatsächlich, Bärbel ging zur Offensive über:

«Denk doch amol nach, Nina! Des Gebäude is nach modernstem Standard renoviert, steht leer und is für a Budderbrot zu hamm.»

Leni nickte. «Anschau'n kostet nix!»

Das war vor knapp zwei Monaten gewesen. Nachdem ich mich mit eigenen Augen davon überzeugt hatte, dass die alte Brauerei einfach perfekt für unsere Bedürfnisse war, unterbreiteten die Schnepfen mir einen Plan, den sie längst mit ihren Männern ausgeheckt hatten. Und dieser Plan war so gut, dass ich auf der Stelle ja gesagt hatte. Nun waren wir alle Mitglieder einer Genossenschaft, die das Gebäude gekauft hatte. Ins Erdgeschoss zogen Kurt Beyer und Rudi Haas mit ihren jeweiligen Handwerksbetrieben, im ersten Stock befanden sich die großzügigen Räume von Zwiebellook, und ganz oben wurden eine Kantine und der Betriebskindergarten eingerichtet. Denn Zwiebellook schuf auch Arbeitsplätze für Frauen – und nicht gegen sie!

Mit den neuen Mitarbeiterinnen würden wir zwar in Zukunft sehr viel entspannter arbeiten können, aber die Ausstattung der Räume und der anschließende Umzug bei laufender Produktion war manchmal mehr gewesen, als meine Nerven verkraften konnten. Zumindest aber hatte ich eine Idee, was mit den Räumlichkeiten, die bisher die Schneiderei beherbergt hatten, geschehen sollte.

Die Feiertage um Weihnachten hatte ich mehr oder weniger auf dem Sofa verbracht, wo Marie und Christian mich mit allem versorgt hatten, was ich mir wünschte.

Diese entspannten Tage waren leider viel zu schnell vergangen. Heute war schon Silvester.

Nach allem, was wir dieses Jahr erlebt hatten, sollte es ein ganz besonderes Fest zum Jahreswechsel werden. Mit Impro-Theater im Saal und anschließendem Buffet und Tanz. Doch heute Morgen war mir völlig schleierhaft, wann ich dieser Schnapsidee zugestimmt hatte.

«Vielleicht sollten wir alles abblasen und einen ruhigen Abend im kleinsten Kreis verbringen», schlug ich vor.

«Ich mach dir gleich kleinsten Kreis», sagte Elke, die am Vortag angereist war und mit mir die Planung für den Abend durchging. «Du weißt genau, dass es dafür längst zu spät ist. Und ich kenne dich: Wenn die Feier erst mal läuft, bist du diejenige, die als Letzte ins Bett geht. Also, ich höre?»

Ich seufzte. «Marie und Mario besorgen Zutaten für die Cocktails und die alkoholfreien Getränke. Ernst und Gundi bereiten das Buffet vor, Uwe und Co sind für den Wein zuständig, und Christian holt Bier in Büchenbach», leierte ich herunter.

«Und der liebe Martin bringt euch eine gute Nachricht!» Strahlend kam der Anwalt herein und umarmte Elke. «Schön, dass du mal wieder da bist. Und? Wie ist es in Berlin?»

«Bescheiden», sagte sie. «Die Launen meines Chefs stoßen in immer neue Galaxien der Unverschämtheit vor. Wenn es so weitergeht, sind meine Tage in dieser Agentur gezählt.»

«Was!?» Das war mir neu. Meine Freundin arbeitete seit Menschengedanken als Chefsekretärin für meinen Ex Volker und hatte sich von seiner überheblichen Art noch nie aus der Ruhe bringen lassen.

«Erzähle ich dir später», sagte Elke. «Jetzt soll Martin erst mal mit seiner guten Nachricht rausrücken.»

«Nun … es geht um ein dunkles Kapitel.» Umständlich zog Martin einen Zettel aus der Tasche. «Um einen gewissen Patrick Schmitt.»

«Nein!» Damit hatte ich nach den Wochen, die mein ehemaliger Assistent nun wie vom Erdboden verschluckt zu sein schien, nicht mehr gerechnet.

«Wie es der Zufall wollte, hatte Mario die glorreiche Idee, in den Tagen nach Weihnachten die Fotodateien auf seiner Festplatte auszumisten. Dabei ist er über eine Aufnahme gestolpert, die er von Patricks tollem Käfer gemacht hatte. Da das Kennzeichen darauf gut zu erkennen war, konnte ich die Daten an die Kripo in Berlin weiterleiten. Und nun haben wir ihn!»

«Nein, erzähl! Wer ist er wirklich? Und wo wohnt er? Und was passiert jetzt mit ihm?»

«Strafanzeige wegen Verrat von Geschäfts- und Betriebsgeheimnissen hattest du ja schon gestellt. Im schlimmsten Fall droht ihm Gefängnis, aber vielleicht wird er nur zu einer Geldstrafe verknackt. Es hängt davon ab, was wir ihm nachweisen können.»

Ich schluckte. Patrick im Gefängnis? Was er uns angetan hatte, war zwar schrecklich gewesen, aber letztendlich hatte seine Niedertracht uns den entscheidenden Erfolg gebracht.

«Ich muss das noch mal mit meinen Geschäftspartnerinnen besprechen», sagte ich. «Aber wenn es nach mir geht, lassen wir ihn doch mit einem blauen Auge davonkommen.»

«Am besten setzen wir uns im Januar alle zusammen und besprechen das ganz in Ruhe», sagte Martin. «Heute wird einfach nur gefeiert.»

«Mein Lieblingsstichwort!», sagte Elke. «Aber vor dem Vergnügen steht wie immer die Arbeit. Du hilfst heute Abend bestimmt beim Stühleaufstellen, oder?» Sie lächelte Martin becircend an.

Martin lachte. «Wenn du mich so anschaust, bleibt mir wohl nichts anderes übrig.»

«Sehr schön!» Elke schrieb den Punkt auf ihre Liste und setzte ein Häkchen dahinter. «Dann erwarten wir den Herrn um Punkt siebzehn Uhr!»

Bis zum Nachmittag verlief alles nach Plan. Doch als wir im Saal die Tische für das Buffet aufstellten, kam Leni mit großen Schritten auf mich zu.

«Kannst du amol in die Küch geh'n, Nina? Sonst gibt's den Ernst demnächst in ganzen Ringen.»

«Wie bitte?!»

«Wirst schon sehen, aber beeil dich!»

Ich hörte das Drama schon auf dem Flur. Ernst brüllte, Gundi schimpfte. So gern sie sich auch mochten, wenn es ums Kochen ging, waren die beiden wie Feuer und Wasser.

«Des hammer noch nie so g'macht», rief Gundi erbost, als ich die Küche betrat. «Und heut mach mer's schon gar ned!»

Meine liebe Nachbarin war wirklich eine Wundertüte, was ihre Anschauungen betraf. Bei vielen Themen war sie der Meinung, dass jeder nach seiner Façon glücklich werden sollte. Aber wenn es um die Rezepte ihrer geliebten fränkischen Küche ging, kannte sie kein Pardon. Und Ernst hatte heute anscheinend wieder etwas besonders Ketzerisches vor.

«Halbe oder ganze Ringe, des ist doch völlig schnubbe!», rief er. «Mir hamm a Menge halbe Zwiebeln übrig, die schmeiß ich doch ned einfach weg!»

«Habt ihr ein Problem?» Irrtiert schaute ich vom einen zum anderen.

«Hammer in der Dat», sagte Ernst. «Auf der Bühne kann se imbrovisieren, aber in der Küche isse stur wie a Bock!»

«Der will saure Zipfel mit halben Zwiebelringen machen!», rief Gundi empört. «Wo hat mer denn so was scho g'hört!? Nur über meine Leich.»

«Sind ganze Ringe wirklich so wichtig?», fragte ich nun versöhnlich.

Gundi verschränkte die Arme vor der Brust und starrte demonstrativ zum Fenster hinaus.

«Der Zunge ist es doch egal ob halb oder ganz», versuchte ich es noch einmal. «Man schluckt sie ja auch nicht im Ganzen hinunter, oder?»

Sie warf verärgert die Arme in die Luft. «Macht's doch, was ihr wollt. Aber wenn mich nachher auch nur einer darauf anspricht ...»

«... dann sagst du einfach, dass es mein persönlicher Wunsch war, die Zwiebeln heute mal so zu essen», sagte ich beschwichtigend. «Seid ihr denn jetzt wieder friedlich, oder muss ich die Messer konfiszieren?»

Ein mürrisches Brummen war die Antwort. Nach einem letzten prüfenden Blick ließ ich die beiden wieder allein.

Im Saal wartete bereits die nächste Streitfrage auf mich.

«Des geht fei un-mö-glich!» Hätte Gustl mehr Haare auf dem Kopf gehabt, hätte er sie sicherlich gerauft.

«Wo ist das Problem?», fragte ich nun schon routiniert als Problementschärferin.

«Des kann mer ned einfach so dazuhängen!» Er zeigte zur Bühne, wo Uwe und Olli ihr Werk betrachteten: Sie hatten ein großes Plexiglasschild mit der Aufschrift «Impro-Theater Rampensau», mit zwei langen Schnüren vor dem Vorhang von der Decke gehängt. Aber Gustl gefiel die Sache gar nicht. «Des zerstört doch mei ganze Kombosition!»

«So a Schmarrn!», rief Leni, aber Gustl packte die Leiter, rannte auf die Bühne und fing an, seine Bilder abzuhängen. «Wenn des Schild so hängen bleibt», sagte er entschlossen, «dann muss des alles neu grubbiert werrn.»

Leni verdrehte die Augen, Uwe und Olli sahen mich ratlos an.

Ich blickte auf die Uhr. Gleich halb fünf. «Dafür haben wir aber keine Zeit mehr, Gustl. Abgesehen davon, wird es keinem auffallen, dass die Komposition nicht optimal ist, glaube mir.»

Gustl machte weiter, als hätte ich nichts gesagt. Warum mussten meine Wiestaler gerade heute ihre ganze Sturheit an den Tag legen?!

«Die Leute kommen doch wegen dem Dheader her, ned wegen deiner Gleckserei!», rief Leni aufgebracht.

Gustl hielt kurz inne. «Gleckserei? Meine Bilder sinn bloß *Gleckserei*?!»

«Ganz im Gegenteil!», versuchte ich zu retten, was zu retten war. «Deine Bilder sind so gut, dass es nichts macht, wenn das Schild heute ein paar davon verdeckt!»

«Gut sinn se», sagte Gustl. «Und deswegen kommt's mir auf jedes einzelne an. Des Gemälde von meiner Steffi kann ich ned so halb verdeckt hängen lass'n. Des däd ihr auch gar ned g'fallen.»

«Ach, Steffi kommt heute auch?» Ich hatte läuten hören, dass sie den Abend bei ihrer Mutter verbringen wollte, und mich insgeheim schon gefreut.

«A weng später halt», sagte Gustl. «Und dann soll se sich gut sehen können.»

Uwes Schultern bebten schon verdächtig, und ich wusste, dass ich genau zwei Möglichkeiten hatte, mit dieser surrealen Situation umzugehen: Ich konnte mir den Mund fusselig reden oder gleich aufgeben. Gustl würde so oder so seinen Kopf durchsetzen. Daher machte ich eine entschuldigende Geste in Richtung Uwe, Olli und Leni und ging hinaus.

«Tote heilen und Dickköpfe heilen, ist dasselbe», zitierte ich Onkel Hubert. «Und das sollen sie mal hübsch ohne dich versuchen …»

«Was machst du denn für ein Gesicht?», fragte Elke, als wir uns oben vor dem Badezimmer begegneten.

«Ich mag die Wiestaler sehr gern», sagte ich. «Aber im Augenblick würde ich ein paar davon am liebsten auf den Mond schießen. Dort könnten sie dann in Ruhe ihre Bilder umgruppieren oder sich in Ringe und Würfel schneiden lassen. Und ich würde währenddessen mit einem seichten Roman ins Bett gehen und Silvester Silvester sein lassen.»

«Ach Schatz, was du brauchst, ist eine Pause», sagte Elke und nahm mich in den Arm. «Was hältst du von einem kurzen Powernap? In einer halben Stunde wecke ich dich.»

Ich wehrte mich halbherzig, doch kaum hatte sie mich in die stabile Rückenlage gebracht, fielen mir die Augen auch schon zu.

Als Elke mich eine Sekunde später sanft schüttelte, zeigte der Wecker sieben Uhr, und ich war sofort in Panik.

«Mein Gott, wir haben doch noch so viel zu erledigen!»

«Immer mit der Ruhe.» Meine Freundin drückte mich zurück in die Kissen. «Ernst und Gundi zwitschern einträchtig den Himbeergeist, den sie ihm spendiert hat, Gustls Bilder hängen alle an der richtigen Stelle, die Stühle stehen, das Buffet ist vorbereitet, und ansonsten ist auch jeder auf seinem Posten.»

«Aber ich muss doch auch noch …»

«Du musst jetzt ins Bad und dich hübsch machen.» Sie grinste. «Und dann amüsieren wir uns hemmungslos!»

Als ich eine halbe Stunde später den Saal betrat, staunte ich nicht schlecht. Elke hatte den Laden voll im Griff, und jeder war gut gelaunt. Meine Schnepfen, die mit ihren Männern in einem Grüppchen zusammenstanden, prosteten mir fröhlich zu, Walter plauderte mit Gundi, und Marie und Mario, die mit ihrer Kamera auf einem Podest am hinteren Ende des Saals saßen, filmten die hereinströmenden Zuschauer.

Nur Uwe tigerte unruhig neben der Bühne hin und her.

«Lampenfieber?», fragte ich.

«Auch», sagte er.

Bevor ich dazu kam, zu fragen, was er auf dem Herzen hatte, streckte Elke ihren Kopf durch die Schiebetür.

«Möchtet ihr vorher noch was essen?» Sie reichte jedem von uns ein belegtes Brötchen. Nun merkte ich erst, wie hungrig ich war.

«Du bist ein richtiges Goldstück», sagte ich. «Hast du Lust, bei Zwiebellook einzusteigen?»

«Ist das ein ernstgemeinter Antrag?» Elke hielt inne.

Irrte ich mich, oder war Uwe gerade zusammengezuckt?

«Aber ja!», sagte ich. «Müde Chefin eines expandierenden Modelabels sucht dringend eine fähige Mitarbeiterin. Sie sollte organisatorisches Talent mitbringen und sich nicht scheuen, Verantwortung zu übernehmen. Das chaotische, aber charmante Team arbeitet dort, wo andere Urlaub machen, und freut sich auf Ihre Bewerbung!»

«Das lass ich mir glatt mal durch den Kopf gehen.» Elke begleitete mich zu einem Platz in der zweiten Reihe. Auf den Stühlen links und rechts von mir lagen Zettel mit den Namen Christian und Gustl.

«Wie du siehst, bist du in bester Gesellschaft, Nina. Und nun bleib hübsch hier sitzen. Christian kommt gleich mit einem Gläschen Bordeaux.»

Zu meiner großen Freude hatte Christian nicht nur den Wein, sondern auch Julian dabei.

«Das ist ja ein tolle Überraschung!», rief ich, während ich den Kleinen überglücklich in die Arme schloss. «Warum habt ihr mir das vorher gar nicht gesagt?»

«Wir Männer haben manchmal Geheimnisse», sagte Julian stolz. «Stimmt's, Papa?»

Christian nickte. «Stimmt genau!»

«Gleich mehrere?» Ich sah die beiden fragend an. «Und was ist das andere Geheimnis?»

Julian sah mich verschmitzt an. «Das wirst du schon noch sehen! Darf ich jetzt zwischen euch sitzen?»

Gegen acht waren alle Plätze im Saal belegt, und das Licht wurde gedimmt. Ich schob mein Glas unter den Stuhl und sah mich suchend in der Menge um. «Weißt du, wo Gustl abgeblieben ist?»

«Der wollte die Zwillinge draußen umherschieben, bis sie eingeschlafen sind», sagte Christian. «Guck, da ist er schon.»

«Die Buben sind mit Milch und frischer Luft abg'füllt bis Underkande Oberlibbe», sagte Gustl zufrieden, nachdem er sich zu uns durchgequetscht hatte. «Ich hab den Wagen a weng oben im Flur hing'stellt. Die ratzen bestimmt bis Middernacht.»

«Gutes Timing», sagte ich, denn nun ging der Vorhang

auf, und Uwe betrat die Bühne. Von seinem Lampenfieber war nichts mehr zu spüren. Er begrüßte launig das Publikum, verbeugte sich huldvoll in den aufbrandenden Applaus, und der Abend nahm seinen Lauf. Die sechs Rampensäue liefen in der nächsten Stunde zu Hochform auf. Gundi hüpfte wie ein junges Reh über die Bühne, als ob ihr Knie noch nie einen «Oddopädn» kennengelernt hätte, und Rosi versuchte in einer urkomischen Szene, das Publikum über ihren angeblichen Beruf aufzuklären – wobei sie allerdings als Einzige im Saal keine Ahnung hatte, welcher es war. Ihre Hinweise bestanden lediglich in den Reaktionen des Publikums und den Gesten, die Olli mit seinen Armen machte, die er als Ersatz für Rosis eigene unter ihren Achseln durchgeschoben hatte. Es dauerte sehr unterhaltsame zehn Minuten, bis sie endlich den Begriff Hühnerbestatter ausgespuckt hatte.

Eine Stunde und viele Lachtränen später war die Truppe mit ihrem Programm fast durch.

«Als nächstes und letztes Stück führen Gundi und Meta das Abc-Spiel auf», kündigte Uwe an. «Auch hier seid ihr die Regisseure, und das Prinzip ist einfach: Ihr bestimmt, wo die Szene spielt und mit welchem Buchstaben wir beginnen. Die beiden müssen sich nun mit dem Anfang ihrer Sätze an die Folge im Alphabet halten. Beginnt zum Beispiel Gundis Text mit einem K, muss Meta mit einem L weitermachen. Verstanden?»

Das Gejohle im Saal ließ darauf schließen, und sofort hagelte es Vorschläge.

«Es soll im Gardd'n spielen!», rief jemand.

«Im Heizungskeller!» rief einer von der Firma Beyer.

«Im Warddezimmer!»

«Naa, am Strand!»

«Mir nehmen des Warddezimmer», sagte Gundi, die inzwischen doch ein wenig humpelte.

«Einverstanden», sagte Uwe. «Und mit welchem Buchstaben fangen wir an?»

Er lauschte in die Kakophonie.

«Wir nehmen das **S**! Meta beginnt», sagte Uwe. «Und ihr passt gut auf, dass die beiden sich an die Regeln halten. Wir zählen sie ein!»

«Fünf – vier – drei – zwei – eins – LOS!!!»

«**R**ichtig komfortabel ist das Wartezimmer hier nicht», sagte Meta, während sie sich umsah. «Bei einem Arzt, der Dr. Protz heißt, hätte ich mehr erwartet.»

Der Saal lachte, nur Gustl schien nicht bei der Sache zu sein. Unruhig rutschte er auf seinem Stuhl herum. Gundi und Meta waren dagegen in Hochform und lieferten sich einen herrlichen verbalen Schlagabtausch.

«**X**-beliebige Therapien lasse ich mir nicht aufschwatzen. Schon gar nicht von Ihnen», rief Meta und machte eine wegwerfende Handbewegung.

«**Y**oga soll bei emotionaler Verstopfung gut helfen», meinte Gundi. «Machst a weng an Sonnengruß, dann kommt dein Chi sehr schön in Fluss.»

Während ich mich noch fragte, wie um alles in der Welt sie es schaffte so schnell zu reimen, schoss Gustl plötzlich von seinem Sitz hoch.

«Die Steffi!», rief er und hatte damit die Aufmerksamkeit des ganzen Saals. Einige Leute buhten, weil der Anfangsbuchstabe aus der Reihe tanzte.

«Ist sie da?» Ich sah mich um, aber ich konnte sie nirgendwo entdecken.

«Zufällig ned!» Gustl rannte nach vorn.

Das Publikum lachte.

«Aaah, endlich ist der Doktor da!», rief Meta begeistert. Doch Gustl reagierte nicht. Er zog Gundi den Stuhl unter dem Hintern weg und stieg auf die Sitzgelegenheit. Der Saal tobte.

«Beginnen Sie etzt endlich mit Ihrer Sprechstunde?» Gundi klopfte Gustl aufs Knie. «Da dud's mir fei weh! Und zwar richtig schlimm!»

«Checkt der überhaupt, dass wir da sind?», fragte Meta, während Gundi Gustl nun auf beide Knie klopfte.

«Des Bild hängt schief!» Gustl streckte sich verzweifelt, um das Porträt von Steffi zu erreichen, und riss dabei ein anderes Gemälde vom Haken. Es war fast, als wäre Loriot aus seinem Olymp herabgestiegen, um sich in Form von Gustl die Ehre zu geben.

«Erstens hängen solche Bilder immer schief, und zweidens find ich, dass es höchste Zeit ist, sich endlich amol um die Bazzienden zu kümmern», rief Gundi.

Kaum hatte sie den Satz zu Ende gesprochen, als der Stuhl unter Gustls Gewicht zusammenbrach. Meta versuchte noch, ihn aufzufangen, aber Gustl riss sie mit sich zu Boden, wo beide eng umarmt liegen blieben.

Einen Moment lang war es ganz still im Saal. Dann kam plötzlich Steffi auf die Bühne gefegt. Ich dankte Gott, dass ihr auf dem Weg dorthin kein Blumenstrauß in die Hände gefallen war, denn das wäre für Meta nicht gut ausgegangen. Steffi war fuchsteufelswild.

«Flachlegen lass ich meinen Mann fei ned von dir, du

Schlambbe!», zeterte sie laut. «Und warum die Schweinereien bei euch immer auf offener Bühne stattfinden müss'n, versteh ich auch ned.» Wütend zog sie an Gustls Arm. «Du kommst etzt sofort mit heim!»

«Guder Godd!», rief Gundi und griff sich ans Herz. «Es ging doch bloß um seinen Körper!»

Steffi holte tief Luft, aber bevor sie auf Gundi losgehen konnte, ließ Uwe schnell den Vorhang fallen.

Christian und ich lagen genau wie das restliche Publikum vor Lachen unter den Stühlen. «Das war nicht abgesprochen, oder?», heulte er.

«Nicht, dass ich wüsste.» Ich wischte mir über die Wangen und dachte an die Modenschau im letzten Jahr. «Aber man kann sagen, was man will, Steffi hat das richtige Timing einfach im Blut.»

Die Leute waren nach dieser Nummer kaum noch zu halten. Sie klatschten frenetisch Beifall und forderten eine Zugabe.

Langsam ging der Vorhang wieder auf. Doktor Gustl und seine Frauen waren verschwunden, und Uwe betrat die Bühne.

«Liebes Publikum», sagte Uwe. «Die letzte Nummer des heutigen Abends wird noch mal ein Abc-Spiel. Diesmal ohne X und Y, dafür mit Rosi, und zwar zum Thema Ein Abend im Mondschein.»

Das Publikum war mehr als einverstanden, und Rosi wurde mit Beifall begrüßt. Jemand dimmte das Licht auf der Bühne bis auf einen Spot, der die beiden erfasste, und die Szene begann.

«Richtig hübsch hier, oder?», fragte Rosi, nachdem sie Uwe eine Weile unauffällig beobachtet hatte. «Und so schön ruhig.»

«Stimmt.» Jetzt stellte sich Uwe neben Rosi und sah sich um. «Aber das liegt an diesem wunderschönen Ort. Wer Wiestal nicht kennt, ist arm dran.»

Einige Leute klatschten Beifall. Auch Elke, die sich auf Gustls Platz neben mich gesetzt hatte.

«Dodal», sagte Rosi. «Aber manchmal kann's auch a bissl öd hier sein.» Sie zeigte in den Saal. «Is ja ned jeden Dag Silvester.»

«Was halten Sie denn davon, wenn wir zusammenziehen würden?» Uwe bekam einen ganz weichen Blick, und nun plötzlich wusste ich, warum er vorhin so nervös gewesen war. «Dann könnten wir es nicht nur an Silvester krachen lassen.»

Rosi lachte. «Zu dir oder zu mir?», fragte sie flapsig.

«Am liebsten wäre mir, wenn wir hier in Wiestal bei dir wohnen würden», antwortete Uwe und legte ihr einen Arm um die Schultern.

«Bei mir?» Rosi sah Uwe verunsichert an. «Is des jetzt ernst g'meint oder Spiel?»

«Charismatischen Frauen wie dir begegnet man nicht alle Tage», sagte Uwe. Er beschattete seine Augen und spähte in den Zuschauerraum. Dann schaute er wieder Rosi an. Sein Blick sagte alles.

«D-du meinst des ernst, gell?» Rosi war nun völlig perplex.

«Engelsgleiche Rosi! Ich meine es ernst» Uwe schloss Rosi fest in seine Arme. «Und es würde mich sehr, sehr glücklich machen, wenn du ja sagst.»

«Ja!», rief Rosi, ohne auf das Alphabet Rücksicht zu nehmen. «Ja, des wär wunder-wunder-schön!»

Sie küssten sich unter begeistertem Applaus. Sogar Julian vergaß seine Kussphobie für einen Moment und klatschte laut Beifall.

«Ist das schön …», seufzte Elke leise und auch ich war sehr gerührt. Christian brachte mich wieder auf den Boden der Tatsachen zurück.

«Das war dein Stichwort», sagte er. «Schnell auf die Bühne mit dir!»

Ich lief nach vorn und rief die Theatergruppe auf die Bühne. Dann wandte ich mich an das Publikum.

«Liebe Freunde! Bevor wir zum kulinarischen Teil des Abends übergehen, möchte auch ich jemanden fragen, ob er mit mir zusammenzieht.»

«Etzt geht se aber ran!», rief Claudias Mann. «Christian, b'stell den Umzugswagen!»

«Nein, nein, lieber Rudi, Christian ist nicht gemeint.» Ich zwinkerte meinem Liebsten zu, und er lächelte zurück. «Genau genommen geht es auch nicht um einen einzelnen Menschen, sondern gleich um mehrere.»

Die Mitglieder von Rampensau sahen mich fragend an. Nur Rosi und Gundi grinsten.

«Wie Sie wissen, ist Zwiebellook im Dezember in die alte Brauerei nach Hedelbach gezogen.»

Von allen Seiten kam bejahendes Gemurmel.

«Schade!», rief jemand. «Ihr habt hier so gut hergebasst! Mit euch war immer was los.»

«Das stimmt. Manchmal war sogar mehr los, als wir verkraften konnten.»

Alle lachten.

«Aber jetzt sind wir mehr als glücklich in unserem neuen Domizil. Und mindestens genau so glücklich sind wir darüber, dass wir in der Zwischenzeit Freunde gewonnen haben, die sich hier, auf der wunderschönen Bühne unserer ehemaligen Schneiderei, wohl fühlen.» Ich zeigte auf das Ensemble. «Freunde, die ein dauerhaftes Theaterdach über dem Kopf brauchen. Und da sie bereits eine Menge Fans in Wiestal und Umgebung haben, möchte ich das Untergeschoss dieses Haus der phantastischen Theatergruppe Rampensau zur Verfügung zu stellen. Damit wir in Zukunft …»

Der Rest meiner Rede ging unter, denn die Gruppenmitglieder umarmten mich so stürmisch, dass ich kaum noch Luft bekam. Ich wurde von allen Seiten gedrückt, und bevor ich mich versah, auf Ollis Schultern gehievt.

«Auf unsere Nina!», rief er und ging mit mir auf der Bühne auf und ab. «Und auf Wiestal, die neue Kulturhauptstadt der Fränkischen Schweiz!»

«Auf die Rampensau!», rief jemand, und «Auf Zwiebellook!». Es folgten unzählige Hochrufe, und ich hörte ich die ersten Korken knallen.

«Lass mich bitte sofort runter!», sagte ich zu Olli. «Wenn ich jetzt nicht gleich bis zum Hals in Sekt stehe, passiert was!»

Selten war die Stimmung im Gasthof so ausgelassen wie an diesem Abend. Wir aßen, tranken und tanzten, als gäbe es kein Morgen. Gegen elf brauchte ich eine kleine Verschnaufpause. Ich hatte mich gerade in die Gaststube gesetzt, als die Schnepfen auftauchten.

«Nina, mir fürchten, es gibt a weng a Broblem», sagte Leni mit ernster Miene.

«Was ist denn nun schon wieder passiert?»

«Des wiss'n mir ned so genau», sagte Bärbel. «Aber uns scheint, da is scho wieder a Spion zugange. Oben in deinem alten Arbeitszimmer brennt Licht, und da sitzt auch jemand am Computer.»

«Sinn da wohl noch sensible Daten drauf?», fragte Rosi.

Mein Magen zog sich zusammen. «O Gott! Aber natürlich!»

«Dann wär's vielleicht besser, du gehst rauf und erwischt se in flaggrandi», sagte Claudia.

«Sie?» Mit klopfenden Herzen stand ich auf.

«Mir glauben, es is a Frau», sagte Claudia düster. «Am besten, du schaust gleich amol nauf. Mir wardd'n hier.»

Während ich die Treppe hinaufschlich, überlegte ich, wie viele neue Gesichter ich heute gesehen hatte. Es waren viele gewesen, aber wir konnten uns ja schlecht von jedem Zuschauer ein aktuelles Führungszeugnis vorlegen lassen.

An der obersten Stufe blieb ich stehen. Verdammt, in meinem Büro brannte tatsächlich Licht. Auf Zehenspitzen schlich ich am Kinderwagen von Bob und Ross vorbei, bis ich vor der angelehnten Tür stand. Ich zählte bis drei, dann stürmte hinein.

«Darf ich mal fragen, was Sie – Elke! Was machst du denn hier?»

«Nachdem du mir versichert hast, dass du es mit diesem Stellenangebot ernst meinst, habe ich mit den Schnepfen gesprochen und mich gleich hingesetzt, um eine Bewerbung zu schreiben.» Sie nahm das Weinglas, das sie neben sich auf den Tisch gestellt hatte. «Denn ob ich später dazu noch in der Lage sein werde, bezweifle ich.»

«Soll das heißen, dass du …» Mir schwirrte der Kopf.

Elke nickte. «Allerdings. Und ich weiß auch schon, auf welchem Gebiet ich euch ganz besonders unter die Arme greifen könnte. War da nicht die Einrichtung eines Online-Shops im Gespräch?»

«Und das willst du …? Das könntest du …? Dessisserawahnsinn!», stammelte ich.

«Allerdings», sagte Elke. «Vor allem sollte ich bald einen Crashkurs Fränggisch bei Gundi belegen, sonst bin ich dir nicht unbedingt eine Hilfe.»

Als wir die Treppe hinunterkamen, standen die Schnepfen mit Sektgläsern Spalier.

«Auf unsere Neue!», rief Bärbel ausgelassen. «Etzt hat sich der Umzug endgültig g'lohnt!»

«Da habt ihr mich ganz schön schwitzen lassen», sagte ich. Ich kann euch gar nicht sagen, wie mein Herz geklopft hat.»

«Des ist gut für 'n Kreislauf», sagte Leni und stieß als Erste mit mir an.

Danach tanzten wir ausgelassen zu der Musik, die Marie und Mario auflegten. Ich wirbelte gerade mit Christian übers Parkett, als Gustl und Steffi gut gelaunt wieder im Saal auftauchten.

«Schau mal, wie sie strahlt», sagte ich zu Christian. «Gustl kann anscheinend Kunststückchen.»

Er lachte. «Bereust du jetzt doch noch, dass du ihn damals nicht genommen hast?»

Als Antwort kniff ich ihn in seinen scharfen Schreiner-Hintern.

Kurz vor zwölf zogen wir unsere Jacken an, nahmen unsere Sektgläser und verließen mit den anderen den Gasthof.

Genau in diesem Augenblick schossen die ersten Raketen in den klaren Sternenhimmel, und Julian juchzte begeistert.

«Auf ein wunderschönes, gesundes und fröhliches neues Jahr!» Ich stieß zuerst mit Julian an. «Und ich hoffe, du besuchst uns ganz oft bei uns in Wiestal!»

«Das werde ich ganz bestimmt», rief Julian. Dann tuschelte er mit seinem Vater, drückte ihm sein leeres Limoglas in die Hand und lief zu Marie und Mario.

«Auf ein wunderschönes, gesundes und fröhliches Neues», wiederholte Christian nun. Wir stießen an und sahen dem bunten Feuerwerk zu.

«Genauso sieht es in meinem Kopf aus», sagte ich. «Diese Nacht ist echt nicht mehr zu toppen!»

«Dabei ist sie noch nicht mal zu Ende.» Christian stellte sein Sektglas hinter mir auf die Fensterbank und zog mich dicht zu sich heran. «Weißt du, Nina, Julians Unfall hat mir klargemacht, wie schnell sich das Leben ändern kann …»

«Frohes neues Jahr, Mama!», rief Marie. Sie kam auf mich zugeschlittert und umarmte mich stürmisch.

«Frohes neues Jahr, mein Schatz!»

«Ein frohes Neues, ihr beiden!» Martin prostete uns lachend zu. «Eine Supersache mit dem Theater!»

Wir nickten, dann tauchten Gundi und Walter auf.

«Des war fei a wunderbarer Abend», riefen sie. «Ganz doll!»

Danach kam Elke, zusammen mit den Schnepfen und deren Männern, dann die Rampensäue, und schließlich standen wir in einem ganzen Pulk von Leuten, die fröhlich schnatterten und das Feuerwerk bewunderten.

«Jetzt reicht's!» Christian zog mich aus dem Gedränge heraus, ging mit mir durch das Haus, durch den Garten, bis zu der Bank, von der man ins Tal sehen konnte. Unser Atem bildete in der Kälte kleine Wolken.

Dann schaute er mir tief in die Augen.

«Nina», sagte er mit heiserer Stimme. «Nina, du bist die patenteste, lustigste und warmherzigste Frau, die ich kenne, und ich liebe dich über alles.» Er holte tief Luft. «Nina Lindner, möchtest du mich heiraten?»

Ich spürte, wie mein Herz schneller schlug, und ich blinzelte.

«Ja!», flüsterte ich ihm ins Ohr. «Ich liebe dich auch von ganzem Herzen! Lass uns heiraten.»

Eng umschlungen blieben wir dort stehen und vergaßen die Welt um uns herum. Ich hätte ewig so stehen bleiben können.

Ewig.

Und machte mir nebenbei eine gedankliche Notiz: Wirklich warme Winterjacken entwerfen.

ENDE

Danksagung

Auch diesmal haben uns viele liebe Menschen mit Rat und Tat zur Seite gestanden, während wir die Wiestaler durch jedes Wetter gejagt haben.

Ganz besonders möchten wir uns bedanken:

– bei unserer Agentin Leonie Schöbel und unserer Lektorin Nina Grabe, die immer für uns da waren,

– bei unseren Testlesern Nicola Bauernschmitt, Alexandra Borisch, Stephanie Entner, Dagmar Geisler, Claudia Kohlus, Sabine Lohf, Sabine Marr, Astrid von Nahl, Tanja Tschöcke und Heike Wiechmann für Kritik, Lob und Ratschläge,

– bei Christina Meta Brown, Fiona Meuers, Uwe Moltz und Oliver Rose, die an unserer Buchrollen-Verlosung teilgenommen und gewonnen haben und nun als Mitglieder der Theatergruppe im Buch auftauchen,

– bei Stephan und Nicola Bauernschmitt, die uns bei allen medizinischen Fragen Rede und Antwort standen,

– bei Ilona Treibert, die uns auch diesmal wieder sicher durch die Irrungen und Wirrungen des deutschen Rechtssystems gelotst hat.

Ihr seid alle fabelhaft!

MIX
Papier aus verantwortungsvollen Quellen
FSC® C083411

Das für dieses Buch verwendete FSC®-zertifizierte Papier *Holmen Book Cream* liefert Holmen, Schweden.